CUENTOS DE NAVIDAD MISTERIOSOS

ALMA CLÁSICOS ILUSTRADOS

CUENTOS DE NAVIDAD

MISTERIOSOS

Prólogo y selección de
Antonio Iturbe

Traducciones de
Inés Clavero Hernández, Irene Oliva Luque,
Eugenia Vázquez Nacarino y Jesús Cañadas

Ilustrado por
Stephanie von Reiswitz

Títulos originales: *Old Hooker's Ghost, or, Christmas Gambols at Huntingfield Hall; The Story of a Disapperance and an Appearance; The Old Nurse's Story; The Ghost Summons; The Ghost's Touch; Thieves Couldn't Help Sneezing; The Shooting Stars; A Chaparral Christmas Gift; The Old Portrait; The Real and the Counterfeit; The Festival; In the Dark; The Ghost of Christmas Eve; The Story of the Goblins Who Stole a Sexton; A Christmas Tale*

© de esta edición:
Editorial Alma
Anders Producciones S.L., 2022
www.editorialalma.com

 @almaeditorial

© de la selección y prólogo: Antonio Iturbe

© de la traducción:
Las estrellas fugaces; El fantasma de la víspera de Navidad; El fantasma del viejo Hooker, o los festejos navideños en Huntingfield Hall; Un cuento de Navidad; Realidad y superchería; La historia de los diablillos que se llevaron a un sacristán: Eugenia Vázquez Nacarino
Markheim; La sombra; La cita con el fantasma; El regalo navideño del chaparral;
El viejo retrato: Irene Oliva Luque
El cuento de la vieja niñera; La mano del fantasma; La historia de una desaparición y de una aparición;
Los ladrones que no podían dejar de estornudar: Inés Clavero Hernández
La festividad: Jesús Cañadas

© de las ilustraciones: Stephanie von Reiswitz

Diseño de la colección: lookatcia.com
Diseño de cubierta: lookatcia.com
Maquetación y revisión: LocTeam, S.L.

ISBN: 978-84-18395-86-4
Depósito legal: B14413-2022

Impreso en España
Printed in Spain

El papel de este libro proviene de bosques gestionados de manera sostenible.

ÍNDICE

PRÓLOGO

¿Blanca Navidad?

La blanca Navidad que cantan los villancicos no es tan luminosa como quiere hacer parecer la publicidad, y la literatura ha sabido mirar a través de las grietas del mazapán para observar otra dimensión mucho más inquietante y turbadora. En realidad, ese nacimiento de lo sagrado en un establo destartalado en mitad de la noche que celebra la religión católica no deja de resultar escalofriante, ni que sea por la meteorología: la Navidad en el hemisferio norte marca en el calendario la llegada del gélido invierno en el día más corto del año y su noche más larga. La poderosa oscuridad que se despliega en todo su esplendor frente a una luz que es apenas un pequeño fuego en el hogar de leña o en la fogata a la intemperie alrededor de la que nos acurrucamos.

El mito del solsticio del invierno ha ido adoptando y adaptando múltiples relatos en diversas culturas a lo largo de los siglos. Algunas culturas creían que el dios del sol nació el 21 de diciembre, el día más corto del año, y que los días se hacían más largos a medida que el dios se hacía más viejo. Otras leyendas fundacionales señalan que el dios del sol murió ese día, solo para volver a otro ciclo. Los romanos celebraban el 25 de diciembre la fiesta del *Natalis Solis Invicti* o *Nacimiento del Sol invicto,* asociada al nacimiento

de Apolo. Explica el gran mitólogo Joseph Campbell que la noche del 25 de diciembre, en la que se establecería el nacimiento de Cristo, ya se celebraba el nacimiento del salvador persa Mitra quien, como encarnación de la luz eterna, nacía en la medianoche del solsticio de invierno, cuando las horas de luz empezaban tímidamente a ganar a las horas de oscuridad. Los germanos y escandinavos celebraban el 26 de diciembre el nacimiento de Frey, dios nórdico del sol naciente, la lluvia y la fertilidad. En esas fiestas adornaban un árbol de hoja perenne que representaba al Yggdrasil, el árbol del Universo, lo que daría lugar a la costumbre del árbol de Navidad cuando llegó el cristianismo al norte de Europa e hizo suya la celebración pagana.

Los aztecas conmemoraban durante el invierno a Huitzilopochtli, dios del sol y de la guerra, en el mes Panquetzaliztli, aproximadamente en el periodo del 7 al 26 de diciembre de nuestro calendario. Los incas celebraban el renacimiento de Inti, el dios Sol, en una celebración conocida como Cápac Raymi o Fiesta del sol poderoso que marcaba el primer mes del calendario inca. Esta fiesta era la contraparte del Inti Raymi de junio, pues el 23 de diciembre es el solsticio de verano austral y el Inti Raymi sucede en el solsticio de invierno austral.

Los primeros evangelizadores que llegaron a América tenían ya varios siglos de *marketing* religioso a sus espaldas y aprovecharon la coincidencia de fechas para promover la celebración de la Navidad y hacer desaparecer de los ritos al dios prehispánico.

No deja de resultar llamativo que esta fiesta navideña de tanta trascendencia cristiana, que resulta de celebración inexcusable en los templos de oración y en los centros comerciales, fuese prohibida en algunos países tras la Reforma protestante, por considerarla una manipulación de los papistas sin ninguna justificación en la Biblia, e incluso llegaron a considerarla «las garras de la bestia demoniaca», ya que veían su vinculación (y, como hemos visto, no les faltaba razón) con las tradiciones paganas ancestrales. En 1647, los gobernantes puritanos ingleses prohibieron la celebración de la Navidad, lo que provocó revueltas populares sonadas en que los amotinados llegaron a tomar ciudades como Canterbury, que se llenó de puertas adornadas con rebeldía navideña en las que se reivindicaba la santidad de

la celebración. La autoridad obligaba el 25 de diciembre a que las tiendas y los mercados permanecieran abiertos, mientras que muchas iglesias tenían que cerrar sus puertas. Ahora nos parece mentira, pero celebrar una misa de Navidad era ilegal en zonas de la Europa anglosajona. La Restauración de 1660 puso fin a la prohibición oficial, pero seguía habiendo curas puritanos que se negaban a celebrar los ritos. En Estados Unidos también hubo puritanos en Nueva Inglaterra que rechazaron la Navidad, y su celebración fue declarada ilegal en Boston de 1659 a 1681. Pero incluso en los lugares en que no se prohibió, fue durante décadas una fiesta de capa caída porque se consideraba una costumbre inglesa.

Tras décadas de ilegalización o celebraciones en sordina, cuando se legaliza de nuevo la Navidad en esos países durante el siglo xviii, su popularidad había decaído mucho en las naciones protestantes a uno y otro lado del Atlántico Norte y podía considerarse en vías de desaparición. Son varios los estudiosos que coinciden en que la narración de Charles Dickens *Un cuento de Navidad,* publicado en 1843, desempeñó un papel muy importante en la reinvención de la fiesta de Navidad, haciendo hincapié en la familia, la buena voluntad, la compasión y la celebración hogareña (además de ser un relato de fantasmas cautivador). Tal vez porque Dickens tuvo una infancia desastrosa, con la familia viviendo en la cárcel para estar cerca de su padre encerrado por impago de facturas y él trabajando desde niño en una fábrica de betunes, sintió en la edad adulta la necesidad de salvar para los pequeños ese reducto de fantasía y esperanza en los milagros sobrenaturales que es la Navidad. Podríamos decir, poniéndonos un poco dickensianos, que la literatura salvó la Navidad. Tampoco es tan raro que fuese así: al fin y al cabo, La Navidad está hecha de mitos solares, de leyendas de magos que llegan de Oriente y cuentos de lo extraordinario susurrados al calor del fuego para olvidarse por un rato de que el frío del invierno arremete afuera con la virulencia de la noche más larga del año contra los cristales de las casas.

De entre todos los cuentos raros, extraños y sugerentes de Navidad, no hay otro más canónico que el *Cuento de Navidad* de Dickens, del que comentábamos su influencia. Pero, precisamente por ser tan conocido, en esta antología hemos seleccionado otro cuento de Dickens no menos asombroso,

La historia de los diablillos que se llevaron a un sacristán, que nos invita a conocer al sepulturero Gabriel Grub, poco antes del crepúsculo, el día de Nochebuena, cuando para levantar el ánimo había decidido trabajar un rato en una tumba y se echó al hombro el azadón, encendió el farol y se dirigió hacia el cementerio viejo. Nunca la advertencia del filósofo Pascal de que la infelicidad del ser humano se debe a su incapacidad de quedarse quietecito en su habitación resulta tan certera. En este cuento publicado en 1836 encontraremos muchos ecos de su célebre cuento del avaro Scrooge al que visitan los fantasmas de las navidades pasadas, presentes y venideras.

Dickens fue un autor tan influyente, que incluso hace «cameos» en otros cuentos de esta antología igual que los famosos aparecen inesperadamente en las series de televisión. Es el caso del cuento de Chesterton de 1911, *Las estrellas fugaces,* que reproducimos en estas páginas, donde veremos aparecer al agudo padre Brown y a un delincuente de sincopado apellido francés que nos dice: «Era una Nochebuena. Como buen artista, yo siempre procuraba que los crímenes fueran apropiados a la estación del año o al escenario en que me encontraba». Según cuenta Chesterton con ironía, se trata de «un crimen de Navidad; un crimen alegre, cómodo, adecuado a la clase media de Inglaterra; un crimen género Charles Dickens».

En las siguientes páginas van a encontrar relatos de lo más asombrosos y, sobre todo, de lo más absorbentes. A menudo con la narración del cuento de misterio incrustada dentro del relato —la narración dentro de la narración— con un poder casi hipnótico, como *La sombra* de Edith Nesbit, donde la relatadora, el ama de llaves sentada en una mecedora con el hogar de leña ardiendo, explicaba los acontecimientos surcados de extrañas sombras tan absorta que quien rememora ese momento afirma que «estaba mirando el fuego y supe que se había olvidado de nosotras».

Por esa querencia victoriana a contar historias de misterio en Navidad, muchos de los relatos son de autores de habla inglesa. Se van a tropezar desde grandes clásicos como Robert Louis Stevenson en *Markheim* a J. M. Barrie, el autor de Peter Pan, en *El fantasma de la Nochebuena.* Pero también autores menos conocidos con una sorprendente capacidad para susurrarnos historias al oído e incluso algún relato de autor anónimo que

se ha ido transmitiendo de generación en generación cada Navidad en las reuniones familiares. También veremos otra manera de contar la Navidad de autores no anglosajones como Bécquer o Pardo Bazán con uno de los cuentos más inquietantes de la antología, que parece escrito la semana pasada. Todos los cuentos de esta antología, incluso los más clásicos, tienen la capacidad de no envejecer porque nos siguen reuniendo en torno a una historia absorbente mientras afuera cae la noche. Pasen y vean. Y asómbrense.

ANTONIO ITURBE

Navidad de lobos

Emilia Pardo Bazán

Había cerrado la noche, glacial y tranquila. Las estrellas titilaban aún, palpitantes, como corazones asustados. No nevaba ya: una película de cristal se tendía sobre la nieve compacta que cubría la tierra. El cielo parecía más alto y distante, y la sombra siniestra de los abetos, más trágica.

En el fondo del bosque, los lobos, guiados por sus propios famélicos aullidos, iban reuniéndose. Salían de todas partes, semejantes a manchas oscuras, movedizas, que iluminaban dos encendidos carbones. Era el hambre la que los agrupaba, haciendo lúgubres sus gañidos quejumbrosos. Flacos, escuálidos, fosforescente la pupila, parecían preguntarse unos a los otros cómo harían para conquistar algo que comer. Era preciso que lo lograsen a toda costa, porque ya sentían el hálito febril de la rabia, que contraía su garganta y crispaba sus nervios hasta la locura.

Uno de los lobos, viejo ya, hasta canoso, desde el primer momento fue consultado por la multitud. Gravemente sentado sobre su cuarto trasero, el patriarca dio su dictamen.

—Lo primero es salir de este bosque y juntarnos, en el mayor número posible, para caer sobre alguna aldea o poblado en que haya hombres. Nos

rechazarán, si pueden; pero si podemos más, les arrebataremos sus ganados, y quién sabe si algún niño o hasta algún mozo. Tendremos carne viva y sangre caliente y roja en que hundir el hocico.

—La población más próxima es Ostrow —advirtió un lobo de desmedida corpulencia—. Ya he cazado yo allí una criatura de un año. Sus padres se dejaron la puerta abierta...

—Hoy —continuó el Lobo Cano— es una noche solemne, en que festejan el nacimiento de su Redentor. Como, además, se consideran nuevamente redimidos, y creen haber triunfado de sus opresores, estarán contentos y descuidados, y con la comilona y el aguardiente no habrán pensado tanto en echar el cerrojo a los establos y cuadras. Aprovechemos esta circunstancia favorable. Ánimo, hermanos hambrientos. Aullad de firme, para que nos oigan en los bosques vecinos y nos presten ayuda.

La bandada se puso en camino, abiertas las sanguinosas fauces, sacada la seca lengua. De tiempo en tiempo se paraba a lanzar su furioso llamamiento. Y de todos los puntos del horizonte, otros aullidos contestaban, y centenares de manchas negras caían sobre la nieve, engrosando la bandada, que iba haciéndose formidable. El negro ejército cortaba, con la rapidez de la flecha, la estepa desierta y resbaladiza, que, bajo la claridad estelar, se extendía leguas y leguas. Ya no era bandada, sino hormiguero infinito, y el calor de los alientos abrasadores y el martilleo de las patas ágiles rompía la costra del hielo y fundía su helada superficie. Avanzaban, impulsados por su desesperación, y todavía no se divisaba habitación humana alguna. Al cabo, distinguieron una claridad rojiza y algo densa, como una niebla. Según se aproximaron, vieron que era Ostrow, que, envuelta en humo caliginoso, ardía por uno de sus extremos.

Con la rapidez propia de aquel país de construcciones de madera resinosa, el incendio iba propagándose. Oíanse los chasquidos de la llama, y una multitud, entre la cual había heridos y moribundos, alzando al cielo las manos, presenciaba el espectáculo terrible, sin hacer otra cosa que lamentarse. Un grupo menos numeroso, armado, de gente de rostro patibulario y encendido de borrachera, atizaba el incendio y aplicaba antorchas a las construcciones intactas aún.

—¿Veis esto? —preguntó el Lobo Cano a los demás—. Son los hombres, que queman las mansiones de los hombres. Nosotros no cometeríamos tal insensatez. No nos mordemos los unos a los otros.

—Tampoco —respondió el lobo gigantesco— nos dejaríamos tratar así. Estos de Ostrow merecen lo que les pasa. ¿Por qué no toman sus hachas de leñadores?

—Lo esencial —gañó una loba joven que quería dar pitanza a sus cachorros— es ver si entre la hoguera hay algo. Yo me arrojo a ella sin miedo; más vale morir abrasado que de hambre.

Persuadida de esta verdad, y animada por su fuerza y número, la bandada se precipitó dentro de la incendiada población. Se arrojaron contra todos, contra los incendiarios y contra las víctimas, mordiendo calcañares, destrozando ropas, saltando al cuello de unos y de otros. Los incendiarios, que estaban armados, dispararon sus fusiles, a la ventura, sobre las fieras, y algunos lobos cayeron; pero los restantes se abalanzaron con mayor empuje. Huyendo de la llama que cundía y les chamuscaba la piel, los lobos arrastraban fuera del círculo del incendio a las víctimas que podían sorprender; y, sobre la enrojecida nieve, remataban a su presa y la despedazaban con dientes agudos, se oía el crujir de las mandíbulas, el roer de huesos y los gruñidos de placer al devorar. Y se dijera que la bandada, al caer heridos muchos lobos, aumentaba en vez de disminuir. Era que los animales se habían envalentonado y, desafiando el incendio, registraban todas las casas, atacaban a todas las personas, con frenesí de destrucción. Donde venteaban un animal doméstico, sorprendido por el fuego en su cobijo, y les daba el olor de la socarrada carne, se lanzaban, sin miedo a tostarse las patas, saltando por cima de las abrasadas maderas hasta llegar hasta el plato sabroso, caliente en demasía. Había un edificio donde potros y cerdos, encerrados en el establo, se asaban lentamente, y su grasa chirriaba, y su olor convidaba. Un racimo apretado de lobos se precipitó allí. Sacaron el manjar de entre la brasa y empezaron a regodearse. Festín como aquel no lo recordaban. Estaba exquisita la pieza dorada y chascada por la lumbre, y los mismos lobos estiman un asado en punto.

Y los incendiarios, diezmados y aterrados, buscaban sus monturas; muchas habían sido ya arrebatadas por los lobos. Los que pudieron conseguir montar desgarraron con la espuela los ijares de los jacos peludos y recios, que temblaban con todos sus miembros y enderezaban las orejas resoplando. Salieron en loco galope, con la esperanza de dejar atrás al ejército de salvajinas, de ponerse fuera de su alcance. Uno de los incendiarios tenía sujeta por las trenzas a una moza rubia, su parte de botín. La muchacha gemía, se retorcía las manos, porque acababa, no hacía una hora, de ver arder su casa y caer bajo los golpes de los feroces asesinos a su padre, viejecito, y a un hermanillo de doce años. Y en su cabeza danzaba una confusión de horrores, entre los cuales sobresalía el horror de no comprender. ¿Por qué los mataban, por qué hacían ceniza sus viviendas? No era el extranjero quien así procedía: eran sus propios hermanos, los que se decían salvadores del pueblo, y a quienes en nada habían ofendido. ¡Y cometían el pecado en la misma noche en que nacía Cristo Nuestro Señor! ¿Por qué los hombres habían sufrido sin lucha aquellos atentados? ¿Por qué no habían resistido al mal? Ella era una mujer, sus fuerzas escasas, pero sentía en su alma el ardor de la indignación, porque aquellas cosas no podían agradar a Cristo, nuestro Redentor: aquellas cosas eran obra de las potencias infernales, eran la sombría acción de los demonios, que acaso se habían metido en el cuerpo de los lobos aulladores, para castigar a los malvados y hartarse de sangre de cristianos ortodoxos. Y la muchacha, al observar que su opresor iba a alzarla por la cintura para sentarla delante de su caballo y huir con ella, rápidamente, sin meditarlo, echó mano al revólver que él llevaba pendiente de su cinturón, y disparó casi a boca de jarro, sin contar los tiros, hiriendo a bulto, y saltando después sobre el caballo, que salió espantado, a trancos de terror.

El Lobo Cano, entre tanto, aconsejaba a sus hermanos, los dirigía:

—Echaos sobre los que llevan fusiles. Inutilizad primero a esos, que los otros no tienen coraje. No os entretengáis con los asados; también la carne fresca y cruda es buena y sabrosa. No me dejéis alma viviente. Somos más, somos el número. Para todos habrá festín. ¡Ánimo, que ya apenas resisten!

 16

Y era cierto. Los incendiarios, espantados del fin que preveían, se habían arrodillado, y renaciendo en ellos ante la horrenda muerte el misticismo y la devoción, imploraban a todos los santos nacionales: san Cirilo, san Alejo, san Sergio, la virgen de Kazán... Y murmuraban:

—¡Qué triste noche!

El Cano les contestó con un aullido:

—¡Triste para vosotros! ¡Para los lobos, alegre!

17

El fantasma del viejo Hooker, o los festejos navideños en Huntingfield Hall

Anónimo

1

PRESENTACIÓN DE HUNTINGfiELD HALL Y SUS HABITANTES

En esa época del año en que la lluvia, el viento y la escarcha, aunando fuerzas, han desnudado los árboles de su follaje y arrancado hasta la última rosa del otoño de su tallo, una alegre y variopinta tropa de todas las edades estaba reunida bajo el hospitalario techo del afable y generoso sir Gilbert Ilderton, de Huntingfield Hall, preparándose para una campaña de Navidad llena de júbilo y diversión. Convendría describir a sir Gilbert antes que ofrecer detalles relativos a su mansión. Medía un metro noventa, y eso descalzo, era de complexión ancha y recia y de buen porte, con un rostro ovalado, ojos azules, grandes y expresivos, una nariz larga y bien perfilada, y una boca en la que rara vez faltaba una afable sonrisa. Cabría tomarlo por el ideal de caballero de la campiña inglesa.

Su hijo mayor, Gilbert, un apuesto muchacho que se parecía mucho a él, tanto en apariencia como en carácter, asistía a la universidad, y pronto sería mayor de edad; el mediano estaba en el ejército; y el tercero, Charley —el ojito derecho de su madre, el favorito de la casa y de todos en los alrededores—, servía a la marina de su país en la eminente posición de alférez

de fragata, aunque se proponía llegar a ser almirante algún día y derrotar a los franceses o a cualquier otro enemigo de la amada Inglaterra. Había otros hijos más jóvenes, y tres hijas, conocidas en la región como las Tres Gracias, unas criaturas adorables en la flor de la edad, rubias y hermosas, todas ellas de refinada y elegante figura. Era difícil encontrar a una chica más hermosa que Mary Ilderton, la mayor de las tres —y que tenía un año más que Gilbert—, y las otras dos apuntaban maneras.

La casa siempre se llenaba de invitados en Navidad, porque sir Gilbert gozaba al ver tantas caras felices y dichosas a su alrededor, y reunía a parientes y amigos, viejos y jóvenes, tanto si eran de alta como de baja condición, en cuanto a posibles se refiere. La vida y el alma de la casa era un tal Giles Markland, a quien todo el mundo llamaba primo Giles. Los jóvenes, no muy versados en genealogías, creían que era su primo carnal, aunque no estaban seguros de qué parentesco los unía. Era, de hecho, primo de sir Gilbert, quien lo apreciaba más por su honestidad, su llaneza y su buen corazón que por los lazos de sangre. A pesar de que las señoritas Ilderton no brillaban por su inteligencia, no cabía duda de que contaban con una educación impecable y con las consabidas virtudes que cabía atribuir a las damiselas del siglo xix, pero entre las invitadas figuraba una sobrina de lady Ilderton, la señorita Jane Otterburn, a quien consideraban un portento, porque escribía poesía, tenía una imaginación inagotable, era una gran actriz, montaba charadas, inventaba juegos y diversiones de toda clase, y desde luego en la casa secundaba por méritos propios al primo Giles, quien era a su vez el principal impulsor de las actividades al aire libre. Era una chica menuda y morena, ágil, activa y de ojos brillantes, o más bien una mujercita, pues ya había dejado atrás con creces la adolescencia, y a decir de todos era muy bonita; en ese sentido, bien podía rivalizar con las señoritas Ilderton, y tenía muchos más pretendientes que ellas. Era huérfana y disponía de una buena fortuna, lo cual la hacía doblemente interesante. En el arte de tejer un relato improvisado, verídico o inventado, la fértil imaginación de Jane Otterburn rebosaba de una brillantez que pocos podían igualar.

En rotundo contraste con ella, en la casa también estaba una prima lejana de sir Gilbert, Susan Langdon, una joven de bonachona, hermosa, rolliza

y deliciosamente aburrida, como solía describirla el primo Giles. Era objeto de todo tipo de burlas, y un blanco perfecto, según él, porque era demasiado obtusa como para ver venir los dardos que le lanzaban o demasiado cándida como para molestarse cuando le acertaban con más fuerza que de costumbre. Se parecía mucho a su madre, y a su hermano, Simon, quien compartía esos mismos rasgos, pero siempre se reía por lo bajo y se frotaba las manos al descubrir que Susan iba a ser víctima de alguna broma, sin percatarse de que él caía en otras similares. Conoceremos a los demás invitados sobre la marcha.

Llegó el día de Navidad. Todos fueron a la iglesia pisando la tierra escarchada, y encontraron el interior del templo adornado con lustrosas bayas rojas de acebo, y con las correspondientes inscripciones bajo la galería del órgano, y el sermón inculcó en la congregación la paz y la caridad con el prójimo, y nadie habría dudado que sir Gilbert las practicaba al ver los rostros sonrientes y complacidos de los aldeanos cuando pasó entre ellos. Después del almuerzo, los más jóvenes dieron un paseo vigorizante con el primo Giles en cabeza entre setos sin verdor y bosques desnudos, y junto a las charcas, buscando una capa de hielo resistente, y luego realizaron más de una docena de visitas a las casas vecinas repartiendo regalos a algunos ancianos impedidos, al son de alegres villancicos, y Jane Otterburn se lanzó a una erudita disertación sobre la naturaleza de la escarcha y la nieve, los animales en hibernación y otros temas afines a esa época del año, mientras Susan Langdon reía sin saber por qué, sin otro motivo que la pura felicidad, y Simon trataba de hacerle alguna jugarreta, aunque le faltaba ingenio para idearla. Las señoritas Ilderton charlaban tan ricamente, escuchando las observaciones de su hermano Gilbert, o conversaban sobre la marina con el joven lord Harston y con el capitán Fotheringsail, dividiendo sus atenciones con una imparcialidad digna de alabanza. Después llegó la cena, el tradicional menú inglés, pero preparado de una manera exquisita: ternera y pavo al horno, y budines de ciruelas y tartaletas de frutas, todos decorados con acebo, y brandi para calentar las tartas y los budines, y el mejor vino en abundancia. El párroco, que estaba presente con su familia, bendijo la mesa como correspondía y les dio su bendición. Apenas hizo falta la ayuda de los

sirvientes cuando retiraron el mantel, porque también ellos estaban disfrutando de los generosos dones del Cielo, concedidos por mediación de la mano de su querido señor, y en el salón de abajo, adornado con acebo, en un extremo, con la ayuda de biombos y ramas, formaron un elegante escenario.

Concluido el banquete, unas voces procedentes del exterior anunciaron la llegada de los cantantes de villancicos, a quienes hicieron pasar de inmediato, y después de participar del ágape, se colocaron en el escenario, y toda la familia acudió desde la sala de estar al vestíbulo para escucharlos, sir Gilbert sentado delante, con la bolsa del aguinaldo en la mano, repartiendo sonrisas alentadoras de aprobación. Dieron paso a los mimos, para gran satisfacción de la chiquillería. Aparecieron Papá Noel y sus duendes, Granizo, Escarcha y Nieve, y un sinfín de héroes, vestidos con gorros, cascos y armaduras de papel decoradas con lentejuelas y cintas, y espadas de madera, y largas lanzas, una comparsa de lo más variopinta; el duque de Wellington y Napoleón Bonaparte; Nelson Soult y Blucher; el Príncipe Negro y Julio César; el duque de Marlborough y Ricardo Corazón de León; y numerosos hombres célebres de todas las edades, mezclados con deliciosa indiferencia hacia la exactitud histórica. Lucharon unos con otros y cayeron heridos de muerte hasta que solo sobrevivió el gran duque de nuestros días, cuando de repente entró en escena un nuevo personaje —un médico con una panacea para curar todos los males— y, aplicándoles el remedio en la nariz, mientras pronunciaba un conjuro cabalístico, que sonaba algo así como «Tomad esta poción aspirando con fruición», puso a todos los héroes muertos en pie, listos para volver a la lucha.

—Ese caballero sería un prodigio de la medicina si tuviera tanto éxito como ha tenido aquí esta noche —observó el primo Giles, mientras sir Gilbert prodigaba su generosidad entre el elenco—. ¡Que repitan la pantomima!

—¡Otra vez, otra vez! —gritaron los miembros más jóvenes del público; y los actores, sin protestar, con absoluta solemnidad, repitieron sus papeles sin la menor variación en sus palabras o sus gestos.

Después del té, los chiquillos pasaron al comedor, donde una horrenda bruja presidía la larga mesa frente a un cuenco enorme, y de pronto se apagaron las luces y del interior salieron unas llamas azules, que hicieron que

la bruja pareciera más horrenda aún, acaparando el cuenco con sus largos brazos siniestros, pero cuando los invitó a servirse —«¡Uvas pasas calientes, uvas pasas dulces, ricas uvas pasas flambeadas!»— fueron pocos los que no se acercaron, porque no tenía una voz antipática, y se reconocía fácilmente que era la del primo Giles; y cuando los chiquillos vieron sus caras iluminadas en tonos azules, amarillos y verdes, y se acabaron las uvas pasas, la bruja se hundió debajo de la mesa y desapareció sin dejar ni rastro en el mismo momento en que el primo Giles volvió a aparecer. Después dieron comienzo todo tipo de juegos, en los que viejos y jóvenes se enfrascaron con idéntico placer, guiados por el primo Giles y por Jane Otterburn. Por fin todos guardaron silencio para escuchar, y muchos para cantar, un dulce villancico, y rezaron en familia y leyeron pasajes de la Biblia, y así acabó el día de Navidad, y todos se retiraron, agradecidos de corazón y llenos de ternura hacia los demás, a descansar.

2

La historia de un fantasma

Se dice que todas las casas guardan un esqueleto en algún armario recóndito. Había uno en Huntingfield Hall. Sin embargo, a nadie le gustaba hablar de él. Incluso el jovial sir Gilbert evitaba el tema. Habían pasado la mañana en el hielo: varias damas se pusieron los patines por primera vez, y los caballeros se emplearon a fondo hasta quedar tolerablemente cansados. Aún se celebraban toda clase de juegos para los más jóvenes, entre los cuales la gallinita ciega y el escondite eran los favoritos de la mayoría, y nadie pensaba en el relato del viejo baúl de roble, ni temía un destino similar al de la heroína. Al final, incluso los más inquietos se cansaron de tanto movimiento, y se alzó un clamor general para que Jane Otterburn contara una historia. El primo Giles insistió, y condujo a Jane hasta el centro de un gran semicírculo formado alrededor del fuego, en el que sir Gilbert ocupó su butaca de costumbre a un lado, y lady Ilderton al otro. La joven se sentó en una banqueta, con un brazo apoyado en la silla de la señorita Ilderton, de modo que sus tirabuzones oscuros caían sobre el vestido azul celeste de su rubia prima,

mientras sostenía en la otra mano un abanico de plumas para protegerse los ojos del resplandor de las llamas.

«¡A ver, Jane, cuenta un cuento!», «¡Vamos, señorita Otterburn, un cuento!», exclamaron varias voces, viejas y jóvenes.

Jane se quedó callada un instante, contemplando el fuego, y empezó:

Había una familia tan, tan antigua que entre sus ancestros había conquistadores normandos de Gran Bretaña, y desde entonces poseía una finca en el corazón de Inglaterra. Las damas eran rubias y virtuosas, y los hombres, valientes y honestos, aunque orgullosos de su estirpe, y un poco altivos, además. Habían luchado por el rey Carlos, y apoyado a Jacobo hasta el final, aunque después se convirtieron en fieles súbditos de Guillermo de Orange, y, cualesquiera que fuesen sus simpatías, al haberle jurado lealtad evitaban a los partidarios del aspirante al trono.

Con el tiempo, un tal sir Hugh Oswald se convirtió en el señor de la casa. Tenía un hijo y una hija, de cuya belleza, modales y porte en general se sentía justamente orgulloso. De hecho, se enorgullecía de todas sus posesiones, y habría sido difícil convencerlo de que no eran sino la perfección misma.

Fue una noche oscura de noviembre, en la que el viento aullaba y silbaba a través de los árboles, y la aguanieve y la lluvia arreciaban con tanta furia que hasta los más aguerridos buscaron cobijo, cuando el joven Hugh Oswald salió de la mansión por una puerta de servicio y echó a andar cruzando el jardín hacia la casa del guarda. Llamó a la puerta, y una muchacha rubia y bella como una hurí, que leía junto a una lámpara, acudió a abrir, dispuesta a recibirlo.

—Hugh, amor mío, sabes que verte es una alegría, pero vaya una noche has elegido para salir y dejar la alegre compañía que hay congregada en la mansión.

—Justamente por eso he venido. De ese modo, nadie sospechará que he salido, ni aunque me echen de menos, mi dulce May —contestó Hugh, y la estrechó en sus brazos.

No es preciso describir qué otros arrullos se dijeron esa noche. Aquella era solo una de las muchas visitas furtivas a la casita del guarda, de las cuales, por extraño que parezca, ningún habitante de la mansión estaba al tanto ni albergaba la menor sospecha. Con el tiempo, Hugh obtuvo el permiso de su padre para viajar. Conocía muy poco de Inglaterra y nada del continente. Llevaba un tiempo fuera cuando escribió para anunciar que había dado un paso que confiaba que su padre disculpara, aunque no le hubiera pedido consentimiento: se había casado con una joven preciosa y encantadora. Bastaba con verla para adorarla. Suplicaba el perdón de su padre, y esperaba que la recibiera con los brazos abiertos.

La respuesta de sir Hugh fue mucho más favorable de lo que cabría esperar, aunque recalcó que su perdón dependería necesariamente de las circunstancias. Hugh se valía de tal o cual pretexto para postergar la vuelta a casa, pues, al parecer, recelaba de las circunstancias de las que dependía su perdón. Al final, sir Hugh, que había perdido la paciencia, o más bien sospechaba que algo no iba bien, le ordenó a su hijo que regresara perentoriamente. La joven pareja llegó. Hugh no había exagerado al alabar la belleza de su esposa. Sir Hugh la miró con detenimiento en silencio, y después llevó a su hijo aparte.

—Hugh —le dijo—. Tú no sabes con quién te has casado, pero yo sí. No conocerás la felicidad mientras vivas.

No añadió una sola palabra, a pesar de las explicaciones que su hijo le reclamaba. ¿Cómo podía saber lo que sucedía en aquel mismo instante?

Era verano. En un rincón apartado del jardín, bajo una glorieta cubierta de rosas, jazmín y otras enredaderas, Emily Oswald aguardaba con la mirada ávida y el corazón palpitante la llegada del hombre que le había declarado su amor. El muchacho llegó; vestía un traje rústico, pero tenía buena planta y era guapo de cara, dotado además de un porte viril. No dio muestras de timidez al acercarse a la damisela, pues era evidente que confiaba en que lo amaba. La instó a que se fugaran juntos. Le prometió devoción y cariño. Sabía que el padre nunca consentiría su unión, y que sería mejor casarse sin su aprobación que hacerlo después de que se la negara.

La joven escuchó con aire crédulo y en exceso predispuesto. Se fugaron juntos. No entraré en detalles sobre la suerte que corrió. Había creído que el joven campesino, el presunto hijo del guarda, era un noble disfrazado.

Nadie la echó en falta hasta altas horas de la noche, y cuando la buscaron por toda la casa y por el resto de la finca no hallaron ni rastro de ella. Hasta que, al cabo de dos días, sir Hugh descubrió que su única hija, la hermosa criatura de quien tan orgulloso estaba, se había fugado con el hijo del guarda, el hermano de la chica con quien su propio hijo se había casado, lo que, según sus principios, había acarreado una deshonra eterna a su familia. Para colmo de males, Emily, la niña de sus ojos, sin duda había cometido un acto que acrecentaba el estigma. Sospechaba que aquel castigo era premeditado, y además sabía quién era el enemigo que lo había perpetrado con sus maquinaciones. El barón sacó la escopeta y decidió salir de paseo por sus tierras, como acostumbraba; rara vez salía sin el arma.

Al parecer, se encontró con el guarda, un hombre que visitaba poco el lugar y no cumplía con sus quehaceres, y sir Hugh lo acusó de actos de villanía y traición, que el otro rebatió con tono insultante, y que a continuación sobrevino una terrible pelea. Dos días después apareció el cadáver del guarda, con un disparo en el pecho, en un rincón apartado de la finca. Los rumores señalaban que sir Hugh era el asesino, pero nunca lo acusaron abiertamente. Se afirmaba también que el moribundo había anunciado que su espíritu rondaría la mansión durante diez generaciones, y que durante ese tiempo el primogénito de la casa nunca tomaría posesión de su herencia. Sea como fuere, sir Hugh parece haber recibido un severo castigo.

Su hermosa y querida hija corrió una triste suerte. El hijo del guarda, aunque era un muchacho de talento, carecía de escrúpulos, y la muchacha murió joven y con el corazón roto. La hermana tampoco resultó ser tan buena como su joven marido había esperado. A medida que se hacía mayor y se esperaba más de ella, se hicieron patentes gustos y modales que habían pasado por alto en una chica joven y bonita. Hugh murió antes que su padre, y sir Hugh vivió muchos años, y se convirtió en un anciano triste y sin progenie, de modo que su patrimonio recayó en el hijo de un hermano suyo.

26

—¿De dónde has sacado ese cuento, Jane? —preguntó el barón con inquietud, en un tono muy diferente del que lo caracterizaba.

—Jane, querida mía, ¿se puede saber dónde has oído esa historia? —exclamó su tía.

—Eso se me escapa incluso a mí misma —contestó la señorita Otterburn—. Yo estaba convencida de que todo era invención mía, y desde luego esos nombres son ficticios, pero confieso que tal vez la haya oído en algún sitio. A menudo, cuando creo que me invento historias, descubro que en el fondo me sonaban de antes.

Ni sir Gilbert ni lady Ilderton dijeron nada más sobre el asunto, aunque ambos se quedaron inusitadamente serios. Se contaron más historias, donde a veces los fantasmas y los duendes tenían un papel destacado. En el transcurso de la velada, el primo Giles aprovechó la oportunidad para llevarse a la señorita Otterburn aparte.

—Pero por el amor de Dios, ¿cómo se te ha ocurrido contar esa historia? —preguntó—. ¿Acaso no sabes que está relacionada con esta casa y con los antepasados de sir Gilbert? Hasta los nombres de pila del padre y el hijo son los auténticos. No cabe duda de que sir Hugh mató al guarda, el viejo Hooker, pues así se llamaba, y se afirma y se cree que la amenaza se cumplió y que el fantasma ronda la mansión de su asesino.

—¿Cómo? ¡En esta misma casa! —exclamó Jane con asombro, o incluso terror, por no decir cierta desazón, visible en el rostro.

—Sí. Si debemos creer a las ancianas, las amas de llaves y los mayordomos retirados, el fantasma del viejo Hooker ha aparecido más de una vez acechando por la mansión a medianoche, sin que nadie se atreviera a hablarle o detenerlo. Debes comprender que la familia contó otra versión de la historia: que el viejo Hooker se suicidó tras la fuga de su hija con el joven Hugh, que aseguran que no se casó con ella, y después de que a su hijo, de quien estaba muy orgulloso, lo deportaran por haber raptado a la señorita Ilderton. Con respecto al hijo, es difícil saber quién fue más culpable. El joven, según creo, se había elevado muy por encima de sus orígenes gracias a su extraordinario talento, y quizá supuso que unirse a ella en matrimonio lo haría avanzar en sus ambiciosos proyectos; o quizá se fugara con ella y la tratara como al final la trató

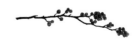

en represalia por la manera en que el joven Hugh había tratado a su hermana. Aun así, sospecho que tal vez no fuera más que un tipo sin escrúpulos, y que tampoco puede decirse mucho a favor de ninguna de las partes implicadas. Sin embargo, todos están muertos y enterrados hace mucho tiempo, y aguardan a que los juzgue un tribunal que mide a todos los seres humanos con el mismo rasero. Así pues, no condenemos a quienes ya no pueden defenderse.

3

Preparativos para la noche de Reyes

Nadie volvió a sacar a colación la historia del fantasma del viejo Hooker en presencia de la familia Ilderton, pues saltaba a la vista que les desagradaba; pero dio pie a comentarios cuando se quedaban a solas dos o tres invitados, y al final, por mediación de alguna de las doncellas de las damas, la historia llegó a las dependencias de la servidumbre, donde huelga decir que despertó mucho entusiasmo. Sin embargo, nada más oírla, Lamper, el mayordomo, movió la cabeza, consternado, y aconsejó que no se mencionara.

—Quizá sea verdad o quizá no lo sea, pero no hará ningún daño dejar estar ese asunto —observó.

A pesar de tan sensata recomendación, ni en las dependencias de la servidumbre ni en los aposentos de la planta alta lo dejaron estar, y comenzó a cundir la inquietud cuando caía la noche. Todos preferían ir acompañados cuando cruzaban los largos pasillos y corredores que llevaban de un ala de la mansión a otra. Jane Otterburn reparó en que, ciertamente, había hecho aparecer un fantasma sin proponérselo. Y mientras tanto, ningún miembro de la familia se enteraba de lo que ocurría, pues, a sabiendas de que sir Gilbert y lady Ilderton aborrecían aquella historia, los demás cambiaban inmediatamente de tema cuando cualquiera de los dos se acercaba. Llegó un momento en que incluso se describió el traje del viejo Hooker con todo lujo de detalles: una levita de caza verde, con un cinturón de cuero; una gorra con alas rígidas de una forma que recordaba un poco el yelmo

de Mambrino o el casco de un policía en tiempos modernos; un cuerno de pólvora a la espalda, botas altas de cuero, y una lanza enorme, que debía empuñarse con las dos manos. Eso demostraba que era el guarda principal: una persona en absoluto insignificante, y que sin duda había demostrado ser un formidable rival para toda clase de cazadores furtivos y de bandoleros. Que estuviera por encima de los guardas corrientes justificaba la excelente educación que le había procurado a su hijo.

Jane había hablado tanto sobre la historia y le había dado tantas vueltas que no se sentía del todo tranquila, y más de una vez, cuando se iba tarde a la cama y la puerta de su cuarto se abría de golpe en el preciso instante en que se disponía a cerrarla, creyó ver —a la luz de la luna que entraba por una ventana— una extraña figura que se movía a lo lejos en el pasillo. Era una chica valiente, aunque con una imaginación desbordante, de modo que esperó a comprobar si la figura se daba la vuelta, hasta que se esfumó a través de la ventana al fondo del pasillo. No le contó a nadie lo que había visto, convencida de que los sentidos la engañaban; pero tres noches después, cuando en esas mismas circunstancias la figura apareció y desapareció de nuevo, se quedó de lo más desconcertada y removida hasta las entrañas, aunque siguió decidida a no mencionar el suceso. A la mañana siguiente había recuperado la serenidad, y estaba tan animada y de buen humor como de costumbre. Los caballeros eran quienes mejor humor percibían en ella, y el alegre y divertido capitán Fotheringsail, que llevaba la pechera del uniforme cubierta de galones, no parecía tener ojos ni oídos para nadie más. A Jane le gustaba el capitán, pero daba por hecho que había acudido a la mansión en calidad de pretendiente de una de sus primas. Era una criatura tan cándida y modesta que siempre daba por hecho que las atenciones iban dirigidas a alguna otra de las allí presentes. El capitán quizá cometía una estupidez al no dejar más claras sus intenciones, pero no se lanzaba, de modo que Jane se consideraba libre de toda atadura.

Cabe mencionar que, el día de Navidad, a sir Gilbert y a lady Ilderton se les alegró el corazón al saber que su hijo Charley navegaba con rumbo a Inglaterra, y, puesto que no tardarían en concederle un permiso, se esperaba que llegara en breve a la mansión.

Algunos de los pasatiempos previstos se pospusieron hasta su llegada; entre ellos, un baile de disfraces, o más bien una mascarada, que convinieron en celebrar la noche de Reyes, si el muchacho hacía saber que podían contar con su presencia para esa fecha.

—¡Hurra! ¡Charley va a venir! —gritó Gilbert, al abrir una carta a la hora del desayuno, ese delicioso momento del día en una casa inglesa bien ordenada cuando, después de un sueño reparador, todos se reúnen alrededor de una mesa blanca como la nieve, cargada de pan y apetitosos bollos de todas las formas, y tostadas y mantequilla que nada en porciones caprichosas en cuencos de cristal de agua pura, y confituras en tarrinas talladas, y, acaso, unas exquisitas salchichas o costillitas en bandejas calientes, y tés y cafés fragantes, y porcelana fina, todo tan maravilloso, fresco y brillante, y por si fuera poco un bufete repleto de enjundiosas viandas—. ¡Sí, estará aquí el día 5 a más tardar, y, tened por seguro que, si alguien aminora la marcha, Charley lo espabilará!

Charley era el favorito de todos, si bien cabe reconocer que, cuando se echaba a la mar, era un tanto temerario.

Empezaron a efectuarse los preparativos para el gran baile y los disfraces que iban a llevar. Habría caballeros de armadura, y un Robin Hood con la doncella Marian, y turcos, y griegos, y albaneses, circasianos y algún que otro Hamlet, y un Otelo, un Rolla y un joven Norval, y una Virgen del Sol, y la Noche y la Mañana, y las Cuatro Estaciones, y un Arlequín, y un Bufón, y la Colombina... ¡De hecho, era difícil asegurar qué personajes no aparecerían! Aunque lo mejor era que nadie sabía de qué se disfrazarían los demás, salvo quizás el primo Giles, Jane Otterburn y Gilbert, que se contaban entre los iniciados. El baile se organizaría en un magnífico salón, que era el orgullo del lugar, y que se adornaría con enramadas de abetos, entre las que se colocarían lámparas y guirnaldas de flores que solo crecían en los invernaderos en esa época del año.

—Sería divertidísimo —le dijo el primo Giles a Jane, mientras seguían tramando alguno de sus planes—. Y, para serte sincero, dudo mucho que a sir Gilbert le molestara. Le ofende más bien que el asunto se tome en serio, intuyo que no se cree ni una palabra de esa historia. Es el traje

de una asociación de guardabosques de este condado, y resulta fácil de conseguir.

Jane pareció sumida en sus cavilaciones. ¿Y si aquella noche hubiera visto a alguien disfrazado en el pasillo? Si hubiera ocurrido una sola noche, esa podría ser la solución al misterio. No quería mencionar el asunto, ni siquiera al primo Giles, pues consideraba que se reiría de ella. Así pues, no dijo nada, y siguió dándole vueltas.

Llegó el 5 de enero. Los preparativos ya estaban a punto, pero Charley no llegaba. De todos modos, Gilbert no parecía muy preocupado, pues estaba convencido de que, en todo caso, aparecería a tiempo para el baile.

4

Una mascarada, y un relato de la aparición que hizo el fantasma

Era la noche de Reyes, y gente de todo el condado acudió a reunirse en Huntingfield Hall: había quien vestía ropa sobria y moderna, pero la mayoría lucían un auténtico despliegue de disfraces de fantasía. Una madama llegó escoltando a una Colombina, una florista italiana y un circasiano rubio; un pachá envuelto en una túnica espléndida llevaba de un brazo a una recatada cuáquera, y del otro a una monja de hábito lúgubre, aunque los adornos brillantes que se entreveían por debajo eran indicio suficiente de que no iba a tardar en quitárselo. Una Virgen del Sol entró del brazo de don Juan, y un pirata griego con Juana de Arco; un jefe circasiano y un noble ruso iban codo con codo, y un irlandés de las turberas con una pipa de arcilla en la boca y empuñando una porra sostenía del brazo a una reina Isabel I un poco entrada en carnes. Sir Gilbert y lady Ilderton aparecieron como un caballero y una dama de la época de Enrique VIII, y sus hijas, con otra joven, como las Cuatro Estaciones, sin máscaras.

Empezó la diversión, y a pesar de todos los esfuerzos que se hacían para adivinar quién era quién, muchos de los invitados se habían disfrazado tan bien que a menudo no era tarea fácil. No solo se representaban personas y

animales, sino también objetos inanimados; entre otras cosas, un enorme tonel se deslizó en la sala. Se oyeron comentarios no especialmente elogiosos sobre el talento de su ocupante mientras rodaba por el suelo, como si lo empujaran desde fuera, a la manera en que suele moverse un tonel, mientras una voz procedente del interior repetía sin cesar: «¡Voy como una cuba, soy el hazmerreír de todos!». Después de girar y girar por el salón durante un buen rato, descansando de vez en cuando cerca de una pareja enfrascada en una interesante conversación, se detuvo junto a una de las enramadas de abeto, y le mostró al resto de la concurrencia una cara sonriente y rubicunda, con una boca enorme de la que salió una sonora carcajada. Desde ese momento se quedó inmóvil y, cuando poco después un bufón que curioseaba por todos los rincones empezó a golpear el tonel con la mano y luego intentó meterse dentro, resultó que estaba vacío. Así que el bufón se dispuso a sacar el barril, pero al parecer se cansó y lo arrimó a la pared para quitarlo de en medio. Una Colombina que pasaba captó su atención, cuando, para su visible consternación y el asombro de los invitados, el tonel empezó a moverse de nuevo, y el otro a perseguirlo, fingiendo que no era capaz de alcanzarlo, mientras gritaba: «¡Eh, barril endemoniado, detente... detente! ¡Eh, diantre de barrica, tonel, cuba o como te hagas llamar: detente! ¡He dicho que te detengas!», pero el barril no se detuvo hasta que llegó a un hueco del fondo, donde lo alcanzó y, poniéndolo de pie, le dio la vuelta y se vio que estaba tan vacío como antes.

Mientras tanto, una gitana jorobada, disfraz que suscitó una admiración generalizada, iba de acá para allá adivinando la suerte. Aunque no llevaba máscara, estaba tan bien caracterizada que nadie parecía reconocerla, ni saber si era vieja o joven, alta o menuda. No le hacía falta ir en busca de nadie, sino que todo el mundo se acercaba a ella, uno tras otro, y con una exactitud prodigiosa les decía quiénes eran, y les desvelaba sus aspiraciones y sus deseos, qué habían hecho y qué se proponían hacer en la vida. Entre otros, se presentó un joven marino, pipa en boca, y le preguntó a qué parte del mundo lo destinarían en su próximo viaje, y cuánto tiempo estaría fuera y si a su regreso encontraría fiel y leal a su Susan de ojos negros. Apenas prestó atención a la respuesta de la primera pregunta. La gitana, en lugar

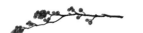

de contestar la segunda, pidió que le describiera a su Susan de ojos negros, que dijera desde cuándo la conocía y si aquel amor era correspondido. La descripción que hizo el muchacho encajaba exactamente con la de Jane Otterburn. Habían pasado solo tres semanas desde la primera vez que la viera, pero los marinos rara vez pueden gozar más que de un breve noviazgo, y deben cantar aquello de «Dichoso el cortejo cuando basta con tirar los tejos». La cuestión que más le interesaba era si podía aspirar a que su amor fuera correspondido. La gitana titubeó un poco, y contestó con una voz ni mucho menos tan clara y nítida como antes:

—El amor leal y verdadero, cuando encuentra un corazón sin ataduras y una mano sin compromiso, rara vez se queda sin recompensa, y el amor sincero de un hombre valiente, cuando no puede ser correspondido, se convierte en amistad y pronto busca en su sabiduría otro objeto en el que depositar sus sentimientos.

—Venerable gitana —insistió Jack—, supón que Sue me importara, que me importa, así que, por lo que más quieras, ¿a Sue le importo yo? Ese es el meollo del asunto, y quiero saberlo.

—Pregúntaselo tú mismo. Si es como la describes, te dará una respuesta sincera —contestó la gitana, y su voz sonó más débil aún que antes—. Pero no lo hagas esta noche. Esta noche, no. —Y añadió—: Sospecho que no tienes nada que temer.

El marino dio un respingo súbito, y no parecía querer apartarse del lado de la gitana, quien, después de ese pequeño incidente, perdió toda su elocuencia y su ingenio chispeante, y a quienes no habían hablado antes con ella se les antojó una gitana de lo más sosa y aburrida. La conversación con el marino quedó interrumpida por los gritos de algunos de los invitados cuando, en un extremo del salón, acechó una figura rígida, vestida con un traje verde muy vivo y un gorro de caza, y con una lanza en la mano. Tenía el rostro emblanquecido, como cabe esperar en un fantasma, pero mientras avanzaba entre la multitud no podía ocultar un brío al andar y un destello en los ojos que no tardaron en desvelar la verdadera naturaleza del presunto visitante de ultratumba. Sin embargo, antes de que este personaje cruzara el salón, los invitados se volvieron a mirar hacia el otro lado, donde apareció una figura

con un atuendo similar, aunque más raído y manchado, que arrastraba lo que sin duda era una mortaja. Tenía el rostro pálido como un muerto, y había un lustre antinatural en sus ojos que dolía con solo mirarlo. Sus rasgos estaban agarrotados en un rictus espantoso. Un curioso halo, o una especie de neblina, rodeaba la figura a medida que avanzaba penosamente, sin volverse ni a la derecha ni a la izquierda, ni prestar atención a ninguno de los allí presentes. Nadie se atrevió a dirigirle la palabra o a preguntarle de dónde venía, pero dos o tres caballeros, disfrazados de personajes de dudosa naturaleza, se escabulleron a toda prisa. Uno iba de negro y llevaba un par de cuernos de macho cabrío en la cabeza, pezuñas en los pies y una larga cola, enroscada con gracia en un brazo; otro era un demonio del bosque, un monstruo verdoso con alas, garras y cornamenta, y se hacía acompañar por una tropa de diablillos, cada uno de un color diferente, aunque todos compartían muchas de sus características; mientras que un tercero representaba a un siniestro demonio azulado, fruto de la imaginación malsana de los poetas alemanes. Todo en él era azul: el reloj, la cajita del rapé y el estuche de los mondadientes. Huyó incluso más deprisa que los demás, para jolgorio de los diablillos, que no parecían tan asustados por la espantosa criatura como el resto.

Avanzaba lentamente y en silencio a medida que los invitados le abrían paso, y algunos incluso huían del salón con miradas cargadas de espanto. El resplandor de las luces se atenuaba a su paso, según declararon después varios testigos. Al verlo, la gitana se sobresaltó y, después de escrutarlo unos instantes, se alteró tanto que, de no haber sido por su acompañante, que evidentemente era un muchacho que no temía ni siquiera a su satánica majestad, habría caído fulminada. El marino, al ver la escena, pareció dispuesto a precipitarse hacia delante y luchar, por así decir, con el fantasma, pero la gitana lo agarró del brazo y lo contuvo.

—¡No, no, no lo importunes! —exclamó—. Tal vez sea más real de lo que crees.

Al oír eso, el marino estalló en una sonora carcajada, que pareció ejercer alguna influencia en el fantasma, porque lentamente volvió sus aterradores ojos hacia él, y después echó atrás la cabeza y siguió avanzando con pesadez, o, más bien, deslizándose.

—¡No temas, muchacho, pero te voy a desenmascarar, y demostraré que un fantasma puede chillar, aunque no hable! —le gritó el marino, aún impasible—. ¡Adónde vas! ¡Alto ahí, digo! Quiero encender mi pipa, y esas ascuas que tienes en los ojos me servirán.

El fantasma no prestó atención a esas exigencias. El marino parecía decidido a darle caza, pero, justo cuando aquella criatura había recorrido tres cuartas partes del salón, sir Gilbert, después de una breve ausencia, volvió a entrar.

—¿Qué ocurre, qué oscura artimaña es esta? —exclamó, con una mirada perpleja y cargada de consternación—. Jamás habría creído que visitante alguno de esta casa pudiera tomarse semejantes libertades. ¡Esto es inexcusable! Quienquiera que sea, debo rogarle que se retire de aquí de inmediato, y que solo vuelva cuando se haya disfrazado como es debido. Nos hemos congregado todos para pasar un buen rato, como una diversión inofensiva, y bajo ningún concepto consentiré que se aproveche la ocasión para intentar crispar los nervios de las damas y de los niños. Con ello quiero decir que espero que todos los hombres aquí presentes comprendan que nos hallamos ante una superchería, eso sí, muy lograda.

Tras detenerse un instante a escuchar aquellas palabras, la figura lanzó una mirada tan fulminante que incluso al barón se le mudó el rostro. No obstante, se recuperó enseguida y exclamó:

—¡Bobadas! ¡Esto no puede ser verdad!

Aun así, la insólita expresión de duda y enojo que transmitía su rostro dejó bien a las claras cuáles eran sus verdaderos sentimientos. Que un fantasma entrara en el salón de su propia casa sin permiso, o recibir la visita inoportuna de cualquier forastero, basta para irritar a cualquier hombre, y aquella aparición del viejo Hooker desde ultratumba, en caso de que lo fuera, le resultó cualquier cosa menos grata; pero, además, a sir Gilbert le molestaba la ausencia de su hijo Charley, a quien adoraba pese a su talante un tanto alocado. Mucho se temía que se hubiera visto implicado en alguna reyerta en Portsmouth, o se hubiera entretenido donde fuese, perpetrando a saber qué correría. Probablemente si lady Ilderton se hubiera asustado al ver el fantasma, su esposo se habría enfadado más aún; es decir, tanto como su naturaleza bondadosa y apacible le permitiera enfadarse.

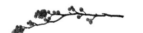
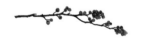

Se hizo un silencio sepulcral después de que sir Gilbert hablara, pero nadie hizo ademán de enfrentarse o detener al fantasma, seguramente por la impresión de que hay ciertas cosas que no se pueden detener, o que intentarlo solo puede acarrear terribles consecuencias. En cualquier caso, la aparición del viejo Hooker pasó de largo sin ningún impedimento, hasta que llegó a una de las enramadas al final de la estancia, donde no se habían colocado asientos. De repente, una llamarada azul lo envolvió y lo hizo desaparecer.

—Una superchería admirable, debo reconocerlo —observó sir Gilbert—. Sin duda, algunos huéspedes de esta casa la han urdido en secreto, aunque habría preferido que me lo consultaran antes. Y ahora, amigos míos, que empiece el baile, pues a no mucho tardar os tendré que pedir a todos que os desenmascaréis.

Aun así, muchos de los invitados precisaron unos instantes para recobrar la serenidad. Al final, los alegres compases de la música y el brío con que danzaba el primo Giles, que reapareció vestido de Robin Hood, y algunos más, les devolvieron los ánimos, y empezaron a hablar, y a reír y bromear como si no hubieran presenciado la siniestra visita del difunto viejo Hooker. Cuando le preguntaron al primo Giles qué opinaba del suceso, negó con la cabeza y declaró que el verdadero fantasma había aparecido de manera inesperada justo cuando él salía a toda prisa del salón para cambiarse el disfraz. En cuanto vio que sus invitados retomaban la diversión como si nada hubiera sucedido, sir Gilbert mandó a su mayordomo y a dos o tres hombres de confianza a averiguar el paradero de la persona, si persona era, que había representado al fantasma del viejo Hooker. Regresaron después de buscar en todos los rincones posibles y aseguraron que no habían encontrado a nadie escondido ni habían visto pasar a nadie con un atuendo similar, salvo el señor Peter, que no se había tomado la molestia de andar con disimulos.

—¡Es extraño, caramba, es muy extraño! —murmuró sir Gilbert—. ¿Has inspeccionado los desvanes, Masham? —le preguntó al mayordomo—. Hay muchos baúles antiguos en el desván del ala norte. En algunos guardamos trajes y vestidos, y si los han desvalijado tal vez nos arrojen pistas relativas a

quién es el culpable, pues como tal considero a quien nos haya gastado esta broma pesada, por más lograda que me parezca.

—A propósito de eso, sir Gilbert, y con el debido respeto a su opinión, no estoy muy seguro de que sea así —contestó Masham, con una reverencia—. He *oído* hablar de que llegó a esta región un caballero, de nombre escocés, según creo, que era capaz de volcar las mesas y hacer volar muebles e instrumentos musicales por una habitación, y también de conjurar los espíritus de personas muertas hace mucho tiempo, algunas en países extranjeros, y esos espíritus acudían y hablaban de toda clase de cosas con quienes deseaban interrogarlos. Pues bien, si eso fuera cierto (y no se imagina cuánta gente cree que lo es), no veo por qué el fantasma del viejo Hooker no iba a pasearse por esta casa, o incluso por el salón de baile, sobre todo si supiera que alguien se había disfrazado como él, y probablemente eso lo indignara. Además, sir Gilbert, no quise decirlo antes, pero, por lo que se cuenta, falleció tal día como hoy, razón de más para que no le apetezca que la gente baile enmascarada sobre su tumba, como si de una pantomima se tratara, por así decir.

Masham era un disidente de la escuela puritana: un hombre honesto, íntegro, acostumbrado a decirle siempre lo que pensaba a su patrón, quien lo tenía en muy alta estima. Sin embargo, en aquella ocasión tal vez había ido demasiado lejos. Después hubo de reconocer que nunca había visto semejante arranque de genio en su señor.

—¡Bobadas, hombre, bobadas! —exclamó sir Gilbert—. Ese sujeto del que hablas es un impostor, un caradura de tomo y lomo, y quienes le creen son gansos, sea cual sea su posición en la vida, ¡más vergonzoso aún si son gente educada! No es una razón de peso para creer que el fantasma del viejo Hooker ronda por la mansión. Id a registrarlo todo de nuevo. Me propongo destapar esta patraña antes de que los invitados se hayan marchado. No quiero que se vayan y propaguen por toda la región la historia de que la casa está encantada. Mirad primero en el desván del ala norte. Vigila, Masham, que ninguno de los sirvientes prenda fuego por dejar caer alguna vela si se asuste en caso de que un gato salte o vea una rata correteando. Supongo que sabes a qué baúles me refiero, ¿verdad?

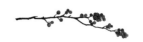

—Oh, sí, sir Gilbert: ayudé al señorito Charles a bajar uno hace tres años, cuando necesitaba reunir varios trajes para una obra de teatro, y luego subí con el ama de llaves y lo volvimos a poner en su sitio al día siguiente —contestó el mayordomo, que se marchó sin más dilación.

Sir Gilbert se reunió poco después con lady Ilderton, quien acudió para preguntarle los pormenores de la extraña historia sobre la que había oído murmurar, pero que nadie se había aventurado a contarle directamente.

—Amada mía, se trata solo de que alguien se ha paseado por el salón con un traje de caza para representar al viejo guarda, Hooker, y como nadie ha hablado con él ni ha tratado de detenerlo, se les ha metido en la cabeza que lo que han visto no era un ser vivo, sino un fantasma o un alma en pena.

—Qué extraordinario... y qué curioso que todo haya ocurrido durante los escasos minutos en que ambos nos habíamos ausentado del salón —observó lady Ilderton, en voz baja—. Procuro no creer en esas cosas, aunque esto escapa un poco a mi entendimiento.

—¡Bah, bobadas, bobadas, lady Ilderton! —exclamó sir Gilbert, a pesar de que su tono no sonaba tan firme como de costumbre—. Ten por seguro que Masham no tardará en desentrañar todo este asunto y, si no, el primo Giles lo resolverá mañana, aunque por supuesto yo habría preferido que esta broma pesada no se hubiera producido jamás. Y ahora, volvamos a la sala.

No mucho después, dos marinos de lo más bullangueros irrumpieron de repente e insistieron en jugar a saltar el burro, revolcándose al tropezar uno con otro y haciendo una serie de excentricidades inauditas en un salón de baile. Al final, uno de ellos se precipitó hacia lady Ilderton y, echándole los brazos al cuello, le estampó un beso en la mejilla, con lo que se le cayó la máscara y apareció el rostro bronceado y risueño de su hijo Charley. Presentó a su compañero como un oficial de su mismo rango, a quien había invitado a pasar unos días en la mansión.

Fue recibido calurosamente por su padre, quien lo amaba a pesar de su atolondramiento. Por supuesto su madre y sus hermanas lo adoraban, y estaban segurísimas de que se convertiría en un nuevo Nelson si se le presentaba la ocasión.

El baile continuó de lo más animado, y sin más contratiempos, de modo que el incidente anterior quedó como un hecho aislado. Masham regresó para informar de la existencia de indicios evidentes de que los viejos baúles estaban revueltos y los trajes esparcidos fuera, pero que no había descubierto ni rastro de quienquiera que se hubiese disfrazado como el viejo Hooker.

5

MÁS BROMAS PESADAS DEL FANTASMA, Y CÓMO AL fiNAL LE ECHARON EL GUANTE

Sir Gilbert permitió que los adornos del salón de baile quedaran intactos, para que sus moradores y los demás se regalaran la vista, un detalle sin duda muy apreciado.

A la noche siguiente se reunió de nuevo allí una nutrida multitud, porque los jóvenes aseguraban que a esas alturas estaban demasiado cansados como para hacer otra cosa que no fuese bailar, y les pidieron a los músicos que siguieran tocando e invitaron a volver a todos los habitantes de los alrededores. Lord Harston se alegró mucho, porque había decidido proponerle matrimonio a la señorita Ilderton, y, como han pensado otros jóvenes, creía que un salón de baile era un lugar más apropiado para tal fin. El capitán Fotheringsail quizá albergase ideas similares a propósito del mismo asunto con respecto a Jane Otterburn. Charley y su colega alférez aseguraron que estaban dispuestos a ir a un baile todas las noches del mundo.

Jane se había retirado a su cuarto después de cenar, y sus aposentos estaban en un ala de la casa alejada del salón de baile, tan silenciosa en ese momento como a medianoche. Los invitados a la velada aún no habían llegado. Un fuego ardía con alegría en la chimenea, y a pesar de que las llamas arrojaban por momentos una luz trémula y vacilante en la habitación, el resplandor le permitía prescindir de las velas mientras meditaba reclinada en un sillón placenteramente, como suelen sentirse las damiselas satisfechas por una conquista. Aunque esa clase de ensoñaciones son una delicia, más deliciosas son cuando se hacen realidad, y la joven se disponía a levantarse

para ir al salón de baile, cuando el presentimiento de que no estaba sola le hizo volver la cabeza, y allí, de pie en la puerta abierta, vio la figura del viejo Hooker, el guarda, idéntica a como había aparecido la noche anterior.

Era una chica valiente, pero sintió que el corazón le latía deprisa y deseó que aquella presencia desapareciera. Se levantó del asiento, decidida a plantarle cara, cuando, con una especie de aullido lastimero, se deslizó apartándose de la puerta. La joven lo persiguió con decisión, exhortándolo:

—¡Deténgase! ¡Deténgase! ¡Exijo saber quién es usted!

Sin embargo, el corredor estaba completamente oscuro, y la figura se había esfumado. Jane había oído hablar de los fantasmas que asaltan la imaginación de ciertas personas con achaques de salud, pero ella se sentía en plena forma y nunca había tenido una experiencia de esa índole, de manera que, descartando toda idea de una aparición sobrenatural, llegó a la conclusión de que quienquiera que hubiera sido el bromista de la noche anterior, había vuelto a disfrazarse para seguir con su jugarreta. Así pues, sin inmutarse por algo que podría haber aterrado a ciertas damas hasta arrancarles un brote de histeria, encendió su vela y, después de echarse un gran mantón sobre los hombros, pues los corredores eran fríos, se dispuso a bajar al salón de baile.

Sería exagerado afirmar que no la embargaba ninguna inquietud, o que no escrutaba la oscuridad ni se volvía de vez en cuando angustiada a echar un vistazo de reojo, o que tenía la rotunda certeza de que no iba a ver al viejo Hooker abalanzándose hacia ella o acechándola en sigilo por la espalda. Le resultó inevitable que todas las tétricas historias de fantasmas que había oído en su vida se le pasaran de pronto por la cabeza. Intentó, de todos modos, no caminar más rápido de lo que habría hecho en otras circunstancias; es más: creyó que, si intentaba correr, la vela de cera que llevaba se apagaría, y por mucha entereza que tuviese, desde luego no quería que tal cosa ocurriera. El viento gélido de Navidad soplaba fuera, y a lo largo de los pasillos había corrientes aquí y allá, porque un par de puertas estaban abiertas.

Huntingfield Hall era una casona antigua, y cuando se construyó no se había puesto el mismo cuidado en caldear los corredores y aislar las corrientes del que se pone en los edificios más modernos. La damisela vio una

puerta entornada que en ese momento parecía a punto de cerrarse de golpe y, olvidando su cautela previa, se lanzó hacia delante para impedir el portazo, pero, como cabía suponer, la misma ráfaga de aire que movía la puerta le apagó la vela. Conocía el camino, y recordaba que un poco más allá había un par de escalones, por los que se caería si no iba con cuidado. No obstante, se aterrorizó al tratar de avanzar y notar que la retenían. ¿Eran imaginaciones suyas? Volvió a intentarlo, y una vez más no pudo seguir adelante. El corazón, en cambio, le latía a toda prisa. Habría gritado para pedir ayuda, pero no estaba acostumbrada a proferir gritos y le falló la voz. Una vez más, intentó echar a correr, pero se sentía apresada por una fuerza sobrenatural, como cuando alguien sueña que es incapaz de moverse. Por último, el valor cedió al temor, al miedo de oír en cualquier momento la risa burlona del demonio que la apresaba, porque a esas alturas tenía la imaginación tan alterada que cualquier cosa, por horrenda que fuese, parecería posible. Reunió fuerzas y, en un último intento, gritó:

—¡Ayúdenme! ¡Auxilio! ¡Que alguien me ayude, por favor!

Apenas habían salido esas palabras de sus labios cuando se abrió una puerta en el pasillo, y vio que alguien se acercaba corriendo con una luz.

—¡Gracias, gracias, Henry! —exclamó, soltando una risa histérica mientras se hundía en los brazos del capitán Fotheringsail, sintiéndose en el acto a salvo de cualquier enemigo, ya fuese sobrenatural o terrenal.

—¿Qué ocurre, querida mía? —preguntó él, con una nota de alarma en la voz.

—Ah, nada, nada. Se me apagó la vela, y me sentía incapaz de avanzar —contestó.

—Veo que no podías, porque tenías la falda del vestido y el mantón enganchados en la puerta —exclamó el joven con una risa jovial, que hizo más de lo que habrían logrado unas sales volátiles o el alcanfor para quitarse el susto, y, tomándolo del brazo, lo acompañó hasta el salón de baile.

¿Debía hablarle de la nueva aparición del viejo Hooker, o quienquiera que se metiera en el papel del difunto? ¿Por qué no? Siempre anhelaba el privilegio de gozar de su plena confianza, y ofrecerle la suya a cambio, así que le contó lo que había visto, o creía haber visto, al tiempo que le aseguraba que

42

no creía que su visitante pretendiera entrar en su habitación. Una vez más, el muchacho soltó una jovial carcajada.

—¡Me alegro de saberlo, porque seguro que lo atraparemos! No me cabe la menor duda de que se propone visitar de nuevo el salón de baile o las dependencias de la servidumbre, pero cuando llegue, estaremos preparados. Se me ocurre que el alocado de tu primo y su amigo tienen bastante que ver con esta jugarreta, porque he sabido que llegaron a la mansión unas horas antes de que hicieran acto de presencia en el salón de baile disfrazados de marinos. Al ver cómo actuaban, casi me arrepentí de haber elegido ese disfraz, no fueran a tomarme por uno de los de su calaña.

Los invitados ya se congregaban en el salón de baile cuando el capitán y Jane traspasaron el umbral. La gente los miraba y lanzaba sonrisas elocuentes, y alguno que otro dijo: «Me lo figuraba.» Uno o dos comentaron: «Vaya, es curioso que las chicas morenas tengan más éxito que las rubias. ¿Quién iba a pensar que nadie iba a preferir a la señorita Otterburn antes que a sus primas, las Ilderton? Lady Ilderton no la mirará con buenos ojos, me temo». Sin embargo, a lady Ilderton le complació saber que el capitán Fotheringsail, a quien apreciaba mucho, había pedido la mano de su sobrina, tanto como si se tratara de una de sus propias hijas; así que la gente, por una vez, se equivocaba.

El capitán Fotheringsail y Jane se separaron de inmediato, y cada cual por su lado fue pasando por cada uno de los invitados, susurrándoles algo al oído. Al instante todos formaron una cuadrilla, y los músicos empezaron a tocar. Entonces, el capitán se escabulló del lado de su pareja, y tendió con destreza un fino cordel oscuro a través del salón, que desde el suelo quedaba casi a la altura de la rodilla.

La cuadrilla concluyó sin novedad. Acto seguido vino un vals, y luego tocaron otra cuadrilla. Sin embargo, por más que el capitán esperara el momento de atrapar al fantasma, parecía que el fantasma no esperaba dejarse atrapar. El muchacho rogó al primo Giles que comprobara si el viejo Hooker había aparecido en las dependencias de la servidumbre, o en cualquier otra parte de la casa. El primo Giles le había asegurado que no sabía nada de aquel asunto, y estaba a punto de irse a cumplir con su cometido, cuando,

43

exactamente en el mismo lugar donde el fantasma había aparecido el día anterior, echó a andar de nuevo, igual de aterrador que entonces. Los invitados se apartaron a la carrera para abrirle paso, y justo cuando llegó al centro del salón, tropezó, intentó saltar, y después cayó cuan largo era en el suelo. Emergieron una cabeza y unos hombros, y entonces se vio el rostro perplejo y un poco asustado del simplón de Simon Langdon, quien exclamó:

—¡Eh, Charley, Charley, no pensaba que pudieras hacerme esta jugarreta!

Al comprobar que la jugarreta se había descubierto, Charley salió como una flecha detrás de un biombo con una lata y una lámpara en la mano, y le lanzó una impresionante llamarada azul a Simon, quien se vio despojado rápidamente de su traje de caza entre las risas de los presentes. Charley y su amigo confesaron que habían convencido a Simon para que hiciera de fantasma esa noche, aunque no dijeron quién lo había hecho la noche anterior.

—Bien, caballeretes, ya os habéis divertido, y sin hacer daño a nadie, aunque todo podría haber acarreado consecuencias más serias de lo que imagináis —dijo sir Gilbert—. No hace falta un gran ingenio para abusar de los crédulos, tal como nos demuestran los espiritistas y los médiums, y como bien podemos aprender de la demostración de mi joven amigo y de sus compinches —concluyó el barón, quien lanzó duras miradas a Simon y a Charley. Entonces, con su buen talante habitual, añadió—: Sin embargo, como digo, no han hecho daño a nadie, y confío en que se entienda claramente que no volveré a consentir que el fantasma del viejo Hooker aparezca en Huntingfield Hall.

Nota: Quien escribe debe declarar que esta historia encierra más verdad de la que cabría suponer. Por estos pagos se creía que un fantasma, o alguna clase de espíritu, visitaba de vez en cuando a los miembros de su propia familia, y no fue hasta que, al cabo de muchos años, cuando uno de ellos oyó la historia por casualidad, se supo que era un cuento carente del menor fundamento.

La historia de una desaparición y de una aparición

M. R. James

Las cartas que aquí publico me llegaron a través de una persona que conoce mi interés por las historias de fantasmas. Su autenticidad es incontestable. Tanto el papel en el que están escritas como la tinta y su aspecto exterior dejan la fecha fuera de toda duda.

El único detalle que las misivas no aclaran es la identidad del remitente. Solo firma con sus iniciales y, dado que no se conserva ninguno de los sobres, el apellido de su destinatario —obviamente, un hermano casado— es tan incierto como el suyo propio. No creo que sea necesario explicar nada más de antemano. Por suerte, la primera carta proporciona toda la información que cabría esperar.

PRIMERA CARTA

Great Chrishall, 22 de diciembre de 1837

Mi querido Robert:

Con profundo pesar por la diversión que me pierdo y por un motivo que a buen seguro lamentarás tanto como yo, te escribo para informarte

45

de que no podré reunirme contigo y los tuyos en Navidad. No obstante, convendrás conmigo en que se trata de un asunto ineludible cuando te cuente que hace escasas horas he recibido una carta de la señora Hunt desde B. en la que me comunica la repentina y misteriosa desaparición de nuestro tío Henry y me ruega que acuda de inmediato para unirme a la partida que se ha organizado en su búsqueda. Por poco que tanto tú como yo, según creo, hayamos visto al tío, siento que no es un requerimiento que pueda tomarse a la ligera y por eso me dispongo a viajar a B. con el correo de esta misma tarde, para llegar de madrugada. No creo que me aloje en la casa parroquial, sino que lo haré en King's Head, adonde podrás enviarme la correspondencia. Adjunto un modesto cheque. Por favor, úsalo para el disfrute de los muchachos. Procuraré escribirte a diario (suponiendo que esta empresa me lleve más de un día) para mantenerte al tanto y puedes estar seguro de que si el asunto se esclarece a tiempo para llegar a la mansión, allí me presentaré. Dispongo de pocos minutos. Con saludos cordiales para todos y mi más sincero pesar, créeme, tu hermano que te quiere.

W. R.

SEGUNDA CARTA

King's Head, 23 de diciembre de 1837

Mi querido Robert:

Antes de nada, seguimos sin noticias del tío H. y creo que puedes descartar definitivamente la idea —no diré la esperanza— de verme en Navidad. No obstante, mis pensamientos estarán con vosotros y tenéis mis mejores deseos para tan señalado día. Asegúrate de que ninguno de mis sobrinos ni sobrinas se gaste ni una parte de sus guineas en regalos para mí.

Desde mi llegada a este lugar no he hecho más que reprocharme haberme tomado todo este asunto del tío H. con demasiada ligereza. A tenor de lo que se rumorea por aquí, deduzco que existen muy pocas esperanzas de que nuestro tío siga con vida; ahora bien, soy incapaz de juzgar si

su desaparición ha sido accidental o fruto de algún plan. Los hechos son los siguientes. El viernes día 19, según su costumbre, acudió a la iglesia poco antes de las cinco para leer las vísperas; una vez concluidas estas, el sacristán le entregó un mensaje, en respuesta al cual partió para visitar a una persona enferma a una granja de las afueras, a unos dos kilómetros de allí. Hizo la visita y emprendió el camino de vuelta a eso de las seis y media. Esto es lo último que se sabe de él. Los vecinos están muy afectados por su pérdida; como bien sabes, llevaba muchos años aquí, y a pesar de que, como también sabes, no fuera el hombre más afable del mundo y tuviera un carácter algo despótico, parece que realizó muchas buenas obras sin escatimar nunca en esfuerzos.

La pobre señora Hunt, que es su ama de llaves desde que se marchó de Woodley, está bastante abrumada: parece como si se le cayera el mundo encima. Me alegro de haber desechado la idea de alojarme en la casa parroquial y haber declinado las amables propuestas de hospitalidad de varios lugareños, pues prefiero gozar de independencia y en este sitio me encuentro muy a gusto.

No me cabe la menor duda de que querrás saber cómo avanzan las pesquisas y la búsqueda. En primer lugar, nada se esperaba de la investigación en la casa parroquial y, en resumidas cuentas, nada ha salido a la luz. Le pregunté a la señora Hunt —igual que habían hecho otros con anterioridad— si su señor sufría de algún achaque capaz de presagiar una embolia, ataque o enfermedad repentina, o si disponía de motivos para temer tal cosa: la respuesta a ambas preguntas, no obstante, tanto por su parte como por la de su médico de cabecera, fue un rotundo no. Nuestro tío gozaba de su buena salud de siempre. En segundo lugar, como es natural, se han dragado los estanques y los arroyos, y se han peinado, sin éxito, los campos del vecindario que se sabe que visitó. Yo mismo me he entrevistado con el sacristán y —lo que es más importante— he acudido a la casa en cuestión.

No cabe pensar en una canallada por parte de esa gente. El único hombre de la casa guarda cama, está enfermo y muy débil; huelga decir que la

esposa y los niños serían incapaces de hacer nada por sí solos, y tampoco existe la menor posibilidad de que acordaran conchabarse contra el pobre tío H. para asaltarlo durante el camino de vuelta. Ya habían contado cuanto sabían a otros investigadores. Aun así, la mujer me lo repitió: el párroco presentaba su aspecto normal, apenas se entretuvo con el enfermo. «Quia —dijo la mujer—, aunque talento para las oraciones tiene más bien poco, pero digo yo que si todos fuéramos como él, ¿de qué viviría la gente de la capilla?». Dejó algo de dinero al marcharse y uno de los críos lo vio subido a los peldaños de la cerca para cruzar al campo colindante. Su atuendo era el de siempre: llevaba puestas las cintas que colgaban del collarín. Me da que es el único hombre que sigue usándolas, al menos por estos lares.

Como ves, estoy contándotelo todo. Lo cierto es que no tengo más que hacer, dado que no me he traído documentos de negocios y que, además, me sirve para aclararme las ideas y tal vez sugerir pistas que tal vez se me hayan escapado. Así pues, seguiré dejando constancia de todo lo que ocurra, incluso de las conversaciones si fuera necesario. Puedes leerlas o no, según te plazca, pero por favor te ruego que conserves las cartas. Tengo otro motivo para escribir de una manera tan prolija, pero no es precisamente tangible.

Quizá te preguntes si he investigado por los campos cercanos a la granja. Como te he mencionado, otros ya lo han hecho —bastantes—, pero igualmente espero personarme mañana en el lugar de los hechos. Los agentes de Bow Street ya están al corriente y se presentarán con el coche de esta noche, pero no creo que lleguen muy lejos. No queda nieve, algo que podría haber resultado de ayuda. En los prados no hay más que hierba. Huelga decir que hoy iba ojo avizor, atento al menor indicio, tanto a la ida como a la vuelta, pero ha caído una niebla espesa durante el camino de regreso y no me hallaba en condiciones de deambular por prados desconocidos, sobre todo en una tarde en la que los arbustos parecían hombres y el mugido de una vaca en la lejanía podría haber sido la última trompeta del Juicio Final. Te aseguro que si de entre los árboles al borde del camino me hubiera salido el tío Henry con la cabeza debajo del brazo, habría estado

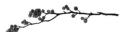

poco más inquieto de lo que ya estaba. Para serte sincero, me esperaba algo de ese estilo. Ahora debo soltar la pluma: acaban de anunciar la presencia del señor Lucas, el vicario.

Más tarde. El señor Lucas ha estado aquí y se ha marchado, y poco se le puede sacar más allá de los formalismos propios de la sensiblería común. Salta a la vista que ha descartado por completo que el párroco pueda seguir con vida, y que, en la medida de sus posibilidades, lo lamenta profundamente. También me hago cargo de que, incluso en alguien un poco más sensible que el señor Lucas, el tío Henry no despertaba demasiado cariño.

Además del señor Lucas he recibido otra visita por parte de mi anfitrión, el hospedero de King's Head, un personaje que bien merecería la pluma de Boz para hacerle justicia. Ha venido para comprobar que no me faltara de nada. De entrada, se ha mostrado muy solemne y muy serio.

—Bueno, señor —ha dicho—, supongo que debemos agachar la cabeza ante el mazazo, como habría dicho mi difunta mujer. Hasta donde sé, a nuestro ilustre titular del beneficio eclesiástico todavía no se le ha visto el pelo, aunque tampoco se puede decir que fuera un hombre velloso, por emplear los términos de las Escrituras, en ningún sentido de la palabra.

Yo he contestado —como mejor he sabido— que suponía que no, pero no he podido por menos de añadir que había oído que el tío podía ser un tanto difícil de trato. El señor Bowman me ha dirigido una mirada incisiva y, en un instante, ha pasado de las condolencias solemnes a una feroz diatriba.

—Cuando pienso en las palabras que ese hombre consideró adecuadas para dirigirse a mi persona en este mismito salón de aquí por una nadería como un barril de cerveza; algo que, ya se lo dije yo, podría ocurrirle el día menos pensado a cualquier cabeza de familia... Por no mencionar que, tal como quedó demostrado, estaba metiendo la pata hasta el fondo, cosa que yo ya sabía en su momento, solo que quedé tan pasmado al oírlo que no supe expresarme como era debido...

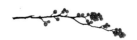

De pronto, se detuvo y me miró con cierto embarazo.

—Vaya, lo siento. Lamento oír que tuvieron sus diferencias... Supongo que echarán mucho de menos a mi tío en la parroquia —me limité a decir.

El señor Bowman respiró hondo.

—¡Caramba, pues claro! —exclamó—. ¡Su tío! Me entenderá si le digo que por un instante se me había escapado de la memoria que fuera usted pariente, y es natural, le diré, si se diera el caso de que usted guardara algún parecido con... con él, pero la mera idea es un disparate. Así y todo, de haberlo tenido presente, sería usted de los primeros en haberlo notado, a fe mía, pues me habría mordido la lengua o, más bien, no me habría mordido la lengua con ese tipo de reflexiones.

Para tranquilizarlo, le dije que lo entendía y me disponía a preguntarle más cosas cuando lo llamaron para ir a atender unos asuntos. Por cierto, no es preciso que te imagines que este hombre tiene algo que temer de las pesquisas por la desaparición del pobre tío Henry. Con todo, no me cabe duda de que en sus desvelos nocturnos le dará por pensar que yo así lo creo, por lo que mañana espero recibir explicaciones.

He de terminar esta carta, debe partir con el último correo.

TERCERA CARTA

25 de diciembre de 1837

Mi querido Robert:

Resulta curioso escribir una carta como esta en un día de Navidad, máxime cuando, al fin y al cabo, no contiene gran cosa. O puede que sí; eso habrás de juzgarlo por ti mismo. En fin, en cualquier caso, nada decisivo. Los hombres de Bow Street vienen a decir que no tienen ni la más remota idea. El tiempo transcurrido y las condiciones meteorológicas han

emborronado todas las pistas, que no sirven prácticamente de nada; tampoco se han recogido efectos del muerto (me temo que a estas alturas no hay otra palabra pertinente).

Tal como esperaba, esta mañana el señor Bowman estaba alterado. Lo he oído en el bar a primera hora. Les soltaba una monserga en voz bien alta —a propósito, deduzco— a los agentes de Bow Street: que si la pérdida para la ciudad que se quedaba sin su párroco, que si la necesidad de remover cielo y tierra en aras de descubrir la verdad (con esa frase se ha lucido). Intuyo que será un orador de renombre en las reuniones informales.

En el desayuno ha venido a atenderme y, mientras me servía una magdalena, ha aprovechado para decirme entre murmullos:

—Espero que se haga usted cargo, señor, de que en mis sentimientos hacia su pariente no hay ni pizca de lo que pudiera calificarse de maldad. Puedes retirarte, Eliza, yo me encargaré personalmente de que al caballero no le falte de nada. Le ruego que me disculpe, no ignorará usted que un hombre no siempre es dueño de sí mismo, y que cuando ha sido herido en el sentimiento mediante la aplicación de unas expresiones que me atreveré a afirmar nunca deberían haberse empleado... —Conforme hablaba, el señor Bowman subía el tono y se ponía cada vez más rojo—. No, señor, de ninguna manera. Y ahora, si me lo permite, me gustaría explicarle a usted a grandes rasgos el estado exacto de la manzana de la discordia. El barril de cerveza en cuestión, aunque más bien debería llamarlo «barrilete»...

En ese punto me ha parecido oportuno interrumpirlo y apuntar que no veía en qué podía ayudarnos profundizar en el asunto. El señor Bowman se ha mostrado de acuerdo y ha proseguido, más calmado:

—Bueno, señor, me avengo a su dictado y, como usted bien dice, sea como fuere, puede que poco aporte a la cuestión que nos atañe. Lo que deseo que comprenda es que estoy tan dispuesto como usted a arrimar cuantos hombros hagan falta para acometer la empresa que tenemos ante nosotros y, como he tenido ocasión de explicar a los agentes hace ni tres

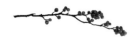

cuartos de hora, remover cielo y tierra para poder arrojar una pizca de luz sobre este doloroso asunto.

El caso es que el señor Bowman nos ha acompañado en nuestra indagación. No obstante, aunque no dudo que deseara genuinamente ser de ayuda, me temo que no ha contribuido en mucho. Parecía tener la certeza de que íbamos a toparnos con el tío Henry en persona en medio del campo, o con el responsable de su desaparición, y no paraba de cubrirse los ojos con la mano a modo de visera y llamar nuestra atención apuntando al ganado y a los campesinos en la lejanía con el bastón. Se ha detenido a conversar largo y tendido con todas las ancianas con las que nos cruzábamos, haciendo gala de gran seriedad y rigor, pero en todos los casos ha regresado a la partida diciendo:

—Bueno, bajo mi punto de vista, la mujer no parece tener conexión alguna con este desafortunado asunto. Creo que pueden fiarse de mí, señores: poca o ninguna luz puede buscarse desde este prisma. Dudo que esa mujer esté guardándose nada para sus adentros.

No hemos obtenido ningún resultado reseñable, como ya te he relatado al inicio de esta carta. Los hombres de Bow Street se han marchado, no sé si a Londres o adónde, no estoy seguro.

Por la tarde he gozado de la compañía de un viajante, un tipo avispado. Estaba al tanto de los acontecimientos, pero, aunque ya llevara varios días por la zona de aquí para allá, no había visto a ningún personaje sospechoso (nada de salteadores de caminos, ni marineros errantes, ni gitanos). No ha parado de hablar de una fantástica función de títeres de cachiporra que ha visto hoy mismo en W., me ha preguntado si ya había pasado por aquí y me ha instado a no perdérmela por nada del mundo si se me presenta la oportunidad. El mejor Punch y el mejor perro Toby, según él, de su vida. Como sabrás, los perros Toby son el último grito en las funciones de ahora. Yo no he visto más que uno, pero dentro de nada todo el mundo tendrá alguno.

De acuerdo, ¿y por qué, querrás saber, me molesto en escribirte todo esto? Pues me veo obligado a hacerlo porque guarda relación con otra absurda bagatela (como sin duda dirás) que en mi estado de fantasía más bien desbordante —nada más, quizás— debo reseñar. Lo que voy a relatarte a continuación es un sueño, y debo añadir que se trata de uno de los más extraños que he tenido nunca. ¿Contiene algo que trasciende a lo que la conversación del viajante y la desaparición del tío Henry podrían sugerir a primera vista? Una vez más, habrás de juzgarlo por ti mismo, pues yo carezco del temple y del juicio necesarios para hacerlo.

El sueño empezaba con lo que solo puedo describir como una apertura de telón. Yo estaba sentado en una butaca, ignoro si al interior o al aire libre. Estaba rodeado de gente —poca— a ambos lados, aunque ni me sonaban de nada, ni tampoco les prestaba demasiada atención. No hablaban, pero, hasta donde recuerdo, estaban todos muy serios y muy pálidos, con la mirada fija hacia delante. Frente a mí tenía el pequeño escenario de Punch y Judy, quizás algo más grande que los normales, pintado con trazos negros sobre un amarillo rojizo. El fondo y los laterales del teatrillo estaban sumidos en la oscuridad, pero en la parte delantera había claridad suficiente. Yo tenía los nervios a flor de piel, estaba muy expectante, pendiente de oír en cualquier momento el tururú y las flautas de pan. En cambio, se oía el tañido repentino y tremendo —no puedo emplear otra palabra— de una campana. No sabría decir a qué distancia estaba; en todo caso, detrás, en alguna parte. Se alzaba el pequeño telón y daba comienzo la obra.

Tengo entendido que hubo quien intentó reescribir Punch como una tragedia seria. Pues bien, a quienquiera que fuese, este espectáculo le habría encajado como un guante. El protagonista tenía un punto dramático. Variaba sus métodos de ataque: con algunas de sus víctimas aguardaba al acecho, y la imagen de ese rostro terrible —de un blanco amarillento— ojeando entre bastidores me recordaba al vampiro de ese tétrico esbozo de Fuseli. Con otras, en cambio, se mostraba educado y zalamero —en particular, con el pobre extranjero incapaz de articular otra cosa que

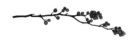

«shallabala»—, aunque me resultaba imposible entender una palabra de lo que decía. No obstante, con todas ellas yo sentía pavor en el momento de la muerte. El porrazo del garrote en sus cráneos, que por lo general me encanta, resonaba en este caso con un chasquido espeluznante, como si el hueso se rompiese, y las víctimas temblaban y pataleaban tiradas por el suelo. El bebé... —A medida que avanzo, más ridículo sueno—. Ese bebé estaba vivo, estoy convencido. Punch le retorcía el cuello y, si ese jadeo o ese chillido no eran reales, es que no entiendo nada de la realidad.

Con cada crimen consumado, el escenario se oscurecía de manera más y más notoria y, hacia el final, uno de los asesinatos se cometía casi en la penumbra, así que no podía ver a la víctima. El crimen tardaba un rato en llevarse a cabo, entre resuellos y horrorosos sonidos sofocados. Una vez perpetrado, Punch llegaba al borde del escenario, se sentaba, se abanicaba y se miraba los zapatos salpicados de sangre, dejaba caer la cabeza hacia un lado y soltaba una risilla tan macabra que algunas de las personas de mi alrededor se cubrían la cara, y de buen grado habría hecho lo mismo. Entretanto, el teatrillo a su espalda iba iluminándose, aunque el escenario no mostraba la típica fachada de una casa, sino algo más ambicioso: un bosquecillo y la suave ladera de una colina iluminadas por una luna muy natural (o, más bien, debería decir muy real) que brillaba en lo alto. Sobre el conjunto se alzaba lentamente un objeto que no tardé en identificar como una figura humana con algo extraño en la cabeza que, a primera vista, no lograba distinguir. El personaje no se tenía de pie, sino que reptaba desde el segundo plano hacia Punch, que seguía sentado dándole la espalda. Debo destacar que a esas alturas (aunque no se me ocurrió entonces) ya se había desvanecido toda pretensión de que aquello fuera un número de títeres. Punch aún era Punch, en efecto, pero, igual que los demás, era en cierto sentido una criatura viva y todos se movían libremente.

Cuando volvía a mirar a Punch, estaba cavilando con aire maligno, pero un instante después, algo parecía captar su atención. Primero se incorporaba y erguía la espalda, se daba media vuelta, y, obviamente, descubría a la persona que se le aproximaba y que, en verdad, estaba ya muy cerca.

A continuación, mostraba signos inequívocos de pavor: agarraba el palo, echaba a correr hacia la arboleda y lograba zafarse del brazo de su perseguidor, que se alargaba de golpe para interceptarlo. Con una repulsa que me resulta difícil expresar, me fijaba entonces en el aspecto de este último: era una figura robusta vestida de negro, con la cabeza cubierta por una bolsa blanquecina y que, tal como suponía, llevaba unas cintas al cuello.

La persecución que sobrevenía a continuación duraba un buen rato, ora entre los árboles, ora ladera arriba o ladera abajo. En ocasiones, ambas figuras desaparecían por completo durante unos segundos y tan solo unos sonidos inciertos indicaban que seguían a la carrera. En un momento dado, Punch, visiblemente agotado, aparecía por la izquierda tambaleándose y se desplomaba entre la arboleda. Su perseguidor llegaba poco después, mirando inseguro hacia los lados. Entonces, al advertir la presencia del bulto tirado en el suelo, se abalanzaba sobre él —de espaldas al público— y, con un gesto rápido, retiraba la tela que le cubría la cabeza y hundía el rostro en el de Punch. En aquel instante, todo se fundía en negro.

Después de oír un grito largo, sonoro y escalofriante, me he despertado mirando a —¿qué diantres crees?— una gran lechuza posada en el alféizar de mi ventana justo frente a los pies de mi cama, que tenía las alas desplegadas como si se encogiera de hombros. He alcanzado a ver la mirada orgullosa de sus ojos ambarinos y, acto seguido, se ha marchado. He vuelto a oír el tremendo tañido solitario —con toda probabilidad, como estarás diciéndote, el reloj de la iglesia; aunque no lo creo— y, para entonces, ya me hallaba despierto por completo.

Todo esto, debo decir, ha acontecido en la última media hora. Dado que no existían posibilidades de que volviera a conciliar el sueño, me he levantado, me he vestido lo justo para no destemplarme y aquí me hallo, describiendo este galimatías en las primeras horas del día de Navidad. ¿Me he dejado algo? Sí: no había perro Toby y los nombres escritos en el teatrillo de Punch y Judy eran Kidman y Gallop, algo que no tenía nada que ver con lo que el viajante me había indicado que buscara.

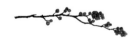

Ya me siento algo más capaz de dormir, así que es hora de cerrar y sellar estas páginas.

CUARTA CARTA

26 de diciembre de 1837

Mi querido Robert:

Ya está. Han encontrado el cuerpo. No me excuso por no haber enviado noticias con el correo nocturno de ayer por el simple motivo de que me sentía incapaz de sentarme a escribir. Los acontecimientos que desencadenaron el hallazgo me dejaron hasta tal punto desconcertado que necesitaba todo el descanso que pudiera aprovechar de una noche para afrontar la situación. Ahora puedo relatarte mi jornada, sin duda el día de Navidad más extraño que he vivido hasta la fecha y que, con toda probabilidad, viviré nunca.

El primer incidente no fue muy serio. Deduzco que el señor Bowman debió de celebrar la Nochebuena, porque amaneció tirando a criticón, aunque por lo menos no se despertó muy temprano. A juzgar por lo que alcancé a oír, nadie del servicio podía hacer nada por complacerlo. Las doncellas se deshacían en lágrimas, aunque tampoco estoy seguro de que el señor Bowman lograra mantener una compostura muy masculina. Sea como fuere, nada más bajar me felicitó las Pascuas con voz cascada y, poco después, cuando vino a obsequiarme con su visita de rigor mientras desayunaba, no parecía ni mucho menos alegre: byroniano, más bien, así me aventuraría a describir su humor.

—No sé si estará de acuerdo conmigo, señor —dijo—, pero cada Navidad conforme el mundo gira me parece más escandalosa que la anterior. Sin ir más lejos, podemos ver un ejemplo delante de nuestras narices. Ahí tiene a mi criada Eliza, que ya va para quince años conmigo. Yo que la creía digna de mi confianza, pues esta misma mañana, la mañana de Navidad, ni más ni menos, de todos los santos días del año, con todas las

campanas repicando y... y todo eso... Pues esta misma mañana, de no ser por la Providencia que nos estaba vigilando a todos, la moza habría dejado... En verdad, podría aventurarme a afirmar tajantemente que había dejado el queso en su mesa... —Al ver que me disponía a hablar, me cortó con un gesto de la mano—. Está muy bien que me diga: «Bueno, señor Bowman, pero usted recogió el queso y lo guardó en la alacena bajo llave», cosa que hice, y aquí tengo la llave o, si no es la misma, una de un tamaño similar. Sí, señor, todo esto es verídico, pero ¿cuál cree usted que ha sido el efecto que me ha provocado su actitud? *Recontracórcholis,* pues no le exagero si le digo que para mí es como si me lo pusieran todo patas arriba. Pues encima, cuando voy y se lo digo a Eliza, no de malas, no se crea, solo con firmeza, ¿no va y me suelta: «Bueno, ni que nadie se hubiera roto un hueso, caray»? Pues bien, eso me ha dolido, señor, es todo lo que puedo decir: me ha dolido y ahora no quiero ni acordarme.

En aquel punto, se hizo una pausa ominosa, en la que me aventuré a decir algo como:

—Desde luego, para perder la paciencia...

Acto seguido, pregunté a qué hora estaba previsto el oficio en la iglesia.

—A las once —respondió el señor Bowman con un sonoro suspiro—. Eso sí, el pobre señor Lucas no pronunciará un discurso como los de nuestro difunto párroco. Puede que él y yo tuviéramos nuestras diferencias, que las tuvimos, por desgracia... —Saltaba a la vista que estaba haciendo un esfuerzo ímprobo por eludir la polémica cuestión del barril de cerveza, cosa que consiguió—, pero sí añadiré que un predicador mejor, ni tampoco uno que se mantenga firme en sus derechos, o lo que él considerara sus derechos... Aunque esa no es la cuestión ahora... El caso es que yo, a título personal, no lo he visto nunca. Algunos podrían decir: «¿Acaso era elocuente, el hombre?», y yo les respondería... Bueno, quizá tenga usted más derecho a hablar de su propio tío que yo mismo. Otros

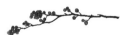

58

preguntarán: «¿Mantenía unida a su congregación?», y yo, de nuevo, respondería: «Depende». En fin, como le iba diciendo... Sí, Eliza, criatura, ya voy... Es a las once en punto, caballero, y pregunte usted por el banco de King's Head.

Deduzco que Eliza andaría muy cerca de la puerta y debería tenerlo en cuenta para mi propina.

El siguiente episodio sucedió en la iglesia: me percaté de que el señor Lucas tenía dificultades para hacerle justicia al espíritu navideño, así como a los sentimientos de desasosiego y pesar que, por mucho que dijera el señor Bowman, imperaban a todas luces. No creo que el vicario estuviera a la altura de las circunstancias. Yo estaba incómodo. El órgano aulló, ya me entiendes, se quedó sin fuelle, dos veces durante el himno de Navidad, y la campana tenor, supongo que debido a un despiste de los campaneros, siguió repicando con suavidad más o menos una vez por minuto durante el sermón. El sacristán mandó a un hombre a echarle un vistazo, aunque no pareció capaz de hacer gran cosa. Qué alivio cuando paró. También tuvo lugar otro extraño incidente antes del oficio. Yo llegué con bastante antelación y me crucé con dos hombres que cargaban el ataúd del párroco para devolverlo a su sitio bajo la torre. Según los oí comentar, parecía que alguien que no estaba allí lo había sacado por error. También vi cómo el sacristán se afanaba doblando un paño mortuorio de terciopelo apolillado... Era aquella una estampa poco navideña.

Después de almorzar, como no tenía ánimo para salir, me instalé en el salón al amor de la lumbre con el último número de *Pickwick,* que me reservaba desde hacía unos días. Confiaba en que me mantendría despierto, pero resulté tan nefasto como nuestro amigo Smith. Debían de ser las dos y media cuando me despertó un sonido estridente, una algazara de risas y griterío fuera, en la plaza del mercado. Era una función de Punch y Judy... Sin duda, la misma que mi viajante había visto en W. La sorpresa me agradó y me desagradó a parte iguales, pues me hizo revivir con intensidad ese sueño mío tan espantoso. Con todo, estaba resuelto a ver el espectáculo y

envié a Eliza con una moneda de una corona a ver a los titiriteros para pedirles que se colocaran delante de mi ventana si les era posible.

Era una función novedosa y muy elegante y los apellidos de los dueños, no hace falta que te lo diga, eran italianos: Foresta y Calpigi. Había un perro Toby, tal como me habían advertido. Todo B. estaba allí, pero nadie me tapaba la vista, pues me hallaba apostado en el gran ventanal del primer piso, a diez metros escasos.

La función comenzó cuando el reloj de la iglesia dio las tres menos cuarto. Es cierto que era fantástica y no tardé en comprobar con alivio que el disgusto que me había dejado la pesadilla por los ataques de Punch a sus desafortunados visitantes era solo transitorio. Me reí cuando perecieron el Carcelero, el Extranjero, el Bedel, y hasta cuando murió el bebé. El único pero fue la tendencia creciente del perro Toby a aullar en momentos inoportunos. Deduzco que debía de haber sucedido algo que lo había entristecido, y que ese algo debía de ser considerable: en algún momento, emitió un gañido profundamente lastimero, brincó del escenario, atravesó la plaza como un rayo y desapareció por una calle adyacente. Hicieron una pausa en la función, aunque brevísima. Supongo que los tipos pensaron que no tenía sentido ir a por él y que ya regresaría por la noche.

Continuamos. Punch le propinó la consabida tunda a Judy, y lo cierto es que también a todo aquel que pasaba por allí. Y llegó el momento en que se erigía el cadalso y se representaba la gran escena del señor Ketch. Fue entonces cuando sucedió algo cuyo alcance aún no acierto a columbrar. Tú, que has presenciado alguna ejecución, sabes cómo es la cabeza del criminal con la capucha puesta. Si eres como yo, eso es algo en lo que no quieres volver a pensar, y no te lo estoy recordando por gusto. Pues lo que vi en el interior del teatrillo, desde las alturas de mi emplazamiento, fue exactamente esa cabeza. Al principio, el público no la veía y yo esperaba que entrara en su campo visual. En cambio, durante unos segundos se elevó lentamente un rostro descubierto que mostraba una expresión de pavor inimaginable. Parecía que estuvieran subiendo a la pequeña horca del escenario a aquel hombre, quienquiera que fuese, con los brazos

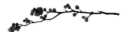

atados y ceñidos a la espalda. Yo solo alcanzaba a ver la cabeza cubierta con un gorro de dormir. Y entonces se oyeron un grito y un estruendo, el teatrillo se derrumbó hacia atrás, y dejó a la vista entre las ruinas unas piernas pataleantes, y en ese momento, dos figuras —según dicen, pues yo solo respondo por una— cruzaron la plaza como alma que lleva el diablo y desaparecieron por un camino que conduce a los campos.

Por supuesto, todo el mundo salió tras ellos. Yo también los seguí, pero el ritmo era matador y muy pocas personas presenciaron el momento crítico. Sucedió en una mina de cal: el hombre se acercó al borde medio cegado y se partió la crisma. Al otro lo buscaron por todas partes, hasta que se me ocurrió preguntar si había llegado a salir de la plaza del mercado. Al principio todo el mundo afirmaba que sí, pero cuando regresamos al lugar para inspeccionar, allí estaba, debajo del teatrillo, muerto también.

Sin embargo, lo que apareció en la mina de cal fue el cuerpo del pobre tío Henry, con la cabeza metida en un saco y la garganta degollada. Fue un pico de la esquina del saco que sobresalía del suelo lo que llamó la atención. Soy incapaz de aportar más detalles.

He olvidado mencionar que, en realidad, los hombres se apellidaban Kidman y Gallop. Estoy bastante seguro de haber oído antes esos nombres, pero nadie por estos lares parece saber nada.

Acudiré a veros tan pronto me sea posible, una vez se haya celebrado el funeral. Cuando nos veamos tengo que contarte lo que pienso de toda esta historia.

Maese Pérez el organista

Gustavo A. Bécquer

En Sevilla, en el mismo atrio de Santa Inés, y mientras esperaba que comenzase la misa del gallo, oí esta tradición a una demandadera del convento.

Como era natural, después de oírla aguardé impaciente que comenzara la ceremonia, ansioso de asistir a un prodigio.

Nada menos prodigioso, sin embargo, que el órgano de Santa Inés, ni nada más vulgar que los insulsos motetes con que nos regaló su organista aquella noche.

Al salir de la misa no pude por menos que decirle a la demandadera con aire de burla:

—¿En qué consiste que el órgano de maese Pérez suena ahora tan mal?

—¡Toma —me contestó la vieja—, en que ese no es el suyo!

—¿No es el suyo? ¿Pues qué ha sido de él?

—Se cayó a pedazos de puro viejo hace una porción de años.

—¿Y el alma del organista?

—No ha vuelto a aparecer desde que colocaron el que ahora lo sustituye.

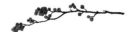

Si a alguno de mis lectores se le ocurriese hacerme la misma pregunta después de leer esta historia, ya sabe por qué no se ha continuado el milagroso portento hasta nuestros días.

I

—¿Veis ese de la capa roja y la pluma blanca en el fieltro, que parece que trae sobre su justillo todo el oro de los galeones de Indias; aquel que baja en este momento de su litera para dar la mano a esa otra señora que, después de dejar la suya, se adelanta hacia aquí, precedida de cuatro pajes con hachas? Pues ese es el marqués de Moscoso, galán de la condesa viuda de Villapineda. Se dice que antes de poner sus ojos sobre esta dama había pedido en matrimonio a la hija de un opulento señor; mas el padre de la doncella, de quien se murmura que es un poco avaro... Pero ¡calla!, en hablando del ruin de Roma, cátale aquí que asoma. ¿Veis aquel que viene por debajo del arco de san Felipe, a pie, embozado en una capa oscura y precedido de un solo criado con una linterna? Ahora llega frente al retablo.

»¿Reparasteis, al desembozarse para saludar a la imagen, en la encomienda que brilla en su pecho? A no ser por ese doble distintivo, cualquiera lo creería un lonjista de la calle de Culebras... Pues ese es el padre en cuestión. Mirad como la gente del pueblo le abre paso y saluda. Toda Sevilla lo conoce por su colosal fortuna. Él solo tiene más ducados de oro en sus arcas que soldados mantiene nuestro señor el rey don Felipe, y con sus galeones podría formar una escuadra suficiente a resistir a la del Gran Turco...

»Mirad, mirad ese grupo de señores graves; esos son los caballeros veinticuatro. ¡Hola, hola! También está aquí el flamencote, a quien se dice que no han echado ya el guante los señores de la cruz verde merced a su influjo con los magnates de Madrid... Este no viene a la iglesia más que a oír música... No, pues si maese Pérez no le arranca con su órgano lágrimas como puños, bien se puede asegurar que no tiene su alma en su almario, sino friéndose en las calderas de Pedro Botero... ¡Ay, vecina! Malo... malo... Presumo que vamos a tener jarana. Yo me refugio en la iglesia. Pues, por lo que veo, aquí van a andar más de sobra los cintarazos que los *paternoster*. Mirad, mirad;

las gentes del duque de Alcalá doblan la esquina de la plaza de san Pedro, y por el callejón de las Dueñas se me figura que he columbrado a las del de Medina Sidonia. ¿No os lo dije?

»Ya se han visto, ya se detienen unos y otros, sin pasar de sus puestos... Los grupos se disuelven... Los ministriles, a quienes en estas ocasiones apalean amigos y enemigos, se retiran... Hasta el señor asistente, con su vara y todo, se refugia en el atrio... Y luego dicen que hay justicia. Para los pobres...

»Vamos, vamos, ya brillan los broqueles en la oscuridad... ¡Nuestro Señor del Gran Poder nos asista! Ya comienzan los golpes... ¡Vecina, vecina! Aquí... antes que cierren las puertas. Pero ¡calle! ¿Qué es eso? Aún no han comenzado, cuando lo dejan... ¿Qué resplandor es aquel?... ¡Hachas encendidas! ¡Literas! Es el señor arzobispo.

»La Virgen santísima del Amparo, a quien invocaba ahora mismo con el pensamiento, lo trae en mi ayuda... ¡Ay! ¡Si nadie sabe lo que yo debo a esta Señora!... ¡Con cuánta usura me paga las candelitas que le enciendo los sábados!... Vedlo qué hermosote está con sus hábitos morados y su birrete rojo... Dios le conserve en su silla tantos siglos como deseo de vida para mí. Si no fuera por él, media Sevilla hubiera ya ardido con estas disensiones de los duques. Vedlos, vedlos, los hipocritones, cómo se acercan ambos a la litera del prelado para besarle el anillo... Cómo lo siguen y lo acompañan, confundiéndose con sus familiares. Quién diría que esos dos que parecen tan amigos, si dentro de media hora se encuentran en una calle oscura... Es decir, ¡ellos, ellos!... Líbreme Dios de creerlos cobardes. Buena muestra han dado de sí peleando en algunas ocasiones contra los enemigos de Nuestro Señor... Pero es la verdad que si se buscaran... Y si se buscaran con ganas de encontrarse, se encontrarían, poniendo fin de una vez a estas continuas reyertas, en las cuales los que verdaderamente baten el cobre de firme son sus deudos, sus allegados y su servidumbre.

»Pero vamos, vecina, a la iglesia, antes que se ponga de bote en bote... que algunas noches como esta suele llenarse de modo que no cabe ni un grano de trigo... Buena ganga tienen las monjas con su organista... ¿Cuándo se ha visto el convento tan favorecido como ahora?... De las otras comunidades puedo decir que le han hecho a maese Pérez proposiciones magníficas.

Verdad que nada tiene de extraño, pues hasta el señor arzobispo le ha ofrecido montes de oro por llevarlo a la catedral... Pero él, nada... Primero dejaría la vida que abandonar su órgano favorito... ¿No conocéis a maese Pérez? Verdad es que sois nueva en el barrio... Pues es un santo varón; pobre, sí, pero limosnero cual no otro... Sin más pariente que su hija ni más amigos que su órgano, pasa su vida entera en velar por la inocencia de la una y componer los registros del otro... ¡Cuidado que el órgano es viejo!... Pues nada; él se da tal maña en arreglarlo y cuidarlo, que suena que es una maravilla... Como que le conoce de tal modo, que a tientas... Porque no sé si os lo he dicho, pero el pobre es ciego de nacimiento... ¡Y con qué paciencia lleva su desgracia!... Cuando le preguntan que cuánto daría por ver, responde: "Mucho, pero no tanto como creéis, porque tengo esperanzas". "¿Esperanzas de ver?" "Sí, y muy pronto... —añade, sonriendo como un ángel—. Ya cuento setenta y seis años. Por muy larga que sea mi vida, pronto veré a Dios...".

»¡Pobrecito! Y sí lo verá... porque es humilde como las piedras de la calle, que se dejan pisar de todo el mundo... Siempre dice que no es más que un pobre organista de convento, y puede dar lecciones de solfa al mismo maestro de capilla de la Primada. Como que echó los dientes en el oficio... Su padre tenía la misma profesión que él. Yo no lo conocí; pero mi señora madre, que santa gloria haya, dice que lo llevaba siempre al órgano consigo para darle a los fuelles. Luego, el muchacho mostró tales disposiciones, que, como era natural, a la muerte de su padre heredó el cargo... ¡Y qué manos tiene, Dios se las bendiga! Merecía que se las llevaran a la calle de Chicharreros y se las engarzasen en oro... Siempre toca bien, siempre; pero en semejante noche como esta es un prodigio... Él tiene una gran devoción por esta ceremonia de la misa del gallo, y cuando levantan la Sagrada Forma al punto y hora de las doce, que es cuando vino al mundo Nuestro Señor Jesucristo... las voces de su órgano son voces de ángeles...

»En fin, ¿para qué tengo que ponderarle lo que esta noche oirá? Baste el ver como todo lo más florido de Sevilla, hasta el mismo señor arzobispo, viene a un humilde convento para escucharlo. Y no se crea que solo la gente sabida, y a la que se le alcanza esto de la solfa, conoce su mérito, sino que hasta el populacho. Todas esas bandadas que veis llegar con teas

encendidas, entonando villancicos con gritos desaforados al compás de los panderos, las sonajas y las zambombas, contra su costumbre, que es la de alborotar las iglesias, callan como muertos cuando pone maese Pérez las manos en el órgano...; y cuando alzan... cuando alzan no se siente una mosca... de todos los ojos caen lagrimones tamaños, y al concluir se oye como un suspiro inmenso, que no es otra cosa que la respiración de los circunstantes, contenida mientras dura la música... Pero vamos, vamos; ya han dejado de tocar las campanas, y va a comenzar la misa. Vamos adentro... Para todo el mundo es esta noche Nochebuena, pero para nadie mejor que para nosotros.

Esto diciendo, la buena mujer que había servido de cicerone a su vecina atravesó el atrio del convento de Santa Inés y, codazo en este, empujón en aquel, se internó en el templo, perdiéndose entre la muchedumbre que se agolpaba en la puerta.

II

La iglesia estaba iluminada con una profusión asombrosa. El torrente de luz que se desprendía de los altares para llenar sus ámbitos chispeaba en los ricos joyeles de las damas, que, arrodillándose sobre los cojines de terciopelo que tendían los pajes y tomando el libro de oraciones de manos de sus dueñas, vinieron a formar un brillante círculo alrededor de la verja del presbiterio.

Junto a aquella verja, de pie, envueltos en sus capas de color galoneadas de oro, dejando entrever con estudiado descuido las encomiendas rojas y verdes, en la una mano el fieltro, cuyas plumas besaban los tapices; la otra sobre los bruñidos gavilanes del estoque o acariciando el pomo del cincelado puñal, los caballeros veinticuatro, con gran parte de lo mejor de la nobleza sevillana, parecían formar un muro destinado a defender a sus hijas y a sus esposas del contacto con la plebe. Esta, que se agitaba en el fondo de las naves con un rumor parecido al del mar cuando se alborota, prorrumpió en una aclamación de júbilo, acompañada del discordante sonido de las sonajas y los panderos, al mirar aparecer al arzobispo, el cual, después

de sentarse junto al altar mayor, bajo un solio de grana que rodearon sus familiares, echó por tres veces la bendición al pueblo.

Era hora de que comenzase la misa. Transcurrieron, sin embargo, algunos minutos sin que el celebrante apareciese. La multitud comenzaba a rebullirse demostrando su impaciencia; los caballeros cambiaban entre sí algunas palabras a media voz, y el arzobispo mandó a la sacristía a uno de sus familiares a inquirir por qué no comenzaba la ceremonia.

—Maese Pérez se ha puesto malo, muy malo, y será imposible que asista esta noche a la misa de medianoche.

Esa fue la respuesta del familiar.

La noticia cundió instantáneamente entre la muchedumbre. Pintar el efecto desagradable que causó en todo el mundo sería casi imposible. Baste decir que comenzó a notarse tal bullicio en el templo, que el asistente se puso en pie y los alguaciles entraron a imponer silencio, confundiéndose entre las apiñadas olas de la multitud.

En aquel momento, un hombre mal trazado, seco, huesudo y bisojo por añadidura, se adelantó hasta el sitio que ocupaba el prelado.

—Maese Pérez está enfermo —dijo—. La ceremonia no puede empezar. Si queréis, yo tocaré el órgano en su ausencia, que ni maese Pérez es el primer organista del mundo, ni a su muerte dejará de usarse este instrumento por falta de inteligente.

El arzobispo hizo una señal de asentimiento con la cabeza, y ya algunos de los fieles que conocían a aquel personaje extraño por un organista envidioso, enemigo del de santa Inés, comenzaban a prorrumpir en exclamaciones de disgusto, cuando de improviso se oyó en el atrio un ruido espantoso.

—¡Maese Pérez está aquí!... ¡Maese Pérez está aquí!...

A estas voces de los que estaban apiñados en la puerta, todo el mundo volvió la cara.

Maese Pérez, pálido y desencajado, entraba, en efecto, en la iglesia, conducido en un sillón, que todos se disputaban el honor de llevar en sus hombros.

Los preceptos de los doctores, las lágrimas de su hija, nada había sido bastante a detenerle en el lecho.

68

—No —había dicho—. Esta es la última, lo conozco. Lo conozco, y no quiero morir sin visitar mi órgano, y esta noche sobre todo, la Nochebuena. Vamos, lo quiero, lo mando. Vamos a la iglesia.

Sus deseos se habían cumplido. Los concurrentes lo subieron en brazos a la tribuna y comenzó la misa. En aquel punto sonaban las doce en el reloj de la catedral.

Pasó el introito, y el evangelio, y el ofertorio, y llegó el instante solemne en que el sacerdote, después de haberla consagrado, toma con la extremidad de sus dedos la Sagrada Forma y comienza a elevarla.

Una nube de incienso que se desenvolvía en ondas azuladas llenó el ámbito de la iglesia. Las campanillas repicaron con un sonido vibrante y maese Pérez puso sus crispadas manos sobre las teclas del órgano.

Las cien voces de sus tubos de metal resonaron en un acorde majestuoso y prolongado, que se perdió poco a poco, como si una ráfaga de aire hubiese arrebatado sus últimos ecos.

A este primer acorde, que parecía una voz que se elevaba desde la tierra al cielo, respondió otro lejano y suave, que fue creciendo, creciendo, hasta convertirse en un torrente de atronadora armonía. Era la voz de los ángeles que, atravesando los espacios, llegaba al mundo.

Después comenzaron a oírse como unos himnos distantes que entonaban las jerarquías de serafines. Mil himnos a la vez, que al confundirse formaban uno solo, que, no obstante, solo era el acompañamiento de una extraña melodía, que parecía flotar sobre aquel océano de acordes misteriosos, como un jirón de niebla sobre las olas del mar.

Luego fueron perdiéndose unos cuantos, después, otros. La combinación se simplificaba. Ya no eran más que dos voces, cuyos ecos se confundían entre sí; luego quedó una aislada, sosteniendo una nota brillante como un hilo de luz. El sacerdote inclinó la frente, y por encima de su cabeza cana, y como a través de una gasa azul que fingía el humo del incienso, apareció la hostia a los ojos de los fieles. En aquel instante, la nota que maese Pérez sostenía trinando se abrió, y una explosión de armonía gigante estremeció la iglesia, en cuyos ángulos zumbaba el aire comprimido y cuyos vidrios de colores se estremecían en sus angostos ajimeces.

De cada una de las notas que formaban aquel magnífico acorde se desarrolló un tema, y unos cerca, otros lejos, estos brillantes, aquellos sordos, diríase que las aguas y los pájaros, las brisas y las frondas, los hombres y los ángeles, la tierra y los cielos, cantaban, cada cual en su idioma, un himno al nacimiento del Salvador.

La multitud escuchaba atónita y suspendida. En todos los ojos había una lágrima; en todos los espíritus, un profundo recogimiento.

El sacerdote que oficiaba sentía temblar sus manos, porque Aquel que levantaba en ellas, Aquel a quien saludaban hombres y arcángeles, era su Dios, y le parecía haber visto abrirse los cielos y transfigurarse la hostia.

El órgano proseguía sonando; pero sus voces se apagaban gradualmente, como una voz que se pierde de eco en eco y se aleja y se debilita al alejarse, cuando de pronto sonó un grito en la tribuna, un grito desgarrador, agudo, un grito de mujer.

El órgano exhaló un sonido discorde y extraño, semejante a un sollozo, y quedó mudo.

La multitud se agolpó a la escalera de la tribuna, hacia la que, arrancados de su éxtasis religioso, volvieron la mirada con ansiedad todos los fieles.

—¿Qué ha sucedido? ¿Qué pasa? —se decían unos a otros, y nadie sabía responder, y todos se empeñaban en adivinarlo, y crecía la confusión, y el alboroto comenzaba a subir de punto, amenazando turbar el orden y el recogimiento propios de la iglesia.

—¿Qué ha sido eso? —preguntaron las damas al asistente, que, precedido de los ministriles, fue uno de los primeros en subir a la tribuna, y que, pálido y con muestras de profundo pesar, se dirigía al puesto en donde lo esperaba el arzobispo, ansioso, como todos, por saber la causa de aquel desorden.

—¿Qué hay?

—Que maese Pérez acaba de morir.

En efecto, cuando los primeros fieles, después de atropellarse por la escalera, llegaron a la tribuna, vieron al pobre organista caído de boca sobre las teclas de su viejo instrumento, que aún vibraba sordamente, mientras su hija, arrodillada a sus pies, lo llamaba en vano entre suspiros y sollozos.

III

—Buenas noches, mi señora doña Baltasara. ¿También usarced viene esta noche a la misa del gallo? Por mi parte, tenía hecha intención de ir a oírla a la parroquia; pero, lo que sucede... ¿Dónde va Vicente? Donde va la gente. Y eso que, si he de decir la verdad, desde que murió maese Pérez parece que me echan una losa sobre el corazón cuando entro en Santa Inés... ¡Pobrecillo! ¡Era un santo!... Yo de mí sé decir que conservo un pedazo de su jubón como una reliquia, y lo merece... Pues en Dios y en mi ánima que si el señor arzobispo tomara mano en ello, es seguro que nuestros nietos lo verían en los altares... Mas ¡cómo ha de ser!... A muertos y a idos no hay amigos... Ahora lo que priva es la novedad..., ya me entiende usarced. ¡Qué! ¿No sabe usted nada de lo que pasa? Verdad que nosotras nos parecemos en eso: de nuestra casita a la iglesia y de la iglesia a nuestra casita, sin cuidarnos de lo que se dice o se deja de decir... Solo que yo, así..., al vuelo..., una palabra de acá, otra de acullá..., sin ganas de enterarme siquiera, suelo estar al corriente de algunas novedades.

»Pues sí, señor. Parece cosa hecha que el organista de San Román, aquel bisojo que siempre está echando pestes de los otros organistas, perdulariote, que más parece jifero de la Puerta de la Carne que maestro de solfa, va a tocar esta Nochebuena en lugar de maese Pérez. Ya sabrá usarced, porque eso lo ha sabido todo el mundo y es cosa pública en Sevilla, que nadie quería comprometerse a hacerlo. Ni aun su hija, que es profesora, y después de la muerte de su padre entró en el convento de novicia.

»Y era natural: acostumbrados a oír aquellas maravillas, cualquiera otra cosa había de parecernos mala, por más que quisieran evitarse las comparaciones. Pues cuando ya la comunidad había decidido que en honor del difunto y como muestra de respeto a su memoria, permanecería callado el órgano en esta noche, hete aquí que se presenta nuestro hombre diciendo que él se atreve a tocarlo... No hay nada más atrevido que la ignorancia... Cierto que la culpa no es suya, sino de los que le consienten esta profanación. Pero así va el mundo... Y digo... No es cosa la gente que acude... Cualquiera diría que nada ha cambiado de un año a otro. Los mismos

personajes, el mismo lujo, los mismos empellones en la puerta, la misma animación en el atrio, la misma multitud en el templo... ¡Ay, si levantara la cabeza el muerto! Se volvía a morir por no oír su órgano tocado por manos semejantes.

»Lo que tiene que, si es verdad lo que me han dicho, las gentes del barrio le preparan una buena al intruso. Cuando llegue el momento de poner la mano sobre las teclas, va a comenzar una algarabía de sonajas, panderos y zambombas que no hay más que oír... Pero, ¡calle!, ya entra en la iglesia el héroe de la función. ¡Jesús, qué ropilla de colorines, qué gorguera de cañutos, qué aire de personaje! Vamos, vamos, que ya hace rato que llegó el arzobispo y va a comenzar la misa... Vamos, que me parece que esta noche va a darnos que contar para muchos días.

Esto diciendo, la buena mujer, que ya conocen nuestros lectores por sus exabruptos de locuacidad, penetró en Santa Inés, abriéndose, según costumbre, un camino entre la multitud a fuerza de empellones y codazos.

Ya se había dado principio a la ceremonia. El templo estaba tan brillante como el año anterior.

El nuevo organista, después de atravesar por en medio de los fieles que ocupaban las naves para ir a besar el anillo del prelado, había subido a la tribuna, donde tocaba unos tras otros los registros del órgano con una gravedad tan afectada como ridícula.

Entre la gente menuda que se apiñaba a los pies de la iglesia se oía un rumor sordo y confuso, cierto presagio de que la tempestad comenzaba a fraguarse y no tardaría mucho en dejarse sentir.

—Es un truhan, que por no hacer nada bien, ni aun mira a derechas —decían los unos.

—Es un ignorantón, que después de haber puesto el órgano de su parroquia peor que una carraca, viene a profanar el de maese Pérez —decían los otros.

Y mientras este se desembarazaba del capote para prepararse a darle de firme a su pandero, y aquel apercibía sus sonajas, y todos se disponían a hacer bulla a más y mejor, solo alguno que otro se aventuraba a defender tibiamente al extraño personaje, cuyo porte orgulloso y pedantesco hacía

tan notable contraposición con la modesta apariencia y la afable bondad del difunto maese Pérez.

Al fin llegó el esperado momento, el momento solemne en que el sacerdote, después de inclinarse y murmurar algunas palabras santas, tomó la hostia en sus manos... Las campanillas repicaron, asemejando su repique una lluvia de notas de cristal. Se elevaron las diáfanas ondas de incienso y sonó el órgano.

Una estruendosa algarabía llenó los ámbitos de la iglesia en aquel instante y ahogó su primer acorde.

Zampoñas, gaitas, sonajas, panderos, todos los instrumentos del populacho alzaron sus discordantes voces a la vez; pero la confusión y el estrépito solo duraron algunos segundos. Todos a la vez, como habían comenzado, enmudecieron de pronto.

El segundo acorde, amplio, valiente, magnífico, se sostenía aún, brotando de los tubos de metal del órgano como una cascada de armonía inagotable y sonora.

Cantos celestes como los que acarician los oídos en los momentos de éxtasis, cantos que percibe el espíritu y no los puede repetir el labio, notas sueltas de una melodía lejana que suena a intervalos, traídas en las ráfagas del viento; rumor de hojas que se besan en los árboles con un murmullo semejante al de la lluvia, trinos de alondras que se levantan gorjeando de entre las flores como una saeta despedida a las nubes; estruendos sin nombre, imponentes como los rugidos de una tempestad; coros de serafines sin ritmo ni cadencia, ignota música del cielo que solo la imaginación comprende, himnos alados que parecían remontarse al trono del Señor como una tromba de luz y de sonidos..., todo lo expresaban las cien voces del órgano con más pujanza, con más misteriosa poesía, con más fantástico color de lo que lo habían expresado nunca.

***

Cuando el organista bajó de la tribuna, la muchedumbre que se agolpó a la escalera fue tanta y tanto su afán por verlo y admirarlo que el asistente, temiendo, no sin razón, que lo ahogaran entre todos, mandó a algunos de sus

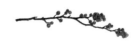

ministriles para que, vara en mano, le fueran abriendo camino hasta llegar al altar mayor, donde el prelado lo esperaba.

—Ya veis —le dijo este último cuando lo trajeron a su presencia—. Vengo desde mi palacio aquí solo por escucharos. ¿Seréis tan cruel como maese Pérez, que nunca quiso excusarme el viaje tocando la Nochebuena en la misa de la catedral?

—El año que viene —respondió el organista— prometo daros gusto, pues por todo el oro de la tierra no volvería a tocar este órgano.

—¿Y por qué? —interrumpió el prelado.

—Porque... —añadió el organista, procurando dominar la emoción que se revelaba en la palidez de su rostro—, porque es viejo y malo, y no puede expresar todo lo que se quiere.

El arzobispo se retiró, seguido de sus familiares. Unas tras otras, las literas de los señores fueron desfilando y perdiéndose en las revueltas de las calles vecinas; los grupos del atrio se disolvieron, dispersándose los fieles en distintas direcciones, y ya la demandadera se disponía a cerrar las puertas de la entrada del atrio, cuando se divisaban aún dos mujeres, que, después de persignarse y murmurar una oración ante el retablo del arco de San Felipe, prosiguieron su camino, internándose en el callejón de las Dueñas.

—¿Qué quiere usarced, mi señora doña Baltasara? —decía la una—. Yo soy de este genial. Cada loco, con su tema... Me lo habían de asegurar capuchinos descalzos y no lo creería del todo... Ese hombre no puede haber tocado lo que acabamos de escuchar... Si yo lo he oído mil veces en San Bartolomé, que era su parroquia, y de donde tuvo que echarlo el señor cura por malo, y era cosa de taparse los oídos con algodones... Y luego, si no hay más que mirarlo al rostro, que, según dicen, es el espejo del alma... Yo me acuerdo, pobrecito, como si lo estuviera viendo, me acuerdo de la cara de maese Pérez cuando, en semejante noche como esta, bajaba de la tribuna, después de haber suspendido el auditorio con sus primores... ¡Qué sonrisa tan bondadosa, qué color tan animado!... Era viejo y parecía un ángel... No que este, que ha bajado las escaleras a trompicones, como si le ladrase un perro en la meseta, y con un olor de difunto y unas... Vamos, mi señora doña

Baltasara, créame usarced, y créame con todas veras: yo sospecho que aquí hay busilis...

Comentando las últimas palabras, las dos mujeres doblaban la esquina del callejón y desaparecían.

Creemos inútil decir a nuestros lectores quién era una de ellas.

IV

Había transcurrido un año más. La abadesa del convento de Santa Inés y la hija de maese Pérez hablaban en voz baja, medio ocultas entre las sombras del coro de la iglesia. El esquilón llamaba a voz herida a los fieles desde la torre, y alguna que otra rara persona atravesaba el atrio, silencioso y desierto esta vez, y después de tomar el agua bendita en la puerta, escogía un puesto en un rincón de las naves, donde unos cuantos vecinos del barrio esperaban tranquilamente a que comenzara la misa del gallo.

—Ya lo veis —decía la superiora—: vuestro temor es sobremanera pueril; nadie hay en el templo; toda Sevilla acude en tropel a la catedral esta noche. Tocad vos el órgano, tocadlo sin desconfianza de ninguna clase; estaremos en comunidad... Pero... proseguís callando, sin que cesen vuestros suspiros. ¿Qué os pasa? ¿Qué tenéis?

—Tengo... miedo —exclamó la joven con un acento profundamente conmovido.

—¡Miedo! ¿De qué?

—No sé..., de una cosa sobrenatural... Anoche, mirad, yo os había oído decir que teníais empeño en que tocase el órgano en la misa, y, ufana con esta distinción, pensé arreglar sus registros y templarlo, a fin de que hoy os sorprendiese... Vine al coro..., sola..., abrí la puerta que conduce a la tribuna... En el reloj de la catedral sonaba en aquel momento una hora..., no sé cuál...; pero las campanas eran tristísimas y muchas..., muchas...; estuvieron sonando todo el tiempo que yo permanecí como clavada en el umbral, y aquel tiempo me pareció un siglo.

»La iglesia estaba desierta y oscura... Allá lejos, en el fondo, brillaba, como una estrella perdida en el cielo de la noche, una luz moribunda...: la

luz de la lámpara que arde en el altar mayor... A sus reflejos debilísimos, que solo contribuían a hacer más visible todo el profundo horror de las sombras, vi..., lo vi, madre, no lo dudéis; vi a un hombre que, en silencio y vuelto de espaldas hacia el sitio en que yo estaba, recorría con una mano las teclas del órgano mientras tocaba con la otra sus registros..., y el órgano sonaba, pero sonaba de una manera indescriptible. Cada una de sus notas parecía un sollozo ahogado dentro de un tubo de metal, que vibraba con el aire comprimido en su hueco y reproducía el tono sordo, casi imperceptible, pero justo.

»Y el reloj de la catedral continuaba dando la hora, y el hombre aquel proseguía recorriendo las teclas. Yo oía hasta su respiración.

»El horror había helado la sangre de mis venas; sentía en mi cuerpo como un frío glacial, y en mis sienes fuego... Entonces quise gritar, quise gritar; pero no pude. El hombre aquel había vuelto la cara y me había mirado...; digo mal, no me había mirado, porque era ciego... ¡Era mi padre!

—¡Bah! Hermana, desechad esas fantasías con que el enemigo malo procura turbar las imaginaciones débiles... Rezad un *paternoster* y un *avemaría* al arcángel san Miguel, jefe de las milicias celestiales, para que os asista contra los malos espíritus. Llevad al cuello un escapulario tocado en la reliquia de san Pacomio, abogado contra las tentaciones, y marchad, marchad a ocupar la tribuna del órgano; la misa va a comenzar, y ya esperan con impaciencia los fieles... Vuestro padre está en el cielo, y desde allí antes que daros sustos, bajará a inspirar a su hija en esta ceremonia solemne, para el objeto de tan especial devoción.

La priora fue a ocupar su sillón en el coro en medio de la comunidad. La hija de maese Pérez abrió con mano temblorosa la puerta de la tribuna para sentarse en el banquillo del órgano, y comenzó la misa.

Comenzó la misa y prosiguió sin que ocurriese nada notable hasta que llegó la consagración. En aquel momento sonó el órgano, y, al mismo tiempo que el órgano, un grito de la hija de maese Pérez. La superiora, las monjas y algunos de los fieles corrieron a la tribuna.

—¡Miradlo! ¡Miradlo! —decía la joven, fijando sus desencajados ojos en el banquillo, de donde se había levantado, asombrada, para agarrarse con sus manos convulsas al barandal de la tribuna.

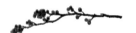

Todo el mundo fijó sus miradas en aquel punto. El órgano estaba solo, y, no obstante, el órgano seguía sonando..., sonando como solo los arcángeles podrían imitarlo... en sus raptos de místico alborozo.

***

—¿No os lo dije yo una y mil veces, mi señora doña Baltasara; no os lo dije yo? ¡Aquí hay busilis! Oídlo. ¡Qué!, ¿no estuvisteis anoche en la misa del gallo? Pero, en fin, ya sabréis lo que pasó. En toda Sevilla no se habla de otra cosa... El señor arzobispo está hecho, y con razón, una furia... Haber dejado de asistir a Santa Inés, no haber podido presenciar el portento..., ¿y para qué?... Para oír una cencerrada, porque personas que lo oyeron dicen que lo que hizo el dichoso organista de San Bartolomé en la catedral no fue otra cosa... Si lo decía yo. Eso no puede haberlo tocado el bisojo, mentira...; aquí hay busilis, y el busilis era, en efecto, el alma de maese Pérez.

El cuento de la vieja niñera

Elizabeth Gaskell

Como ya sabéis, queridos míos, vuestra madre era huérfana e hija única, y me atrevería a decir que también habréis oído que vuestro abuelo era clérigo en Westmoreland, el condado del que soy oriunda. Un día, siendo yo una colegiala, vuestra abuela apareció por la escuela del pueblo para preguntarle a la maestra por alguna alumna a quien pudiera emplear como niñera. Creedme si os digo que me sentí henchida de orgullo cuando la maestra me mandó llamar y me presentó como una costurera primorosa y una muchacha honesta y formal, hija de unos padres respetables pese a menesterosos. Mientras la joven, tan ruborizada como yo, hablaba de la criatura que esperaba y de cuáles serían mis funciones con respecto a ella, yo pensaba que nada me gustaría más que servir a aquella hermosa dama. Bueno, ya veo que esta parte de la historia no os interesa tanto como lo que creéis que vendrá a continuación, de modo que iré al grano. El caso es que me contrataron en la casa del párroco y me instalé allí antes de la llegada de la señorita Rosamond (la niña, que hoy es vuestra madre). A decir verdad, cuando nació yo apenas la tocaba, pues se pasaba el día en los brazos de su madre y por la noche dormía con ella, pero me daba por contenta en las contadas ocasiones en que la señorita me la confiaba. Jamás de

79

los jamases ha habido criatura como vuestra madre. Aunque todos habéis sido un primor, ninguno de vosotros la ha igualado en dulzura y encanto. Se parecía a vuestra abuela, una dama de los pies a la cabeza, una señorita Furnivall, nieta de lord Furnivall, de Northumberland. Creo que no tuvo hermanos ni hermanas y creció en la familia de mi amo hasta que contrajo matrimonio con vuestro abuelo, un simple coadjutor hijo de un tendero de Carlisle —aunque caballero inteligente y refinado como pocos—, que había trabajado de manera incansable por su parroquia, tan numerosa como dispersa por los páramos de Westmoreland. Vuestra madre, la señorita Rosamond, debía de tener unos cuatro o cinco años cuando perdió a sus padres en un lapso de quince días, el uno después del otro. ¡Ay, qué época más triste! Un día estaba yo con mi joven y hermosa señora, aguardando emocionadas la llegada de la segunda criatura, cuando el señor regresó a casa, empapado y extenuado tras una de sus largas travesías a caballo, y contrajo las fiebres que lo enterrarían. Después de aquello, mi señora ya no levantó cabeza y solo vivió para ver a su chiquitín muerto y ponérselo al pecho antes de exhalar el último aliento. En su lecho de muerte, me pidió que no abandonara a la señorita Rosamond, pero aunque no me hubiera dicho nada, yo la habría acompañado hasta el fin del mundo.

No habíamos calmado el llanto del todo cuando se presentaron los testamentarios y los tutores para poner todos los asuntos en orden: lord Furnivall, el primo de mi pobre señora, y el señor Easthwaite, el hermano de mi señor, un tendero de Manchester que estaba a cargo de una familia numerosa en ciernes, menos próspero por aquel entonces de lo que sería andando el tiempo. En fin, con independencia de si fue cosa de ellos como si aquello tuvo que ver con la carta que mi señora le había escrito en el lecho de muerte a su primo, mi amo, se decidió que la señorita Rosamond y yo fuéramos a la mansión Furnivall, en Northumberland. Según mi amo, la pequeña debía irse a vivir con su familia, puesto que tal era el deseo de su madre, y él no había puesto la menor objeción, dado que un par de personas más o menos no marcarían ninguna diferencia en un hogar tan inmenso. Así pues, aunque no fuera así como me habría gustado que recibieran a mi precioso y encantador angelito —que era como un rayo de sol para cualquier familia, por

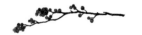

grande que fuera—, me agradó la mirada de admiración de la gente del valle al enterarse de que yo sería la doncella de la pequeña dama en la residencia familiar de mi amo, la mansión Furnivall.

Pero me equivocaba al pensar que nos iríamos a vivir a la casa de mi amo, pues resultó que hacía por lo menos cincuenta años que la familia se había marchado de la mansión Furnivall. Me dolió oír que mi joven señora jamás había estado allí, pobrecilla, pese a haber crecido en el seno de aquella familia; y me entristeció, pues me habría gustado que la juventud de la señorita Rosamond transcurriera en el mismo lugar que la de su madre.

El ayuda de cámara de mi amo, a quien interrogué todo lo que la osadía me permitió, me explicó que era una mansión grandiosa, ubicada a los pies de los páramos de Cumberland, donde vivía la anciana señorita Furnivall, tía abuela de mi amo, junto a unos pocos sirvientes, pero que era un lugar muy saludable. Según mi amo, era un sitio harto apropiado para que la señorita Rosamond pasara allí unos años y, además, con su presencia allí quizás entretuviese a su anciana tía.

Mi amo me ordenó tener listo el equipaje de la señorita Rosamond para un día concreto. Era un hombre severo y arrogante, como dicen de todos los lord Furnivall, y parco en palabras. Cuentan las malas lenguas que estuvo enamorado de mi señora, pero que ella, a sabiendas de que el padre de él se opondría, nunca le prestó atención y se casó con el señor Easthwaite, aunque no tengo certeza alguna de que haya que darle crédito a esa versión. En cualquier caso, no llegó a contraer matrimonio, ni tampoco se interesó demasiado por la señorita Rosamond, cosa que, a mi entender, habría hecho si su difunta madre le hubiera importado mínimamente. Bueno, pues mi amo envió a su ayuda de cámara para acompañarnos hasta la mansión, pero lo citó en Newcastle aquella misma noche, por lo que el hombre apenas tuvo tiempo de presentarnos a todos los desconocidos antes de deshacerse, él también, de nosotras. Y así nos dejaron, a un par de mocitas (yo no tenía ni dieciocho años) solas en la vieja mansión. Recuerdo aquel viaje como si fuera ayer. Salimos muy temprano de nuestra adorada casa parroquial, llorando como si tuviéramos el corazón a punto de estallar, y eso que viajábamos en el carruaje de mi amo, que tantas ganas tenía de probar. A primera

hora de la tarde de aquel día de septiembre, hicimos un alto para cambiar caballos por última vez en una villa pequeña y humeante, llena de carboneros y de mineros. La señorita Rosamond se había quedado dormida, pero el señor Henry me pidió que la despertara, pues la niña debía ver los jardines y la mansión cuando llegáramos. Aunque me pareció una lástima, obedecí, por miedo a que se quejara de mí a mi amo. Habíamos dejado atrás todo rastro de pueblos, e incluso de aldeas, y cruzamos la portalada de un parque enorme y agreste, que no era como los de aquí del sur, sino que estaba lleno de peñascos, de rumorosos cursos de agua, de acacias nudosas y de robles ancianos, blancos y pelados por el paso del tiempo.

El camino ascendió durante un buen trecho hasta que divisamos un caserón majestuoso rodeado de muchos árboles, tan pegados al edificio que al soplar el viento las ramas rozaban las paredes en algunos puntos, de modo que unas cuantas se habían partido. Nadie parecía ocuparse del mantenimiento, ni de podar, ni de limpiar el musgo del camino. La única zona despejada era la parte delantera de la vivienda: en la gran entrada ovalada no se veía ni una mala hierba, y no había ni un solo árbol ni una enredadera que trepara por la alargada fachada principal, que tenía muchas ventanas y de cuyos extremos salían dos alas donde, a su vez, comenzaban las fachadas laterales. Y es que, pese a ser una casa desolada, sus dimensiones eran más impresionantes de lo que me había figurado. Tras ella se alzaban los páramos, inabarcables y ralos, y, a mano izquierda según la mirabas de frente, había un viejo jardincito de flores, como averigüé más adelante. De la fachada oeste salía una puerta que comunicaba con el jardín, ganado al tupido y tenebroso bosque a petición de alguna lady Furnivall, aunque la fronda de los enormes árboles había vuelto a crecer y a sumirlo en la sombra, de modo que apenas unas pocas flores eran capaces de sobrevivir en él.

Cuando nos apeamos frente a la entrada principal y pasamos al vestíbulo, pensé que nos perderíamos en él, tan enorme, amplio y grandioso era. Una lámpara de araña de bronce colgaba del centro del techo y yo, que nunca había visto algo parecido, la observé admirada. En uno de los extremos había una chimenea espléndida, del tamaño de las medianeras de mi aldea, provista de robustos morillos y caballetes para colocar los leños y a cuyo

alrededor se habían dispuesto unos sofás tan recios como anticuados. En el extremo opuesto, según se entraba a mano izquierda —hacia el ala oeste—, había un órgano empotrado en la pared, tan grande que casi la abarcaba por completo. Más allá, del mismo lado, había una puerta, y enfrente, a ambos lados de la chimenea, sendas puertas que comunicaban con el ala este, pero jamás las crucé durante mi estancia, por lo que no puedo deciros lo que había tras ellas.

Caía la tarde y el salón, donde la chimenea estaba apagada, presentaba un aspecto oscuro y tenebroso, pero no permanecimos allí ni un instante. El viejo lacayo que nos había recibido se inclinó ante el señor Henry y nos condujo por la puerta que quedaba pasado el órgano, nos guio a través de pasadizos y salitas más pequeñas hasta que fuimos a parar al salón del ala oeste, donde, según nos informó, se encontraba lady Furnivall. La señorita Rosamond, pobrecita mía, no se despegaba de mí, como asustada y perdida en aquella inmensidad, aunque yo, por mi parte, tampoco podía decir que estuviera mucho más cómoda. El salón del ala oeste era muy acogedor, ardía una buena lumbre y el mobiliario, abundante, era cómodo y de calidad. La señorita Furnivall era una dama de unos ochenta años, diría, aunque no podría asegurarlo. Era alta y delgada y su rostro estaba surcado de unas arrugas tan finas que parecía como si se las hubieran dibujado con la punta de una aguja. Tenía una mirada atenta, supongo que para compensar la sordera que la obligaba a usar trompetilla. Sentada a su lado, bordando en el mismo cañamazo, estaba la señora Stark, su doncella y compañera, casi tan anciana como ella. Había vivido con la señorita Furnivall desde que ambas eran jóvenes y ahora parecía más una amiga que una sirvienta. Su aspecto era tan frío, tan gris, tan gélido que daba la sensación de no haber querido ni sentido cariño nunca por nadie. Tampoco me parecía que por aquel entonces se preocupara por nadie, a excepción de su señora, debido a cuya profunda sordera trataba como a una cría. Tras nuestra llegada, el señor Henry le transmitió un mensaje de mi amo, se despidió con una reverencia —pasando por alto la mano tendida de mi queridísima Rosamond— y nos dejó allí, ante los ojos inquisidores de las dos ancianas que nos escrutaban a través de sus lentes.

Sentí un profundo alivio cuando tocaron la campanilla para llamar al viejo lacayo que nos había recibido al principio y le dieron orden de conducirnos a nuestros aposentos. Dejamos el salón, atravesamos otra sala de estar y, después de ascender una escalera majestuosa, recorrimos una ancha galería —que parecía una biblioteca, con montones de libros a un lado y ventanas y escritorios al otro— hasta llegar a los aposentos, que para mi tranquilidad quedaban justo encima de las cocinas, pues ya empezaba a pensar que nos perderíamos en la inmensidad de aquella mansión. Disponíamos de un antiguo cuarto de los niños, usado antaño por generaciones de futuros lores y ladies, donde un cálido fuego ardía en la chimenea, una tetera hervía en el hornillo y una merienda aguardaba dispuesta encima de la mesa, y de un dormitorio, pegado al cuarto, con una cunita para la señorita Rosamond cerca de mi cama. El anciano señor James llamó a Dorothy, su esposa, para que nos diera la bienvenida, y tanto el uno como la otra nos acogieron tan calurosamente que, poco a poco, la señorita Rosamond y yo nos sentimos más en casa. Para cuando terminamos de tomar el té, la niña estaba sentada en el regazo de Dorothy, charlando todo lo rápido que su pequeña lengua le permitía. No tardé en enterarme de que la mujer venía de Westmoreland, por lo que teníamos algo en común. La verdad es que no contaba con conocer a gente tan amable como el viejo James y su esposa. James llevaba casi toda la vida con la familia de mi amo y consideraba a los Furnivall insuperables en su grandeza. Incluso trataba con cierta condescendencia a su mujer, pues, hasta que se casó con él, no había pasado de vivir en una casa de labriegos, aunque eso sí, la quería una barbaridad, era lo menos que podía hacer. Tenían a una criada a su cargo que se ocupaba de todo el trabajo duro. Agnes, la llamaban. Así pues, ella y yo, James y Dorothy, la señorita Furnivall y la señora Stark formábamos la familia, ¡sin olvidarnos de mi queridísima niña! A menudo me preguntaba qué harían antes de que se instalara en la casa, pues todos, tanto los miembros del servicio como las señoras, le habían cogido un cariño tremendo. La severa y triste señorita Furnivall y la fría señora Stark parecían complacidas cada vez que la señorita Rosamond llegaba revoloteando como un pajarito, todo el día de acá para allá con sus juegos y sus bromas,

con un constante murmullo y un precioso cacareo de felicidad. Estoy segura de que muchas veces lamentaban que se marchara a la cocina, aunque eran demasiado orgullosas como para pedirle que se quedara con ellas y les costaba entender sus preferencias. Aunque en realidad, al decir de la señora Stark, tampoco era de extrañar, habida cuenta de los orígenes de su padre. Bueno, pues aquella intrincada casona era un lugar fabuloso para la pequeña señorita Rosamond, que partía de expedición para explorar hasta el último recoveco, mientras yo le pisaba los talones: todos excepto el ala este, que siempre permaneció cerrada y a cuyas entrañas nunca nos aventuramos a ir. Pero tanto la zona oeste como la norte contaban con una colección de estancias estupendas, repletas de chismes que despertaban nuestra curiosidad, aunque tal vez no la de gente con más mundo que nosotras. Pese a que las ventanas quedaran oscurecidas por el exuberante enramado de los árboles y la hiedra que lo engullía, nos las arreglábamos para distinguir los viejos jarrones de porcelana entre la verde penumbra, así como las cajitas talladas de marfil, los libros pesados y gruesos y, sobre todo, ¡los cuadros antiguos!

Un día, lo recuerdo bien, mi chiquitina le pidió a Dorothy que nos acompañara y nos explicara la historia de esa gente, pues eran retratos de parientes de mi amo, aunque Dorothy no supo decirnos los nombres de todos. Ya habíamos recorrido la mayoría de las estancias cuando llegamos al suntuoso salón que quedaba encima del gran vestíbulo de la planta baja, en el que había un retrato de la señorita Furnivall o, como la llamaban por aquella época, la señorita Grace, pues era la benjamina. ¡Debió de ser una auténtica belleza! Eso sí, menuda mirada más severa y arrogante. Tenía unos ojos hermosos, enmarcados por unas cejas levemente arqueadas en ademán desdeñoso, como sorprendidos de que alguien tuviera la osadía de mirarla, y nos observaba con un rictus torcido. Lucía un atuendo como jamás los he visto, de los que estuvieron de moda durante su juventud: un sombrero de algo blanco y suave que podría ser piel de castor, calado por encima de las cejas y adornado con un hermoso penacho de plumas arremolinadas a un lado, y un vestido azul de satén escotado que dejaba a la vista un petillo blanco acolchado.

—¡Caramba! —comenté yo, después de mirar un buen rato—. Nada es eterno, pero, viéndola ahora, ¿quién habría pensado que la señorita Furnivall había sido semejante belleza?

—Pues sí —concedió Dorothy—. La gente cambia para mal. Pero si debo creer al padre de mi señor, la señorita Furnivall, la hermana mayor, era aún más hermosa que la señorita Grace. Su retrato anda por aquí en alguna parte, pero si te lo enseño, no se te puede escapar que lo has visto, nunca jamás, ni siquiera con James. ¿Crees que la pequeña podrá morderse la lengua?

Tenía mis dudas, pues mi dulce chiquitina era muy charlatana, así que la mandé a esconderse y ayudé a Dorothy a dar la vuelta a un gran lienzo que estaba apoyado de cara contra la pared, en lugar de estar colgado como los demás. Sin lugar a dudas, ganaba a la señorita Grace en belleza, y, en mi opinión, también en arrogancia y desdén, aunque en ese aspecto la elección habría estado más reñida. Podría haberlo contemplado durante una hora, pero Dorothy, que parecía medio asustada por habérmelo enseñado, lo recolocó a toda prisa y me mandó buscar a la señorita Rosamond, puesto que en la casa había algunos rincones de lo más feos a los que no le gustaría ni un pelo que fuese la niña. A mí, que por aquel entonces era una muchacha valiente y animada, el comentario de la anciana me entró por un oído y me salió por el otro, pues me gustaba jugar al escondite tanto como a cualquier niño de la parroquia, y salí corriendo, dispuesta a encontrar a mi pequeña.

Conforme se acercaba el invierno y se acortaban los días, a veces me daba la sensación de oír como si alguien tocara el gran órgano del vestíbulo. Tampoco es que lo oyera todas las tardes, pero sí con mucha frecuencia y, por lo general, mientras aguardaba quietecita y silenciosa en la habitación tras haber acostado a la señorita Rosamond. Era entonces cuando lo oía bramar a lo lejos, cada vez más fuerte. La primera noche, al bajar a cenar, le pregunté a Dorothy quién había estado tocando, a lo que James, con tono brusco, me trató de necia por confundir con música el susurro del viento entre los árboles. Pero a mí no me pasó desapercibida la mirada de pavor que le dirigió Dorothy, ni que Agnes, que ayudaba en la cocina, musitara para sus adentros y palideciera. Viendo que mi pregunta no les gustó, opté por guardar silencio hasta quedarme a solas con Dorothy, cuando sabía que

podría contarme más cosas. Así que al día siguiente busqué un pretexto para sonsacarle quién había tocado el órgano, pues sabía de sobra que se trataba del órgano y no del viento, aunque me lo hubiera callado delante de James. Pero Dorothy tenía la lección bien aprendida y no logré arrancarle ni una palabra, así que probé suerte con Agnes, y eso que siempre la había tratado con cierta superioridad, pues yo estaba al nivel de James y de Dorothy, y ella era poco más que su criada. El caso es que me advirtió de que no debía contarlo por nada del mundo y que, si alguna vez se me escapaba, no podía decir que lo había oído de su boca, pero que sí, que era un ruido la mar de extraño y ella lo había oído muchas veces, sobre todo en las noches de invierno en que se esperaba tormenta, y que se decía que era el viejo lord tocando el gran órgano del vestíbulo, tal como acostumbraba a hacer en vida. Eso sí, no pudo o no quiso contarme quién fue ese viejo lord, ni por qué tocaba, ni por qué elegía las noches de tormenta invernal en concreto. En fin, como os he dicho, yo era de natural valiente y me agradaba bastante oír cómo esa música espléndida resonaba por la casa, fuese quien fuese el intérprete, que primero se alzaba sobre las vigorosas rachas de viento, con lamentos y exaltaciones propios de un ser vivo, y después cedía a la más completa suavidad, pero que siempre era música, eran melodías, de modo que era un disparate afirmar que se trataba del aire. En un principio, pensé que quizá fuera cosa de la señorita Furnivall, a escondidas de Agnes, pero un día en que me encontraba a solas en el vestíbulo abrí el órgano y lo curioseé todito, igual que había hecho una vez con el de la iglesia de Crosthwaite, y vi que, pese a que por fuera estaba impecable, el interior estaba hecho trizas. Y entonces, aunque fuera mediodía, empecé a notarme mal cuerpo, cerré el órgano y salí escopetada hacia la claridad de la salita de los niños. A raíz de aquel episodio, pasó un tiempo en que me disgustaba oír la música, no menos que a James y a Dorothy. Entretanto, la señorita Rosamond iba ganándose cada vez más cariños. Las ancianas disfrutaban de su compañía durante el almuerzo. James se apostaba tras la silla de la señorita Furnivall y yo tras la de la señorita Rosamond, en ademán ceremonioso. Después de comer, la pequeña jugaba un rato en un rincón, quietecita como un ratoncillo, mientras la señorita Furnivall dormitaba y yo almorzaba en la cocina. Eso sí, bien que

se alegraba luego de volver conmigo a la salita de los niños, pues, como ella decía, la señorita Furnivall era tristona, y la señora Stark, soporífera. Pero el caso es que nosotras nos lo pasábamos bien, y que, con el tiempo, dejé de preocuparme por aquella melodía siniestra y clamorosa, que en realidad no hacía daño ninguno si se pasaba por alto su procedencia.

Aquel inverno fue muy duro. Las heladas comenzaron a mediados de octubre y se prolongaron varias semanas. Recuerdo un día en que, durante la cena, la señorita Furnivall levantó aquella mirada triste y cansada y, de un modo extrañamente significativo, le dijo a la señora Stark:

—Me temo que nos viene un invierno terrible.

La señora Stark fingió no haberlo oído y cambió de tema elevando la voz. Pero a mi pequeñina y a mí las heladas nos traían sin cuidado; mientras fuera estuviera seco, nos íbamos por las empinadas laderas que había detrás de la casa y subíamos a los páramos, pelados e inhóspitos, donde jugábamos corre que te corre bajo el aire frío y cortante. En cierta ocasión, bajamos por un sitio nuevo, un sendero que pasaba junto a un par de ancianos acebos de tronco nudoso, que quedaban más o menos a mitad de camino hacia el lado este de la mansión. Pero los días iban acortándose y el viejo lord, si es que era él, seguía interpretando al órgano una melodía cada vez más lóbrega y tormentosa. Un domingo por la tarde —debía de ser a finales de noviembre—, le pedí a Dorothy que se ocupara de mi querida niñita cuando volviera del salón tras la siesta de la señorita Furnivall, dado que yo quería ir a la iglesia y hacía demasiado frío como para llevármela. Dorothy accedió encantada y le tenía tanto cariño a la niña que todo parecía arreglado. Así pues, Agnes y yo partimos raudas, pese al cielo negro encapotado que se cernía sobre la tierra blanca, como si la noche no se hubiera marchado del todo, y al aire que, aunque en calma, era muy cortante.

—Nos va a caer una nevada —me dijo Agnes.

Y en efecto, mientras aún estábamos en la iglesia, empezaron a caer unos copos enormes, tan densos que empañaban las ventanas. Ya había parado cuando salimos, pero una capa de nieve mullida y gruesa se hundía bajo nuestros pies mientras caminábamos pesadamente de vuelta a casa. Antes de que entráramos al vestíbulo, asomó la luna y me pareció que había

más luz entonces —entre la claridad de la luna y el resplandor blanco de la nevada— que cuando nos habíamos marchado a la iglesia, a eso de las dos o las tres del mediodía. He olvidado mencionaros que ni la señorita Furnivall ni la señora Stark iban a misa, sino que tenían por costumbre leer las oraciones juntas, a su manera calmosa y sombría, pues daba la impresión de que el domingo se les hacía demasiado largo sin sus bordados. Por eso, cuando fui a ver a Dorothy a la cocina para recoger a la señorita Rosamond y llevármela a la planta de arriba, no me sorprendió en exceso que me dijera que las señoras se habían quedado con ella, que la niña no había llegado a bajar cuando se cansara de portarse bien en el salón, tal como yo le había indicado. Así pues, recogí mis cosas y partí en su busca, para darle de cenar en la salita de los niños. Sin embargo, cuando llegué al elegante salón, me encontré con las dos ancianas, muy quietas y silenciosas, intercambiando una palabra de tanto en cuando, pero con pinta de no haber tenido cerca la luminosa jovialidad de la señorita Rosamond. Aun así, lo primero que pensé fue que estaría escondida —uno de sus juegos favoritos—, y que habría convencido a las damas para hacer como si no supieran dónde estaba, de modo que me puse a ojear tranquilamente bajo un sofá de aquí, tras una silla de allá, fingiendo alarmarme por no encontrarla.

—¿Se puede saber qué ocurre, Hester? —preguntó bruscamente la señora Stark.

Ignoro si la señorita Furnivall me había visto porque, como ya os he explicado, estaba sorda como una tapia y seguía contemplando el fuego inmóvil, absorta y con expresión abatida.

—Nada. Estoy buscando a mi Rosita —respondí yo, convencida de que la niña se encontraba allí, cerca de mí, aunque no pudiese verla.

—La señorita Rosamond no está —repuso la señora Stark—. Se marchó a buscar a Dorothy hace más de una hora —añadió, y a continuación se dio la vuelta y siguió mirando la lumbre.

Al oír esto, se me encogió el corazón y empecé a desear no haberme separado nunca de mi queridísima niña. Volví a la cocina y se lo conté a Dorothy. James había salido aquel día, pero ella, Agnes y yo cogimos unos candiles y subimos directas al cuartito de los niños, luego recorrimos la mansión

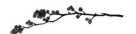

pidiéndole a la señorita a voces que saliera de su escondrijo y no nos diera esos sustos. Pero no obtuvimos réplica ni oímos sonido alguno.

—¡Ah! —exclamé, al fin—. ¿Y si se ha escondido en el ala este?

Pero Dorothy me respondió que aquello era imposible, que ni siquiera ella había puesto los pies en aquella parte de la casa, que las puertas siempre estaban cerradas y las llaves las tenía el lacayo de mi amo y ni ella ni James las habían visto nunca. De modo que dije que volvería para comprobar si, a fin de cuentas, no estaba escondida en el salón sin que las ancianas se hubieran dado cuenta y que, si la encontraba allí, le propinaría una buena azotaina por haberme dado semejante susto, aunque en realidad no tuviera intención de hacerlo. Bueno, pues regresé al salón del ala oeste, informé a la señora Stark de que no había rastro de la niña y pedí permiso para mirar entre todos los muebles, pues pensaba en la posibilidad de que se hubiera quedado dormida en algún rincón discreto y calentito, pero ¡no! Lo inspeccionamos todo —la señorita Furnivall, temblando como una hoja, se puso de pie y buscó— y la niña no apareció por ningún lado. Entonces, todas juntas volvimos a salir y a registrar, sin éxito, los mismos sitios por los que habíamos pasado antes. La señorita Furnivall se convulsionaba de tal manera que la señora Stark se la llevó de vuelta al salón, no sin antes hacerme prometer que les llevaría a la niña en cuanto la encontrara. ¡Vaya día! Empecé a pensar que mi chiquitina no aparecería nunca cuando se me ocurrió echar un vistazo al gran patio delantero, todo cubierto de nieve. Aunque estaba en la planta superior cuando me asomé a la ventana, la luna brillaba con tanta fuerza que distinguí dos pequeñas huellas con bastante nitidez, que partían de la puerta del vestíbulo y torcían por la esquina del ala este. No sé cómo bajé, pero abrí la puerta principal de un tirón, me eché la falda de la saya por encima de la cabeza a modo de capa y salí corriendo. Al doblar por la esquina este, había como una sombra negra caída en la nieve, pero cuando la luna volvió a alumbrar, se hicieron visibles las dos pisadas que subían derechitas hacia los páramos. Hacía un frío terrible, tan punzante que el aire casi me despellejaba el rostro mientras corría. Con todo, seguí corriendo, llorando al imaginarme a mi pobre chiquitina muerta de frío y de miedo. Estaba a la altura de los acebos cuando vi a un pastor que bajaba

91

la ladera, cargando en brazos con algo envuelto en el capote. Me preguntó a gritos si había perdido una criatura y cuando se me acercó, dado que el llanto me impidió articular una respuesta, allí vi a mi chiquitina, quietecita, blanca y rígida entre sus brazos, como si estuviera muerta. El hombre me explicó que había subido a los páramos para reunir al rebaño antes de que arreciara el frío de la noche, y que había encontrado a mi pequeña dama —mi corderito, mi reina, mi amor—, tiesa y aterida bajo los abetos (las marcas negras de la ladera, pues no había más vegetación que esa en varios kilómetros a la redonda), presa del terrible sueño provocado por la helada. ¡Ay! Qué alegría y cuántas lágrimas derramé al tenerla de nuevo entre mis brazos, tanto que no permití que el hombre la cargara; le arrebaté a la niña, con capote y todo, me la acerqué al calor de mi cuello y mi corazón, y sentí cómo la vida regresaba lentamente a sus pequeños miembros. Con todo, cuando llegamos al vestíbulo ni la señorita Rosamond había recuperado la conciencia ni yo el aliento para poder hablar. Entramos por la puerta de la cocina.

—Traed el calientacamas —dije.

Me la llevé al piso de arriba y empecé a desvestirla junto a la chimenea del cuarto de los niños, donde Agnes había alimentado una buena lumbre. Llamé a mi lucerito por todos los apelativos cariñosos y divertidos que se me ocurrieron, incluso con los ojos anegados en lágrimas, hasta que, ¡ay!, por fin abrió aquellos enormes ojos azules. La metí entonces en la cama bien calentita, mandé a Dorothy a la planta baja para avisar a la señorita Furnivall de que todo iba bien y me preparé para pasar la noche a los pies de la cama de mi queridísima niña. En cuanto su preciosa cabecita tocó la almohada, se entregó a un sueño apacible y yo me quedé mirándola hasta que aparecieron las primeras luces de la mañana. Entonces despertó radiante y lúcida, o eso pensé al principio, y, queridos míos, eso sigo pensando.

Me contó que como las dos ancianas se habían quedado dormidas y el salón estaba muy oscuro, le entraron ganas de irse con Dorothy y que, al cruzar el vestíbulo del ala oeste, vio por el ventanal que la nieve caía suave y pausada. Pero también quería ver todo el suelo cubierto de blanco, tan bonito, así que se encaminó hacia el vestíbulo de la planta principal y una vez allí, al asomarse a la ventana, contempló el manto resplandeciente y

suave que se extendía sobre la entrada. Fue entonces cuando distinguió a una niña algo menor que ella.

—Pero era muy guapa —dijo mi queridísima niña—, y me hizo señas para que saliera. Ay, era tan guapa y tan dulce que no supe decirle que no.

Y que entonces la niña la tomó de la mano y doblaron juntas hacia la esquina este.

—No solo has cometido una travesura, sino que, para colmo, me vienes con cuentos. ¿Qué le diría tu querida madre, que en paz descanse y que en vida jamás soltó una sola mentira, a su pequeña Rosamond si la oyera, y me atrevería a decir que la ha oído, contando mentiras?

—Es cierto, Hester —gimoteó—. Es la verdad, no te estoy mintiendo.

—¡Que no me cuentes historias! —repuse yo, muy seria—. Seguí tu rastro por la nieve y no había más que un par de huellas: si hubieras subido la ladera con otra niña, ¿no crees que habría dejado marcas al lado de las tuyas?

—Yo no tengo la culpa, querida Hester —respondió entre lágrimas—, de que no se marcaran. No le miré los pies. Pero me llevaba muy rápido y su manita me apretaba mucho y estaba muy muy fría. Me subió por el sendero de los páramos, por donde los acebos, y había una mujer llorando, pero que, al verme, contuvo el llanto y sonrió muy orgullosa y solemne, y me sentó en su regazo y empezó a mecerme hasta que me quedé dormida. Eso fue lo que pasó, querida Hester, y es la verdad, bien lo sabe mi querida mamá —sollozó.

Así pues, pensé que estaba delirando por la fiebre y fingí creerme su historia conforme la repetía palabra por palabra una y otra vez. Al cabo de un rato, Dorothy llamó a la puerta con el desayuno de la señorita Rosamond y me anunció que las ancianas me esperaban abajo en el comedor para hablar conmigo. Ambas habían acudido al dormitorio la víspera, pero cuando la señorita ya se había quedado dormida, de modo que se habían limitado a contemplarla sin preguntarme nada.

«La que me va a caer —me dije, mientras enfilaba la galería norte—. Aunque en realidad —pensé, envalentonada—, yo la dejé a su cargo. Si alguien tiene la culpa son ellas, por haber permitido que saliera sola y sin vigilancia.»

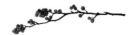

De modo que me armé de valor, entré y le conté mi historia a la señorita Furnivall de cabo a rabo, voceando bien cerca del oído. Sin embargo, al mencionar que la niña que estaba fuera en la nieve la convenció para salir y la condujo hasta una hermosa y solemne dama que había junto al acebo, alzó los brazos, viejos y marchitos, y gritó:

—¡Ay, válgame el cielo! ¡Señor, ten piedad!

Entonces, la señora Stark la agarró, con bastante brusquedad para mi gusto, pero la señorita Furnivall, fuera de sí, con un tono autoritario y fiero, me advirtió:

—¡Hester, no permitas que se acerque a ella! ¡Esa niña malvada le tenderá una trampa mortal! Adviértele de que es una criatura mala y perversa.

En aquel momento, para alivio mío, la señora Stark me sacó a toda prisa del salón, mientras la señorita Furnivall seguía chillando:

—¡Ay, ten piedad! ¡Perdóname, Señor! Fue hace mucho tiempo...

Aquella escena me dejó sumida en la intranquilidad. No me atrevía a separarme de la señorita Rosamond ni de día ni de noche, por temor a que volviera a escabullirse a las primeras de cambio, pero sobre todo porque creía disponer de argumentos para considerar que la señorita Furnivall estaba loca, a juzgar por cómo la trataban, y temía que algo por el estilo (algo que fuera cosa de familia, ya me entendéis) pudiera sucederle a mi tesoro. Entretanto, las heladas no remitían y cada vez que teníamos una noche un poco más borrascosa de lo habitual, oíamos el órgano del viejo lord entre las ráfagas de viento. El caso es que, con viejo lord o sin él, fuera adonde fuera la señorita Rosamond iba yo detrás, pues mi amor por mi preciosa e indefensa huerfanita podía más que el miedo a aquel terrible clamor. Además, yo no cejaba en mi empeño de que no perdiera la alegría y la jovialidad que, por edad, le correspondían, así que jugábamos e íbamos de acá para allá, siempre inseparables, pues no volví a osar perderla de vista en aquel intrincado caserón. Sucedió que, una tarde, poco antes de Navidad, estábamos jugando en la mesa de billar del gran salón (no es que supiéramos, pero a ella le gustaba hacer rodar las suaves bolas de marfil con sus bonitas manos y a mí me gustaba hacer cualquier cosa que a ella le agradase), cuando, poco a poco, sin que nos percatáramos, el interior se sumió en la penumbra, pese

94

a que fuera aún reinaba la claridad. Planeaba ya cómo llevarla de vuelta a la salita de los niños cuando, de pronto, exclamó:

—¡Mira, Hester! ¡Ahí fuera está la niña de la nieve! ¡Pobrecita mía!

Me volví hacia las ventanas, altas y estrechas, y vi, sin ningún asomo de duda, a una niña, más pequeña que mi señorita Rosamond —y vestida con un atuendo absolutamente inapropiado para hallarse a la intemperie en una noche glacial como aquella—, que gritaba y golpeaba los cristales, como si quisiera que la dejaran entrar. Parecía estar sollozando y cuando la señorita Rosamond ya no aguantó más y salió disparada a abrirle la puerta, de pronto, a nuestro lado, el gran órgano tronó con una estridencia que me dejó casi temblando, con más razón cuando recordé que, pese al silencio de aquel frío mortífero, no había oído el ruido de las manitas al aporrear los cristales, aunque la niña espectral pareciera golpear con todas sus fuerzas, y que, pese a haberla visto berrear, mis oídos no hubiesen detectado sonido alguno. Si recordé todo aquello en ese mismo instante, no lo sé, pues el estruendo del órgano me había infundido un pavor tremendo. Lo que sí sé es que alcancé a la señorita Rosamond antes de que abriera el portón, la agarré y me la llevé, entre gritos y patadas, hasta la amplia y luminosa cocina, donde Dorothy y Agnes preparaban pasteles de carne.

—¿Qué le ha pasado a mi tesoro? —gritó Dorothy cuando entré con la señorita Rosamond llorando desconsoladamente.

—No me deja abrir la puerta para que pase la niña y, como se quede toda la noche en los páramos, se va a morir. Hester, eres mala y cruel —me dijo, y me arreó un bofetón. Pero podría haberme pegado más fuerte, a juzgar por la expresión de pánico de Dorothy, que me heló la sangre.

—Date prisa, cierra la puerta trasera de la cocina y echa bien el pestillo —le ordenó a Agnes.

No dijo más, me dio unas uvas y unas almendras para tranquilizar a la señorita Rosamond, que no dejaba de lamentarse por la niñita que seguía ahí fuera en la nieve y no tocó ninguna de aquellas cosas tan buenas. Sentí un enorme alivio cuando me imploró entre gemidos que la llevase a la cama a dormir, hecho lo cual me escabullí a la cocina e informé a Dorothy de que había tomado una decisión. Me marcharía con mi angelito a casa

95

de mi padre en Applethwaite, donde llevaríamos una vida humilde, pero tranquila. Le dije que bastante miedo había pasado ya con el órgano del viejo lord, pero que no lo soportaría más ahora que había visto con mis propios ojos a esa niña llorando, engalanada como ninguna otra criatura del vecindario, aporreando las ventanas para entrar en casa sin emitir un solo ruido, con aquella herida oscura en el hombro derecho, y menos cuando la señorita Rosamond la había reconocido de nuevo como el fantasma que la había engatusado y la había embarcado en la aventura que casi le cuesta la vida (lo que Dorothy sabía que era cierto).

Cuando terminé de hablar, Dorothy, con el rostro desencajado, me dijo que no creía que pudiera llevarme a la señorita Rosamond conmigo, puesto que estaba bajo la tutela de mi amo y yo no tenía ningún derecho sobre ella. También me preguntó si dejaría a la niña de mis ojos por unos sonidos y unas visiones que no podían causarme ningún daño y a los que todos, tarde o temprano, habían tenido que acostumbrarse. Temblando de ira y fuera de mí, repuse que para ella era muy fácil hablar, pues sabía lo que presagiaban aquellas visiones y aquellos sonidos, y quizás, incluso hubiera tenido algo que ver con aquella niña fantasmagórica en vida. La provoqué a tal extremo que acabó por contarme todo cuanto sabía, aunque después deseé que no lo hubiese hecho, pues aquello no sirvió más que para alimentar mi miedo.

Me contó que les había oído la historia a unos ancianitos que vivían por allí cerca cuando ella llegó de recién casada, en la época en que aún se recibían visitas, antes de que la mansión se labrara mala fama por aquellos lares. Podía o no ser cierta, pero así era como se la habían relatado a ella.

El viejo lord era el padre de la señorita Furnivall, o la señorita Grace, como la llamaba Dorothy, puesto que la mayor y, por ende, la auténtica señorita Furnivall era la señorita Maude. El lord era un viejo tremendamente arrogante, de una soberbia sin paragón, y sus hijas eran igualitas que él. Nadie resultaba lo suficientemente bueno como para desposarlas, y no se podía decir que faltaran los pretendientes, pues eran dos bellezas de su tiempo, como había podido apreciar en los retratos que colgaban del majestuoso salón. Pero como dice el proverbio: «La soberbia precede al fracaso», y aquellas dos altivas bellezas se enamoraron del mismo hombre,

nada menos que un músico extranjero a quien su padre había traído desde Londres para tocar con él en la mansión. Y es que, si había algo comparable a la soberbia del viejo lord, eso era su pasión por la música. Sabía tocar casi cualquier instrumento, aunque, por extraño que pareciese, ni siquiera eso conseguía apaciguarlo, tan adusto y fiero era aquel hombre con cuya crueldad, dicen, había roto el corazón de su pobre esposa. El caso es que la música lo volvía loco y estaba dispuesto a pagar cualquier precio por ella, de modo que mandó venir a aquel extranjero que tocaba tan bien que, según cuentan, hasta los pájaros interrumpían sus trinos para escucharlo desde los árboles. Con el tiempo, aquel joven extranjero ganó tal ascendiente sobre el viejo que ya nada le valía al lord si el forastero no acudía cada año. Fue quien mandó comprar el gran órgano procedente de Holanda e instalarlo en la pared, donde había permanecido desde entonces, y quien enseñó a tocar al viejo lord, pero muchas veces, mientras lord Furnivall estaba ensimismado con su espléndido órgano y su aún más espléndida música, el extranjero de tez oscura se dedicaba a pasearse por el bosque con una de las muchachas: primero con la señorita Maude y luego con la señorita Grace.

La señorita Maude se impuso y se llevó el premio, si es que puede considerarse tal cosa. La pareja contrajo matrimonio en secreto y, antes de la siguiente visita anual del músico, la joven ya había traído al mundo a una niña en una granja de los páramos, mientras su padre y la señorita Grace la creían en las carreras de Doncaster. Pero el hecho de convertirse en esposa y en madre no la dulcificó ni pizca; al contrario, siguió tan altanera y vehemente como siempre, quizás incluso más, debido a los celos que cultivó hacia la señorita Grace, a quien su marido extranjero cortejaba, según aseguraba él, a modo de maniobra de despiste. Pero la señorita Grace se impuso y la señorita Maude se volvió cada vez más orgullosa, tanto con su marido como con su hermana. Así pues, aquel verano, el hombre —que no tenía el menor empacho en sortear los inconvenientes ocultándose en otros países— adelantó un mes su partida, con la amenaza de no regresar jamás. Entretanto, la niñita se quedó en la granja, adonde su madre, tras ensillar su caballo y galopar como loca por los montes, iba a verla como mínimo una vez a la semana. Cuando la señorita quería, lo hacía con todo su corazón, y

cuando odiaba, también. Y el viejo lord siguió tocando el órgano y los criados pensaban que las dulces melodías que interpretaba habían sosegado aquel carácter desapacible, sobre el que, según Dorothy, circulaban varias historias horribles. Al cabo, también enfermó y empezó a precisar la ayuda de un bastón para caminar. En aquella época, su hijo (el padre del actual lord Furnivall) estaba en América con el ejército, el otro se había hecho a la mar, y así, la señorita Maude pudo actuar a su antojo. Su relación con la señorita Grace se agriaba cada día un poco más, hasta que prácticamente dejaron de hablarse, salvo en presencia del viejo lord. El músico extranjero regresó el verano siguiente, pero fue la última vez que lo hizo, pues las hermanas lo incordiaron con sus celos y sus arranques de cólera hasta tal punto que se marchó y nunca más se supo de él. La señorita Maude, que siempre había estado convencida de que su matrimonio se reconocería tras la muerte de su padre, se convirtió en la esposa abandonada de un matrimonio del que nadie había tenido noticia, madre de una criatura de la que no quería hacerse cargo, aunque le gustara como pasatiempo, que vivía con un padre al que temía y una hermana a la que odiaba. El verano siguiente discurrió sin que apareciera el oscuro forastero y las dos hermanas se tornaron pesarosas y tristes. Mostraban cierto aire demacrado, aunque no habían perdido un ápice de su belleza. Con el tiempo, sin embargo, la señorita Maude se fue animando, dado que su padre estaba cada vez más enfermo y más extasiado que nunca por su música, y que la señorita Grace y ella llevaban vidas prácticamente desconectadas en dependencias separadas: la señorita Grace en el ala oeste y la señorita Maude en el ala este, en las mismas estancias que yo encontré cerradas a cal y canto. Por eso pensó que podría llevarse a la pequeña con ella sin que se enterase nadie que no osara irse de la lengua. Le hizo creer a todo el mundo que era la hija de un granjero de la que se había encariñado. Todo esto, según Dorothy, era *vox populi,* aunque lo que sucedió más tarde no lo sabe nadie, con excepción de la señorita Grace y la señora Stark, que por aquel entonces ya era su doncella y algo mucho más cercano a una amiga de lo que su hermana había sido nunca. Pero los sirvientes suponían, de lo que habían oído por aquí y por allá, que la señorita Maude se había impuesto sobre la señorita Grace y le había dicho que

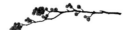
98
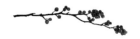

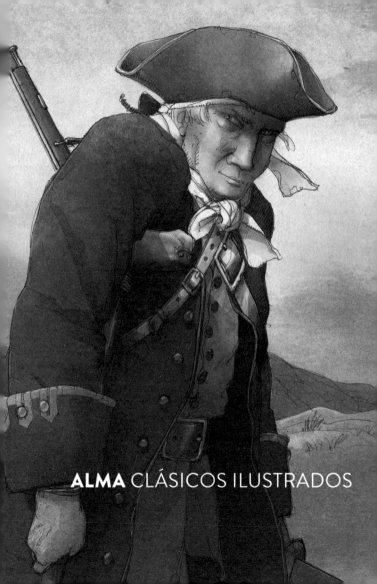
ALMA CLÁSICOS ILUSTRADOS

978-84-18395-86-4

978-84-18395-83-3

978-84-1893-32-7

978-8418395-81-9

978-84-18395-56-7

978-84-18395-80-2

978-84-18395-55-0

978-84-18395-64-2

978-84-18395-82-6

978-84-18395-68-0

978-84-18933-01-1

978-84-18933-39-4

978-84-18395-62-8

978-84-18395-79-6

978-84-18008-09-2

978-84-18395-67-3

todo el tiempo en que el oscuro forastero le había profesado su supuesto amor, estaba burlándose de ella porque ya era su marido. Aquel día, el color abandonó las mejillas y los labios de la señorita Grace para siempre y se la oyó repetir más de una vez que tarde o temprano se cobraría su venganza. Después de aquello, la señora Stark siempre andaba espiando las dependencias del ala este.

Una noche terrible, justo después de Año Nuevo, cuando los copos seguían cayendo sobre una densa capa de nieve —lo suficientemente rápido como para cegar a quien se hallara a la intemperie—, se oyó un estruendo violento y, por encima, la voz del viejo lord que maldecía y juraba, los gritos de una niña pequeña y el desafío vanidoso de una mujer furibunda, un golpe y un silencio sepulcral... ¡y gemidos y lamentos que se apagaban colina arriba! Después de aquello, el viejo lord reunió a sus criados y, bajo terribles amenazas y con unas palabras aún más terribles si cabe, les dijo que su hija había caído en la deshonra, que le cerraba las puertas de su casa —a ella y a su hijita—, y que como alguna vez le ofrecieran ayuda, alimento o cobijo, él mismo le pediría a Dios que no entraran al paraíso. Durante todo ese rato, la señorita Grace permaneció a su lado, blanca e inmóvil como una roca y, cuando su padre terminó de hablar, dejó escapar un profundo suspiro, como diciendo que su labor había concluido y su objetivo estaba cumplido. Eso sí, el viejo lord no volvió a tocar el órgano, y murió al cabo de un año y, por extraño que parezca, al amanecer que siguió a aquella noche turbulenta y horrible, los pastores que bajaban por el páramo se encontraron a la señorita Maude, sonriente y enajenada, sentada bajo los acebos, arrullando a una niña muerta que tenía una marca espantosa en el hombro derecho.

—Pero no fue la herida lo que la mató —aclaró Dorothy—, sino la helada y el frío. Mientras los animales del bosque estaban resguardados en sus madrigueras y el ganado en sus rediles, ¡aquella niñita y su madre se vieron condenadas a vagar por los páramos! ¡Y ahora ya lo sabes todo! ¿Te da menos miedo?

Tenía más miedo que nunca, pero me lo callé. Me habría gustado marcharme para siempre de aquella casa aterradora con la señorita Rosamond, pero no pensaba dejarla allí, ni tampoco me atrevía a llevármela conmigo.

Eso sí, ¡no le quitaba ojo de encima! Más de una hora antes de que oscureciera, echábamos los pestillos y cerrábamos los postigos raudas y veloces, por miedo a que se quedaran abiertos cinco minutos cuando ya fuera demasiado tarde. Pero mi pequeña dama seguía oyendo los gritos y los llantos de aquella niña siniestra, y por más que dijéramos o hiciéramos, nada frenaba su impulso de salir a buscarla para dejarla entrar y librarla de aquella borrasca cruel. También hice lo posible por mantenerla apartada de la señorita Furnivall y de la señora Stark, pues yo misma las temía: sabía que no podían traer nada bueno, con esas caras largas y cenicientas, y esa mirada perdida, siempre puesta en aquellos años espantosos. No obstante, pese al pánico que me infundía, la señorita Furnivall terminó por inspirarme cierta lástima. Ni los que se van al hoyo pueden tener una mirada tan abatida como la de aquella mujer. Tanto me apiadé de ella —que jamás pronunciaba palabra sin que se la sacaran a la fuerza— que al final incluso la incluía en mis oraciones y hasta le enseñé a la señorita Rosamond a rezar por quienes habían cometido un pecado mortal, aunque, a menudo, cuando llegaba esa parte, la niña aguzaba el oído, se incorporaba y decía:

—La estoy oyendo llorar, mi niñita está muy triste... ¡Déjala entrar o se va a morir!

Una noche, después de que el Año Nuevo llegara por fin y cuando el invierno eterno, esperaba yo, había dado una tregua, la campanilla del salón del ala oeste sonó tres veces. Era la señal para que yo acudiera. No pensaba dejar a la señorita Rosamond sola, ni aunque estuviera dormida, pues el viejo lord había estado tocando con más ímpetu que nunca y prefería que mi querida damita se despertara antes que oír a la niña fantasma (sabía que no podría verla, de lo bien que había cerrado las ventanas para impedirlo). El caso es que la saqué de la cama, la abrigué con lo primero que encontré a mano y la bajé al salón, donde hallé a las ancianas concentradas en su labor, como de costumbre. Levantaron la vista cuando entré y la señora Stark, bastante perpleja, me preguntó:

—¿Por qué ha bajado a la señorita Rosamond y la ha sacado de su camita?

—Porque me daba miedo que, mientras estuviera fuera, la niña de la nieve tratara de engatusarla... —empecé a responder en voz baja, cuando de

golpe me interrumpió (con una mirada a la señorita Furnivall) y me dijo que la señorita Furnivall quería que deshiciera una parte de la labor en la que se había confundido, y que ninguna de ellas veía dónde descoser.

Haciendo de tripas corazón, dejé a mi chiquitina en el sofá y me senté junto a las ancianas en una banqueta, mientras el viento ululaba con fuerza. La señorita Rosamond seguía profundamente dormida, a pesar de los rugidos del viento; y la señorita guardaba silencio, ni levantó la vista cuando las ráfagas de aire hicieron temblar las ventanas. De pronto, se puso en pie cuan larga era y levantó una mano, como para indicarnos que debíamos escuchar:

—¡Oigo voces! Oigo unos gritos terribles. ¡Oigo la voz de mi padre!

En ese preciso instante, mi cielito se despertó de golpe.

—La niña está llorando. ¡Ay, está llorando mucho!

Trató de incorporarse y de salir en su busca, pero la manta se le enredó entre los pies y la atrapé. Se me había empezado a poner la piel de gallina con aquellos ruidos que ellas podían oír pero nosotras no. Al cabo de un par de minutos, llegaron los ruidos, que se congregaron rápidamente e inundaron nuestros oídos. También nosotras distinguíamos voces y gritos y dejamos de oír el viento invernal que azotaba fuera. La señora Stark y yo nos miramos, pero no osamos hablar. De pronto, la señorita Furnivall se encaminó hacia la puerta, salió a la antesala por el vestíbulo del ala oeste y abrió la puerta del gran vestíbulo principal. La señora Stark fue tras sus pasos y yo no me atreví a quedarme atrás, a pesar de que mi corazón estaba casi paralizado de miedo. Estreché bien fuerte a mi chiquitina y las seguí. Los gritos que se oían en el vestíbulo eran más fuertes que nunca, parecían venir del ala este y sonaban cada vez más y más cerca, del otro lado de las puertas cerradas. En ese momento reparé en que la gran araña de bronce parecía estar encendida, pese a que el salón estaba a oscuras, y que un fuego ardía en el enorme hogar, aunque no desprendía calor alguno. Me estremecí de terror y abracé más fuerte a mi chiquitina. Y entonces la puerta del ala este tembló y la niña, que de golpe intentó zafarse de mi abrazo, chilló:

—¡Hester, tengo que ir! La niña está ahí fuera y la estoy oyendo. ¡Viene hacia aquí! ¡Hester, tengo que ir!

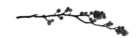

La agarré con todas mis fuerzas, resuelta con toda mi voluntad a no dejarla ir. Aunque me hubiera muerto, mis manos no la habrían soltado, tal era mi determinación. La señorita Furnivall seguía a la escucha, sin hacer caso a mi chiquitina, que se había tirado al suelo y a quien yo, arrodillada, agarraba del cuello con ambos brazos, mientras la niña seguía forcejeando y pidiéndome a gritos que la soltara.

De pronto, la puerta este cedió con un estruendo atronador, como si la hubiera abierto una ira abrumadora, y entonces, recortada contra aquella luz intensa, apareció la silueta de un esbelto anciano de pelo cano y ojos brillantes. El hombre, con una expresión implacable de aborrecimiento, empujaba a una mujer hermosa y altiva que llevaba a una niña pequeña agarrada al vestido.

—¡Hester, Hester! —gritó la señorita Rosamond—. ¡Es ella! ¡Es la dama que estaba bajo el abeto! Y la niña está con ella. ¡Hester! Déjame ir con ella. Están tirando de mí. Puedo sentirlas… Las siento. ¡Tengo que ir!

De nuevo, se retorcía en su afán por escapar, pero yo la agarraba cada vez más fuerte, hasta temí que pudiera hacerle daño, aunque lo prefería antes que dejarla marcharse con esos terribles fantasmas. Pasaron hacia la gran puerta del vestíbulo principal, donde el viento aullaba y graznaba aguardando a su presa, pero antes de que llegaran, la dama se dio la vuelta y alcancé a ver cómo retaba al viejo con un desafío furibundo y arrogante, y entonces se estremeció y levantó los brazos en ademán desesperado y lastimero para proteger a su hija, a su pequeña, del golpe del bastón en alto.

Y en aquel momento, una fuerza superior a la mía se apoderó de la señorita Rosamond, que se retorcía en mis brazos entre sollozos (a aquellas alturas, mi pobre chiquitina estaba perdiendo la conciencia).

—Quieren que vaya al páramo con ellas. Me están arrastrando. ¡Ay, niña de mi corazón! Yo iría, pero la malvada de Hester no me suelta.

Gracias a Dios, se desvaneció al ver el bastón en alto. Justo en ese momento, cuando el anciano, con el pelo resplandeciente por el fulgor de una llamarada, estaba a punto de golpear a la pobre niña enloquecida, la señorita Furnivall, la anciana que estaba a mi lado, gritó:

—¡Padre! ¡Deje a esa niña inocente!

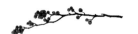

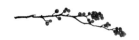

Justo en aquel momento vi, todas vimos, otro fantasma que se apareció y cobró forma desde la luz azulada y neblinosa que bañaba el salón, otra mujer a la que no habíamos visto hasta entonces y que se colocó junto al lord, con una mirada de odio y una triunfal mueca de desprecio. Era un personaje hermoso, que lucía un sombrero blanco y suave calado encima de unas cejas orgullosas y unos labios rojos fruncidos en un rictus desdeñoso. Llevaba un vestido escotado de satén azul. Ya la había visto antes. Se parecía a la señorita Furnivall en su juventud. Mientras, los terribles fantasmas continuaron a lo suyo, ajenos a las súplicas de la vieja señorita Furnivall, y el bastón alzado cayó sobre el hombro derecho de la niña pequeña, bajo la mirada glacial e impasible de la hermana menor. En aquel instante, se extinguieron las luces mortecinas y el fuego que no calentaba, y la señorita Furnivall cayó a nuestros pies, herida de muerte.

¡Sí! Aquella noche la llevaron a la cama, de donde ya no volvió a levantarse. Nunca volvió la cara de la pared, ni dejó de repetir, con un murmullo quedo pero ininterrumpido:

—¡Ay! Lo que se hace en la juventud no pueden deshacerlo los años. ¡Lo que se hace en la juventud no pueden deshacerlo los años!

La cita con el fantasma

ADA BUISSON

—L o buscan, señor... Un paciente.

Sucedió en los comienzos de mi carrera profesional, cuando los pacientes escaseaban y los honorarios escaseaban aún más. Pese a que justo en ese instante tomaba asiento frente a mi chuleta y me había prometido servirme una copa de ponche humeante a los postres para celebrar las fiestas navideñas, al punto corrí hacia mi consulta.

Entré con brío, pero en cuanto atisbé la figura que esperaba apoyada en el mostrador di un respingo, embargado por una extraña sensación de pánico que, por mucho que quisiera, no fui capaz de comprender.

Jamás olvidaré lo espeluznante de aquel rostro, el terror blanco grabado en todos los rasgos, la agonía que parecía hundir los mismísimos ojos bajo las cejas fruncidas. Me horrorizó contemplarlo, por muy acostumbrado que estuviera a las escenas macabras.

—Busca usted a un médico —empecé a decir, con cierta vacilación.

—No, no estoy enfermo.

—Entonces lo que necesita...

—¡Chist! —me interrumpió, acercándose aún más y reduciendo el volumen de su murmullo, ya de por sí bajo, al de un mero susurro—.

Tengo entendido que no es usted rico. ¿Estaría dispuesto a ganarse mil libras?

¡Mil libras! Sus palabras parecían quemarme los oídos.

—Le estaría muy agradecido, si pudiera hacerlo de forma honrada —respondí con dignidad—. ¿Cuál es el servicio que se me requiere?

Una extraña expresión de intenso terror se cernió sobre el semblante blanco que tenía ante mí, aunque los labios cianóticos respondieron con firmeza:

—Velar un lecho de muerte.

—¡Mil libras por velar un lecho de muerte! ¿Adónde debo dirigirme, pues? Y... ¿el lecho de quién?

—El mío.

La voz que pronunció aquellas palabras sonó tan hueca y lejana que, sin querer, retrocedí amedrentado.

—¡El suyo! ¡Qué tontería! No tiene usted nada de moribundo. Está pálido, pero parece gozar de un perfecto estado de salud. Usted...

—¡Chist! —me interrumpió—. Todo eso lo sé. No puede usted estar más convencido de mi salud física de lo que yo mismo lo estoy; aun así, sé que, antes de que el reloj dé la primera hora después de la medianoche, seré hombre muerto.

—Pero...

Lo sacudió un ligero estremecimiento, pero, extendiendo la mano con autoridad, me instó a guardar silencio.

—Estoy más que al tanto de lo que afirmo —susurró—. He recibido una misteriosa citación de entre los muertos. De nada me servirá ningún auxilio mortal. Mi condena es idéntica a la del pobre infeliz por el juez sentenciado. No vengo a pedirle opinión ni a discutir el asunto con usted, tan solo a comprar sus servicios. Le ofrezco mil libras por pasar la noche en mis aposentos y presenciar la escena que tenga lugar. La suma podrá parecerle desorbitada, pero a estas alturas ya no necesito sopesar el coste de ninguna gratificación, y el espectáculo que tendrá que presenciar no es ninguna estampa de terror cualquiera.

Pese a lo extrañas que eran sus palabras, las pronunció con bastante calma. No obstante, cuando la última frase salió lentamente de los lívidos

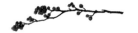

labios, fue tal la expresión de terror enajenado que de nuevo se cernió sobre el rostro del desconocido, que, a pesar de la abultada cifra, dudé si contestar.

—¡Teme confiar en la promesa de un muerto! Mire esto, y convénzase —exclamó, con ansia.

A continuación, sobre el mostrador que nos separaba apareció un documento de pergamino. Siguiendo las indicaciones de aquella poderosa mano blanca, leí lo que en él estaba escrito: «Y a don Frederick Kead, con domicilio en el número 14 de High Street, en Alton, le lego la suma de mil libras por determinados servicios prestados a mi persona».

—Mandé redactar ese testamento en las últimas veinticuatro horas, y lo firmé hace una hora, en presencia de testigos hábiles. Vengo preparado, ya ve. Así pues, ¿acepta mi oferta o no?

Por toda respuesta, crucé la sala, recogí mi sombrero y cerré con llave la puerta de la consulta que comunica con la vivienda.

Era una noche oscura y gélida y, por algún motivo, tanto el valor como la determinación que había sentido al leer mi nombre escrito al lado de un millar de libras flaquearon de manera considerable al verme conducido a toda prisa a través de la muda oscuridad por un hombre cuyo lecho de muerte estaba a punto de velar.

Él avanzaba en un silencio sombrío, pero en el momento en que su mano tocó la mía, pese a la helada, la noté ardiente como las brasas.

Seguimos adelante con paso pesado, pisada tras pisada a través de la nieve, sin pausa, hasta que incluso yo me cansé; y al cabo de un buen rato llegaron a mis consternados oídos las campanadas del reloj de una iglesia, al tiempo que, no muy lejos, distinguí los montículos nevados del cementerio de una iglesia.

¡Cielo santo! Aquella espantosa escena de la que yo sería testigo ¿tendría verdaderamente lugar entre los muertos?

—Las once —gimió el hombre condenado—. ¡Dios bendito! Dos horas más y ese fantasmal mensajero me entregará la citación. Vamos, vamos, por caridad, apresurémonos.

Ya solo quedaba un breve trecho que nos separaba de un muro que rodeaba una gran mansión, y lo recorrimos a toda prisa hasta llegar a una puertecita.

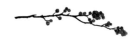

Una vez cruzada, en cuestión de pocos minutos ya ascendíamos con sigilo la escalera privada que conducía a una estancia espléndidamente amueblada que no dejaba lugar a dudas respecto a la riqueza de su dueño.

Sin embargo, un silencio sepulcral reinaba en toda la casa. En aquella habitación en concreto imperaba una quietud que, al mirar a mi alrededor, se me antojó casi espeluznante.

Mi acompañante dirigió la vista al reloj que había sobre la repisa de la chimenea y, con un estremecimiento, se arrellanó en un gran sillón al lado del fuego.

—Solo hora y media más —musitó—. ¡Cielo santo! Pensé que poseía más temple. Este horror me acobarda. —Y luego, en tono más furibundo, y aferrándose a mi brazo, añadió—: ¡Ja! Se burla de mí, me toma por loco, pero espere y verá... ¡Espere y verá!

Le puse la mano en la muñeca, pues en sus ojos hundidos había ahora una fiebre que ponía en jaque el supersticioso escalofrío que me había recorrido hasta ese momento, y que me hizo esperar que, a fin de cuentas, mis sospechas iniciales fueran ciertas y mi paciente solo fuese la víctima de una espantosa alucinación.

—¡Burlarme de usted! —respondí, con voz tranquilizadora—. Nada más lejos de la realidad. No sabe cuánto lo compadezco. Haría cualquier cosa por ayudarlo. Necesita dormir. Túmbese, y déjeme a cargo.

Protestó, pero se levantó y empezó a deshacerse de su vestimenta; y yo, al ver la oportunidad que se me presentaba, vertí con disimulo unos polvos somníferos, que había logrado meterme en el bolsillo antes de salir de la consulta, en el vaso de burdeos que había a su lado.

Cuanto más lo observaba, más convencido estaba de que el que necesitaba de mi atención era el sistema nervioso de mi paciente. Lleno de satisfacción, lo vi tomarse el vino y, acto seguido, tenderse sobre la lujosa cama.

«¡Ja! —pensé, cuando el reloj dio las doce y, en vez de un gemido, la profunda respiración del durmiente resonó en toda la habitación—. Esta noche no recibirá ninguna citación, así que puedo ponerme cómodo.»

Y de ese modo, sin hacer ruido, realimenté el fuego, me serví una generosa copa de vino y, corriendo la cortina para que la lumbre no molestara al durmiente, adopté una postura que seguía su ejemplo.

Cuánto tiempo dormí, lo desconozco, pero de repente me desperté sobresaltado y estremecido por el terror más fantasmagórico que, hasta donde me alcanza la memoria, jamás haya sentido.

Algo —ignoraba el qué— parecía merodear por allí, algo que carecía de nombre, pero que era un espanto indescriptible.

Miré a mi alrededor.

El fuego emitía un tenue resplandor azul, el suficiente para permitirme ver que la habitación seguía exactamente igual que cuando me dormí, salvo que la manecilla larga del reloj ¡distaba solo cinco minutos de la hora misteriosa en la que acaecería la muerte del hombre «citado»!

¿Habría, entonces... algo de cierto... en toda aquella extraña historia que había relatado?

El silencio era intenso.

Ni siquiera oía respiración alguna que proviniera de la cama. Justo cuando me disponía a levantarme y acercarme, aquel miedo atroz volvió a apoderarse de mí, justo al mismo tiempo en que mi ojo fue a parar al espejo que había frente a la puerta, y entonces vi...

¡Santo cielo! Aquella espantosa Forma... aquella espeluznante burla a costa de algo que antaño fuera humano... ¿era realmente un enviado de los mudos muertos de ultratumba?

Helo allí, con su evidente mortaja, mas el espantoso rostro se descomponía de una manera atroz y los ojos cadavéricos destellaban con una mirada cargada de odio verde y vidriosa más similar a una auténtica llamarada de los infernales fuegos del abismo.

Era imposible moverse o emitir sonido alguno ante aquella horripilante presencia, y, cual estatua, me quedé allí sentado, mientras contemplaba cómo aquella macabra Forma se dirigía lentamente hacia la cama.

En qué consistió la tétrica escena allí representada, lo desconozco. Lo único que oí fue un leve gemido ahogado y desesperado, y vi la sombra de aquel aterrador enviado al inclinarse sobre la cama.

Si lo que sus labios sin aliento comunicaron fue alguna sentencia terrible aunque sin palabras, lo desconozco, pero por un instante la sombra de una mano con aspecto de garra, y a la que le faltaba el dedo anular, apareció extendida sobre la cabeza del condenado, y entonces, justo cuando el reloj daba una nítida campanada argéntea, cayó sobre ella, y un chillido desaforado resonó en toda la habitación: un chillido mortal.

No soy proclive a los desmayos, pero confieso que los siguientes diez minutos de mi existencia fueron un frío espacio en blanco; e incluso cuando por fin logré levantarme tambaleando, al mirar a mi alrededor, mis esfuerzos por comprender el pavor que aún me poseía fueron en vano.

¡Gracias a Dios! La habitación se había deshecho de aquella espantosa presencia, eso lo veía. Así pues, le di un trago al vino, encendí un cirio y me dirigí a trompicones hacia la cama. ¡Ay, cuánto recé por que todo aquello no hubiera sido más que un sueño y mi propia imaginación exaltada simplemente hubiera evocado algún horripilante recuerdo de la sala de disección!

Pero una sola mirada bastó para responderme.

¡No! La citación había sido, en efecto, entregada y respondida.

Iluminé fugazmente con la vela el rostro sin vida, hinchado, crispado todavía por la agonía, pero de repente retrocedí, sobresaltado.

Mientras lo contemplaba, el rostro pareció mudar de expresión: la negrura se fundió en una blancura mortal, los rasgos crispados se relajaron y, como si la víctima de aquella terrible aparición aún viviera, una sonrisa triste y solemne se dibujó furtiva sobre los pálidos labios.

Estaba horrorizado en grado sumo; aun así, conservaba la conciencia suficiente para que semejante fenómeno me asombrara en el aspecto profesional.

¿No tendría que haber algo más que una mano sobrenatural en todo aquello?

De nuevo escruté el rostro sin vida, e incluso la garganta y el pecho, pero, a excepción de un grano diminuto en una sien bajo un mechón de pelo, no constaté ni una sola marca. A juzgar por el cadáver, cualquiera habría creído que aquel hombre había muerto por una aparición divina, en paz, mientras dormía.

Cuánto tiempo estuve allí, lo desconozco; en todo caso, el suficiente para ordenar mis dispersos sentidos y concluir que, habida cuenta de todo, si de repente me encontraran de aquella guisa en la habitación del hombre misteriosamente fallecido, me vería en una tesitura nada agradable.

Así pues, hice el menor ruido posible y procedí a abandonar la casa. No me crucé con nadie en la escalera privada, la puertecita que daba al camino se abrió con facilidad y, mientras recorría a paso veloz el camino junto al cementerio, agradecí con toda mi alma sentir de nuevo el fresco aire invernal.

En la iglesia del cementerio no tardó en celebrarse un magnífico funeral, y se decía que la joven viuda del finado estaba desconsolada; luego se corrió el rumor de que una horrible aparición habría tenido lugar la noche de la muerte, y se murmuraba que la joven viuda vivía aterrorizada e insistía en marcharse de su espléndida mansión.

Todo el asunto me desconcertaba demasiado como para arriesgar mi reputación si contaba lo que sabía. Habría permitido que mi participación permaneciese para siempre enterrada en el olvido de no haberme enterado de repente de que la viuda, oponiéndose a muchos de los legados de las últimas voluntades de su marido, pretendía impugnarlas alegando demencia. Así fue como poco a poco se corrió la voz de que el hombre creía haber recibido una misteriosa citación.

Por eso acudí a un abogado y le envié a la dama un mensaje en el que le comunicaba que, al ser la última persona que había asistido a su esposo, me comprometía a demostrar su cordura, y le rogué que me concediera una entrevista, en la que le relataría la historia más extraña y terrible que jamás hubiera llegado a oídos de nadie. Esa misma tarde recibí una invitación para personarme en la mansión. Me condujeron de inmediato a una espléndida estancia y allí, de pie ante el fuego, encontré a la joven criatura dotada de la belleza más deslumbrante que jamás hubiera visto.

Era muy menuda, pero de una hechura exquisita; de no haber sido por la dignidad de su porte, la habría tomado por una simple niña. Con una reverencia majestuosa, se acercó, pero sin pronunciar palabra.

—La misión que traigo entre manos es extraña y dolorosa... —comencé, y a continuación di un respingo, pues por casualidad mi mirada fue directa

a sus ojos, y de ahí bajó hasta la pequeña mano derecha que agarraba la silla. ¡El anillo de boda estaba en esa mano!

—Deduzco que es usted el mismo señor Kead que ha pedido permiso para relatarme un absurdo cuento de fantasmas y a quien mi difunto esposo menciona aquí. —Y mientras hablaba extendió la mano izquierda hacia algo... aunque ya no supe qué, pues mis ojos permanecieron clavados en esa mano.

¡Qué horror! Por muy blanca y delicada que pudiera ser, tenía forma de garra, ¡y le faltaba el dedo anular!

Una frase bastó después de aquello.

—Señora, lo único que puedo decirle es que el fantasma que citó a su marido se caracterizaba por una singular deformidad. Le faltaba el dedo anular de la mano izquierda —afirmé severamente, y un instante después había abandonado a aquella hermosa y pecadora presencia.

El testamento no llegó a impugnarse. A la mañana siguiente, asimismo, recibí un cheque por valor de mil libras y lo siguiente que supe de la viuda fue que ella misma había visto aquella espantosa aparición y acto seguido había abandonado la mansión.

La mano del fantasma

FERGUS HUME

No olvidaré jamás la terrible Navidad que pasé en Ringshaw Grange en el año 1893. Como médico militar he vivido extrañas aventuras en lugares remotos y he presenciado algunas estampas truculentas en las pequeñas guerras que se libran continuamente en las fronteras de nuestro imperio. Sin embargo, el episodio más notable de mi vida tuvo como escenario un viejo caserón de campo en el condado de Hants. Fue una experiencia dolorosa y espero que no se repita; aunque, desde luego, son pocas las probabilidades de que un suceso tan espantoso vuelva a suceder. Si mi historia parece más ficticia que real, no puedo por menos de citar el manido proverbio que afirma que la realidad supera a la ficción. En el transcurso de mi vida itinerante, en más de una ocasión he corroborado la veracidad de este dicho.

Todo el asunto comenzó a raíz de la invitación de Frank Ringan a pasar las Navidades con él y su primo Percy en la residencia familiar cerca de Christchurch. A la sazón, yo había regresado de India para pasar una temporada de permiso en casa. Poco después de mi llegada, me topé por casualidad en Piccadilly con Percy Ringan, un australiano con quien había intimado en Melbourne algunos años atrás. Era Ringan un hombrecillo

113
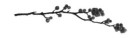

atildado de fino cabello rubio y complexión transparente, un tipo de aspecto tan frágil como una estatuilla de porcelana de Dresde, aunque no le faltaban ni arrestos ni moral. Sufría problemas de corazón y era propenso al desmayo, pero combatía aquella debilidad mortal con silenciosa valentía y, tomando ciertas precauciones contra la excitación desmesurada, se las arreglaba bastante bien para disfrutar de la vida.

A pesar de su marcado afeminamiento, y de su actitud un tanto servil y sumisa frente al rango y la alcurnia, yo tenía al hombrecillo en alta estima debido a sus múltiples virtudes. En aquella ocasión me alegré de verlo y así se lo hice saber.

—Aunque no esperaba encontrármelo en Inglaterra —dije, una vez intercambiados los saludos de rigor.

—Hace nueve meses que estoy en Londres, mi querido Lascelles —contestó con su afectación habitual—, en parte por cambiar de aires y en parte para ver a mi primo Frank, que en realidad fue quien me invitó a venir de Australia a visitarlo.

—¿Es ese primo rico del que siempre hablaba en Melbourne?

—Sí. Aunque Frank no tiene nada de rico. El Ringan acaudalado soy yo, pero él es el cabeza de familia. Verá, doctor —prosiguió Percy, tomándome del brazo y continuando la conversación en tono familiar—, durante la fiebre del oro, mi padre, que era el benjamín, emigró a Melbourne e hizo fortuna. Su hermano se quedó a cargo de las propiedades, con pocos recursos para mantener a flote la dignidad de la familia, de modo que mi padre ayudaba al cabeza de familia de cuando en cuando. Hace cinco años, tanto mi tío como mi padre murieron, y nos dejaron a Frank y a mí como herederos, a uno de las propiedades familiares y al otro de la fortuna australiana. Y...

—Y usted ayuda a su primo a conservar la dignidad de la familia del mismo modo que su padre lo hizo antes que usted.

—Bueno, pues sí, así es —reconoció Percy, con franqueza—. Verá, para nosotros, los Ringan, el linaje y la posición son importantes. Tanto es así que hemos redactado nuestros testamentos el uno en favor del otro.

—¿Cómo dice?

—Pues que si yo muero, Frank heredará mi dinero, y si Frank muere, yo paso a ser el heredero de las propiedades de los Ringan. Aunque pueda parecerle extraño que le cuente todo esto, Lascelles, fuimos tan íntimos en los viejos tiempos que seguro que comprenderá mi evidente impetuosidad.

Fui incapaz de contener una risita ante la razón esgrimida por Percy para realizar su confidencia, sobre todo habida cuenta de su banalidad. El hombrecillo era ligero de lengua e incapaz de guardarse sus asuntos íntimos para sí. Además, me resultaba obvio que, con su esnobismo inherente, pretendía impresionarme con la posición y la antigüedad de su familia y con el hecho —sin duda cierto— de que pertenecía a la aristocracia rural del reino.

Con todo, aquella flaqueza, aunque de mal gusto, era inofensiva, y su confesión no me pareció ridícula. Aun así, la crónica de tamaña nimiedad me interesaba más bien poco y, ligeramente aburrido, no tardé en despedirme de Percy después de haber prometido cenar con él la semana siguiente.

En aquella cena, que tuvo lugar en el Athenian Club, conocí al cabeza de familia de los Ringan, o, simple y llanamente, a Frank, el primo de Percy. Era un hombre menudo y atildado, como su primo, aunque gozaba de mejor salud y carecía de su afeminamiento. No obstante, en conjunto yo prefería a Percy, pues el semblante de Frank tenía un halo ladino que no me hacía la menor gracia. Además, el inglés trataba a su primo de las colonias con una condescendencia rayana en lo ofensivo.

Percy, en cambio, era todo deferencia cuando miraba a su pariente y estoy convencido de que de buen grado habría entregado su oro para volver a dorar el deslucido blasón de los Ringan. Por fuera, los dos primos se parecían tanto como los mellizos Tarará y Tararí, pero, tras pensar en ello con detenimiento, llegué a la conclusión de que Percy era el más honorable y el de mejor corazón de los dos.

Frank parecía empeñado en frecuentarme y, por hache o por be, lo vi bastante durante mi estancia en Londres. Al final, cuando estaba a punto de marcharme a visitar a unos parientes en Norfolk, me invitó a pasar las Navidades en Ringshaw Grange, no sin segundas intenciones, como más adelante se vio.

—No aceptaré un no por respuesta —me dijo, con una efusividad impropia de él—. La mayor ilusión de Percy, como viejos amigos que son, es tenerlo en calidad de invitado, y, si me lo permite, ahora también se ha convertido en la mía.

—¡Lascelles, tiene que venir! —exclamó Percy con entusiasmo—. Vamos a pasar unas Navidades al más puro estilo inglés. A lo Washington Irving, ya sabe: acebo, ponche, juegos y muérdago.

—Y tal vez algún que otro fantasma —añadió Frank, entre risas, aunque mirando de soslayo a su entusiasmado primo menor.

—¡Vaya! —dije yo—. Conque su granja está encantada.

—Eso me temo —contestó Percy, antes de que su primo pudiese intervenir—, y nada menos que por un fantasma de la época de la reina Ana. Venga usted a la granja, doctor, y Frank lo alojará en la alcoba encantada.

—¡Ni hablar! —exclamó Frank, con una brusquedad que me sorprendió bastante—. No pienso instalar a nadie en la Alcoba Azul, pues las consecuencias podrían ser terribles. Sonríe usted, Lascelles, pero ¡le aseguro que está demostrado que el fantasma existe!

—Eso es una paradoja: un fantasma no puede existir. Sin embargo, la historia de su fantasma...

—Es demasiado larga. No se la voy a contar ahora —repuso Frank, entre risas—. Venga a la granja y la conocerá.

—Estupendo —contesté, pues la idea de una casa encantada me parecía harto seductora—. Cuenten conmigo para Navidad. Pero se lo advierto, Ringan, no creo en espíritus. Los fantasmas desaparecieron con el gas.

—Pues deben de haber vuelto con la luz eléctrica —replicó Frank Ringan—, porque no hay duda de que lady Joan tiene la granja embrujada. No es que me importe, dado que le confiere un toque de distinción.

—En toda familia de abolengo que se precie hay un fantasma —añadió Percy, dándose importancia—. Es de lo más natural cuando se tienen antepasados.

En ese punto dejamos la conversación, pero, como resultado, me presenté en Ringshaw Grange dos o tres días antes de Navidad. A decir verdad, si acudí fue más por Percy que por mí, pues el pobre hombre sufría del corazón

116

y un susto demasiado fuerte podía resultar nefasto. Si en el ambiente malsano de una casa antigua sus ocupantes se ponían a hablar de trasgos y de fantasmas, las consecuencias para un hombre tan tenso y delicado como Percy Ringan podían ser peligrosas.

Por ese motivo, además del deseo oculto de ver al fantasma, llegué como invitado a Ringshaw Grange. Por un lado, lamento aquella visita, aunque, por el otro, considero que mi presencia allí fue providencial. De haber estado ausente, la catástrofe podría haber sido aún mayor, aunque difícilmente habría sido más terrible.

Ringshaw Grange era una pintoresca mansión isabelina que parecía sacada de una ilustración de un viejo número navideño, con multitud de gabletes y de ventanas con pequeños cristales en forma de diamante, de miradores y terrazas pintorescas. Cuando la vi a la luz de la luna —pues llegué de Londres con un ferrocarril vespertino—, sepultada entre el follaje de un frondoso parque cuyos árboles se alzaban casi hasta los portones, se me antojó como el lugar idóneo para un fantasma.

Me hallaba ante una casa encantada de primer orden, si es que alguna vez existió tal cosa, y cuando crucé el umbral solo esperaba que el espectro residente estuviese a la altura de su entorno. Sabía que en una morada tan interesante sería imposible pasar unas Navidades aburridas, pero, Dios me libre, no había vaticinado unas Pascuas tan trágicas como las que pasé.

Puesto que nuestro anfitrión estaba soltero y no tenía ninguna pariente femenina para hacer los honores de la casa, todos los invitados eran del género masculino. Es cierto que había un ama de llaves —una prima lejana, según entendí— ya entrada en años aunque relativamente juvenil en los modales y en la vestimenta. Respondía al nombre de señorita Laura, pero apenas se dejaba ver y, cuando no estaba entregada a sus labores, permanecía casi todo el tiempo en sus aposentos.

Así, nuestro grupo estaba compuesto por hombres jóvenes; a excepción de mí mismo, ninguno superaba la treintena, y pocos habían sido agraciados con el don de la inteligencia. La conversación giraba de manera mayoritaria en torno al deporte, las carreras de caballos, la caza mayor y la vela,

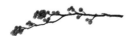

así que a veces me cansaba de aquellos asuntos y me retiraba a la biblioteca a leer y escribir. Al día siguiente de mi llegada, Frank me enseñó la casa.

Era una casona espléndida, surcada por amplios pasillos que se cruzaban sin parar como el laberinto de Dédalo; había pequeñas alcobas con mobiliario anticuado y amplias estancias de recepción con suelos pulidos y frescos en los techos. Tampoco faltaba la sempiterna colección de retratos familiares colgados de los pasillos, ni las armaduras deslucidas y los viejos tapices que representaban leyendas tan deprimentes como macabras.

El viejo caserón era una mina de tesoros, suficientemente raros como para volver loco a un anticuario, y de morralla acumulada durante siglos, suavizada con los años por una leve pátina que le confería cierta armonía al conjunto. Debo reconocer que Ringshaw Grange me cautivó, y así fue como el orgullo que Percy Ringan cultivaba hacia su familia y sus glorias pasadas dejó de sorprenderme.

—Todo esto está muy bien —dijo Frank, a quien le expuse aquel pensamiento—, pero Percy es rico y, si esto fuera suyo, podría mantenerlo como Dios manda. Yo, en cambio, soy más pobre que una rata y, a menos que despose a una mujer rica o herede un buen pellizco, la casa y los muebles, el parque y los árboles podrían salir a subasta tarde o temprano.

Parecía pesimista al respecto y, convencido de que había tocado una cuestión peliaguda, me apresuré a cambiar de tema y le pedí que me enseñara la famosa Alcoba Azul, supuestamente encantada, la verdadera Meca de mi peregrinación a Hants.

—Está en este mismo pasillo —explicó Frank—, no muy lejos de su cuarto. No tiene nada de fantasmagórico, al menos cuando es de día, y, sin embargo, está encantada.

Dicho eso, me condujo a una espaciosa habitación de techo bajo y un gran ventanal que daba al asilvestrado jardín, justo donde la arboleda era más espesa. De las paredes colgaban tapices azules con unas siluetas grotescas bordadas en galones, o tal vez en hilo negro, no sabría decir. Había una cama grande y anticuada con dosel y cortinas estampadas, y numerosos muebles robustos de la primera época georgiana. La habitación, que llevaba unos años desocupada, tenía un aura desolada y silenciosa —si se me

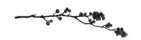

permite la expresión— y se me antojaba lo suficientemente espeluznante como para invocar a todo un batallón de fantasmas, y no solo a uno.

—¡No estoy de acuerdo! —exclamé, en respuesta al comentario de mi anfitrión—. Para mí, encarna el prototipo de habitación encantada. ¿Qué dice la leyenda?

—Se la contaré en Nochebuena —contestó Ringan, mientras salíamos de la habitación—. Es una historia que le hiela a uno la sangre.

—¿Y usted se la cree? —quise saber, sorprendido por la solemnidad de mi interlocutor.

—Dispongo de pruebas suficientes como para ser crédulo al respecto —replicó con sequedad, y de ese modo zanjó el tema hasta nueva orden.

El asunto volvió a salir a colación en Nochebuena, mientras nuestro grupo estaba congregado al amor de una buena lumbre en la biblioteca. Fuera, una espesa capa de nieve cubría el suelo y los raquíticos árboles se erguían negros y desnudos sobre la inmensidad blanca. En el cielo, de un azul helado, refulgían unas estrellas titilantes y una luna de aspecto severo. Sobre la nieve, las ramas entrelazadas proyectaban sus sombras cual furiosos garabatos en tinta china. El frío era de una inclemencia ártica.

Allí dentro, sin embargo, sentados en aquella estancia engalanada de acebo ante un fuego noble que rugía bravo al remontar por la amplia chimenea, poco nos importaba el gélido mundo de puertas afuera. Reíamos y charlábamos, entonábamos canciones y recordábamos peripecias, hasta que a eso de las diez nos entró una vena fantasmagórica como para armonizar con la temporada de los encantamientos y los trasgos. Fue entonces cuando le pedimos a Frank Ringan que nos helara la sangre con su leyenda del lugar, a lo que accedió sin que hubiera necesidad de insistirle mucho.

—Durante el reinado de la buena reina Ana —comenzó, con una circunspección acorde al tema—, el dueño de esta casa era mi antepasado Hugh Ringan, un hombre misántropo y parco en palabras desde que la traición de una mujer le agriara el carácter siendo muy joven. Así, receloso del sexo femenino, se negó a casarse durante muchos años, hasta que ya había pasado los cincuenta, y, engatusado por una hermosa damisela, cayó en las redes del matrimonio. La dama en cuestión era Joan Challoner, hija

del duque de Branscourt, considerada una de las bellezas de la corte de la reina Ana.

»Fue en Londres donde Hugh conoció a la dama, y, convencido por su aire inocente e infantil de que sería una esposa de corazón honesto, la desposó tras seis meses de cortejo y se la llevó a Ringshaw Grange con todos los honores. Después de su boda, se volvió más alegre y menos desconfiado con sus congéneres. Para él, lady Joan era todo lo que una esposa podía ser y la joven parecía entregada a su marido y a su hijo, pues no tardó en ser madre. Pero una Nochebuena toda esta felicidad se desmoronó.

—¡Vaya! —exclamé, no sin cinismo—. O sea que lady Joan resultó no ser una esposa modélica.

—Eso mismo pensó sir Ringan, doctor, pero se equivocaba tanto como usted. En Nochebuena, mientras volvía a casa a última hora de la tarde a lomos de su caballo, Hugh vio a un hombre que bajaba por la ventana de la Alcoba Azul, la habitación que ocupaba lady Joan. Estupefacto, emprendió el galope y lo alcanzó antes de que le diera tiempo a montarse en el caballo que lo aguardaba. El caballero era un apuesto joven de veinticinco años que se negó a responder a sus preguntas. Convencido, como es lógico, de que estaba tratando con un amante de su esposa, Hugh se batió en duelo contra el intruso y lo mató después de un combate encarnizado.

»Dejó a su adversario muerto sobre la nieve, regresó a la granja y se plantó ante su esposa para acusarla de perfidia. En vano intentó lady Joan defenderse, alegando que el visitante era su hermano, implicado en las conspiraciones para restaurar a Jacobo II, motivo por el cual quería mantener en secreto su presencia en Inglaterra. Hugh no la creyó y le espetó sin miramientos que había matado a su amante, a lo que lady Joan replicó iracunda y maldijo a su marido. Hugh, furioso por lo que juzgó el descaro de su esposa, intentó matarla primero, pero después, pensando que aquel no era castigo suficiente, le cortó la mano derecha.

—¿Por qué? —preguntaron todos, a quienes este detalle había pillado desprevenidos.

—En primer lugar, porque lady Joan estaba muy orgullosa de sus bonitas manos blancas, y en segundo, porque Hugh había visto al extraño

besarle la mano, la derecha precisamente, antes de bajar por la ventana. Esas fueron las razones que lo llevaron a perpetrar su terrible mutilación.

—Y después murió.

—Sí, una semana después de que le cortaran la mano. Y juró que volvería para vengarse de todos los que pasaran por la Alcoba Azul, es decir, de todos los que durmieran en ella, que estarían condenados a muerte de antemano. Mantuvo su palabra, pues son muchas las personas que han dormido en la fatal habitación y han notado la mano muerta de lady Joan, después de lo cual han perecido.

—¿Llegó Hugh a enterarse de que su esposa era inocente?

—Sí —contestó Ringan—, apenas un mes después de su muerte. El intruso era realmente su hermano, que estaba implicado en una conspiración para restaurar en el trono a Jacobo II, tal como su esposa le había asegurado. Hugh no obtuvo castigo por su crimen, pero un año después durmió en la Alcoba Azul y la mañana siguiente apareció muerto y con tres dedos marcados en la muñeca derecha. Se cree que, preso del arrepentimiento, había tentado a la muerte durmiendo en la habitación maldita por su esposa.

—¿Y tenía la marca?

—En la muñeca derecha, unas huellas rojas como de quemadura; la señal de tres dedos. Desde entonces, la habitación está encantada.

—¿Y se muere todo aquel que duerme en ella? —quise saber.

—No. Muchos han amanecido frescos como una lechuga. ¡La mano solo toca a los que están condenados a una muerte temprana!

—¿Y cuándo se produjo el último caso?

—Hace tres años —respondió para nuestra sorpresa—. Un amigo mío llamado Herbert Spencer durmió en la habitación. El fantasma se le apareció y lo tocó. Me enseñó las marcas al día siguiente, tres dedos rojos.

—¿Y el augurio se cumplió?

—Sí. Spencer murió al cabo de tres meses. Se cayó del caballo.

Me disponía a seguir con más preguntas escépticas cuando oímos unos gritos que venían de fuera, y todos nos pusimos en pie de un salto al abrirse la puerta de golpe y mostrarnos a la señorita Laura presa de un estado de agitación.

—¡Fuego! ¡Fuego! —chilló, casi enajenada—. ¡Oh, señor Ringan! —interpeló a Percy—. ¡Su habitación está en llamas! Me...

No esperamos a oír más y, todos a una, nos precipitamos al cuarto de Percy. Por la puerta salían volutas de humo y en el interior centelleaban las llamas. Pese a todo, Frank Ringan reaccionó con diligencia y serenidad. Tocó la campanilla para dar la voz de alarma, convocó a los criados y los mozos de cuadra, y veinte minutos después el fuego se había extinguido.

Cuando le preguntaron cómo se había declarado el incendio, la señorita Laura alegó entre sollozos histéricos que había entrado a la habitación de Percy para cerciorarse de que todo estuviera dispuesto para la noche. Por desgracia, el viento agitó una de las cortinas del dosel hacia la vela que llevaba y, en un abrir y cerrar de ojos, la habitación estaba ardiendo. Después de tranquilizar a la señorita Laura, que no pudo evitar el accidente, Frank se volvió hacia su primo. Para entonces ya estábamos de nuevo en la biblioteca.

—Mi querido primo —dijo—, tu habitación está encharcada y calcinada. Me temo que no puedes dormir ahí esta noche, pero no sé dónde meterte a no ser que te alojes en la Alcoba Azul.

—¡En la Alcoba Azul! —exclamamos todos—. ¿Cómo? ¿En la habitación encantada?

—Sí, todas las demás están ocupadas. Aunque si Percy tiene miedo...

—¿Miedo? —saltó con un gritito de indignación—. Por supuesto que no. Con mucho gusto dormiré en la Alcoba Azul.

—Pero el fantasma...

—El fantasma me trae sin cuidado —lo interrumpió el australiano con una risita nerviosa—. En nuestra parte del mundo los fantasmas no existen y, puesto que nunca los he visto, no creo en ellos.

Todos tratamos de disuadirlo de su empeño de dormir en el cuarto encantado y algunos le ofrecimos nuestros aposentos para pasar la noche, Frank entre otros. Pero habían herido su orgullo, y Percy estaba resuelto a mantener su palabra. Como ya he dicho, tenía arrestos de sobra, y la posibilidad de que lo tacháramos de cobarde lo alentó a resistirse a nuestros ruegos.

Al final, poco antes de medianoche se marchó a la Alcoba Azul y anunció su intención de dormir en ella. Poco más había que decir ante semejante

obstinación, de modo que uno a uno nos retiramos, ajenos por completo a los acontecimientos que iban a producirse antes de que amaneciera. Así, aquella Nochebuena, la Alcoba Azul tuvo un huésped inesperado.

Ya en mi dormitorio, no lograba conciliar el sueño. El cuento de Frank Ringan me rondaba la imaginación y la mera idea de que Percy durmiera en aquel cuarto de mal agüero me ponía los nervios de punta. No creía en los fantasmas, como tampoco, hasta donde sabía, el propio Percy, pero el pobrecito padecía del corazón —la voz se le había tensado en un tono chillón con nuestros cuentos de fantasmas— y si algo fuera de lo normal —aunque fuera debido a causas naturales— sucedía en aquella habitación, el susto podría resultar nefasto para su inquilino.

Sabía de sobra que Percy, por no tragarse su orgullo, se negaría a abandonar el cuarto, pero estaba resuelto a que no durmiera en él. Así pues, una vez hubo fallado la persuasión, recurrí a la estratagema. Saqué el botiquín de mi baúl de viaje y preparé un narcótico potente. Lo dejé encima de la mesa y me encaminé a la Alcoba Azul, que, como ya he mencionado, quedaba cerca de la mía.

Con un toque, Percy salió a la puerta. Llevaba el pijama puesto y enseguida vi que el ambiente fantasmagórico de la estancia ya empezaba a hacer mella. Estaba pálido y parecía alterado, pero su boca se mantuvo firmemente sellada con una expresión obstinada, resuelta a rechazar mis propuestas. Sin embargo, por diplomacia, me abstuve de hacerlas y me limité a comunicar mi recado, con más aspereza, de hecho, de la necesaria.

—Venga a mi cuarto, Percy —le dije cuando salió— y permítame que le dé algo para templarle los nervios.

—¡Que no tengo miedo! —profirió, desafiante.

—¿Quién ha dicho que lo tenga? —repuse, cortante—. Usted no cree en los fantasmas más que yo, de modo que ¿por qué debería tener miedo? Pero después del peligro de incendio, los nervios se le han alterado y me gustaría darle algo para restablecerlos. De lo contrario, no podrá pegar ojo.

—No diría que no a un brebaje reconstituyente —cedió el hombrecillo—. ¿Lo tiene aquí?

—No, en mi habitación, que está unos metros más allá. Venga conmigo.

124
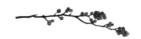

Engañado por mi elocuencia y mis maneras, Percy me acompañó hasta mi dormitorio e ingirió el remedio, obediente. Acto seguido, le pedí que se sentara en un cómodo butacón, so pretexto de que no podía caminar justo después de tomar la pócima. El resultado de mi experimento quedó justificado, pues en menos de diez minutos, el pobrecillo dormía como un tronco bajo la influencia del narcótico. Una vez indefenso, lo acosté en mi cama, con la satisfacción de saber que no despertaría hasta el día siguiente. Una vez cumplida mi labor, apagué la luz y me encaminé a la Alcoba Azul, resuelto a pasar allí la noche.

Cabría preguntarme por qué hice tal cosa, pues bien podría haber descansado en el sofá que había en mi propia habitación, pero lo cierto es que estaba deseoso de dormir en un cuarto encantado. No creía en fantasmas, dado que nunca había visto ninguno, pero ya que existía la posibilidad de toparme con un auténtico espectro, no quería desaprovecharla.

El caso es que una vez me hube asegurado de que Percy estaba a salvo, me acuartelé en territorio fantasmagórico armado de mucha curiosidad y —como puedo afirmar sin el menor asomo de duda— ningún miedo. Con todo, ante la posibilidad de que a los jóvenes descerebrados que se alojaban en la casa se les ocurriera gastarme una broma, me llevé la pistola. Así pues, una vez preparado, corrí el pestillo de la Alcoba Azul y me metí en la cama sin apagar la vela. Guardé la pistola debajo de la almohada, para tenerla al alcance de la mano en caso de necesidad.

—Bueno —dije en tono grave mientras me acomodaba—, ya estoy listo para los fantasmas, los trasgos o los bromistas.

Permanecí un buen rato despierto, contemplando las formas siniestras de las colgaduras azules de la estancia. Bajo el tenue fulgor de la vela, tenían un aire suficientemente fantasmagórico como para crisparle los nervios a cualquiera. Y cuando la corriente de aire zarandeaba los tapices, las figuras parecían moverse como si hubiesen cobrado vida. Solo por esa imagen me alegré de que Percy no hubiera dormido en la habitación. Podía imaginarme al pobre hombre tendido en aquella cama inmensa con la cara pálida y el corazón desbocado, atento al menor crujido, mirando cómo los fantasiosos bordados se agitaban sobre las paredes. Por valiente que fuera, estoy

convencido de que los ruidos y las escenas de ese cuarto lo habrían alterado. Ni siquiera yo mismo, aun siendo escéptico, me sentía del todo a gusto.

Me quedé dormido cuando la vela casi se había consumido. No sé cuánto tiempo estuve así, pero me desperté con la sensación de que había algo o alguien en la habitación. La vela se había consumido casi hasta la base del candelero y la llama parpadeaba y brincaba de manera intermitente, y mostraba la habitación un momento y la dejaba sumida en la oscuridad al siguiente. Oí unos pasos ligeros que atravesaban la habitación y, cuando se acercaron, el fulgor de la vela iluminó a una mujer menuda situada al borde de la cama. Llevaba un vestido con bordados de flores y un imponente tocado de la época de la reina Ana. Su rostro era apenas visible, pues el resplandor de mi vela era momentáneo, pero sentí eso que los escoceses llaman un pavor mortal cuando comprendí que tenía ante mí al mismísimo fantasma de lady Joan.

Por un instante, el pánico natural a lo sobrenatural se apoderó de mí y, con las manos y los brazos asomando del cubrecama, me quedé paralizado y petrificado de miedo. Esa sensación de indefensión en presencia del mal era como la que uno experimenta en la peor de sus pesadillas.

Cuando la llamita de la vela agonizante volvió a alumbrar, contemplé al fantasma de cerca y —más por lo que sentí que por lo que vi— supe que estaba inclinándose hacia mí. Un leve olor a almizcle flotaba en el aire y entre la penumbra distinguí el eco del suave frufrú de los brocados del faldón. Acto seguido, noté algo ardiente que me agarraba la muñeca derecha y el dolor repentino despertó a mis nervios de su parálisis.

Proferí un aullido y rodé de costado, para apartarme del fantasma, soltándome del terrible agarre de la muñeca y, casi enloquecido por el dolor, tanteé con la mano izquierda en busca de la pistola. La llama alumbró por última vez cuando alcancé el arma y vi al fantasma deslizándose y retrocediendo hacia los tapices. Un segundo después, levanté la pistola y disparé. Acto seguido, se oyó un alarido de terror y agonía, un cuerpo que se desplomaba sobre el suelo y, casi antes de saber dónde estaba, me encontré fuera de la habitación encantada. Para llamar la atención solté otro disparo, mientras la Cosa se deshacía desde el suelo entre terribles gemidos en la oscuridad.

Rápidamente, invitados y sirvientes, desarropados en mayor o menor grado, aparecieron a todo correr por el pasillo provistos de luces. Por encima del barullo de voces, conseguí articular algo parecido a una explicación incoherente y los guie al interior de la habitación. El fantasma yacía tirado en el suelo y acercamos las velas para verle el rostro. Salté como un resorte al reconocerlo.

—¡Frank Ringan!

Era Frank Ringan disfrazado de mujer, ataviado con peluca y brocados. Me miró con una expresión fantasmagórica y la boca temblando nerviosamente. Se incorporó con esfuerzo e hizo ademán de hablar, ignoro si para confesarse o para exculparse, pero el intento resultó demasiado para él. Un grito ahogado escapó de sus labios, un chorro de sangre brotó de su boca, y cayó muerto de espaldas.

Corrí un velo sobre los demás acontecimientos de aquella noche. Hay ciertas cosas de las que es mejor no hablar. Tan solo diré que, en medio de todo aquel horror y confusión, gracias a mi potente pócima somnífera, Percy Ringan dormía plácidamente como un niño. Y así fue como salvó la vida.

Con la luz de la mañana llegaron los hallazgos y las explicaciones. Encontramos abierto uno de los paneles de madera que había tras los tapices de la Alcoba Azul por el que se accedía a un pasadizo que resultó conducir al dormitorio de Frank Ringan. En el suelo hallamos una delicada mano de acero, con indicios de haber estado en el fuego. En mi muñeca derecha había tres quemaduras visibles, que sin titubeos declaré causadas por la mano mecánica que recogimos cerca del difunto. Y ambas explicaciones salieron de la boca de la señorita Laura, quien, desquiciada y aterrada por la muerte de su señor, en su primer arranque de dolor y pánico dijo cosas que no me cabe duda de que lamentó cuando se hubo tranquilizado.

—Todo ha sido culpa de Frank —confesó entre sollozos—. Era pobre y quería ser rico. Consiguió que Percy redactara el testamento en su favor y planeaba matarlo de un susto. Sabía que Percy padecía del corazón y que una gran conmoción podría resultar letal, así que se las ingenió para que su primo durmiera en la Alcoba Azul en Nochebuena y él mismo interpretó el papel del fantasma de lady Joan con la mano candente. Era una mano de

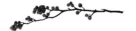

acero. La calentaba en su propia habitación para marcar con una cicatriz a todo aquel que tocara.

—¿A quién se le ocurrió la idea? —quise saber, horrorizado por la diabólica ingenuidad del plan.

—¡A Frank! —contestó la señorita Laura, con toda sinceridad—. Me prometió que se casaría conmigo si lo ayudaba a conseguir el dinero mediante la muerte de Percy. Descubrimos el pasadizo secreto que conducía a la Alcoba Azul y hace unos años nos inventamos la historia de que estaba encantada.

—¡Por el amor de Dios! ¿Por qué?

—Porque Frank siempre fue pobre. Sabía que su primo de Australia sufría del corazón y lo invitó a venir a casa para darle un susto mortal. Hablaba y hablaba de la habitación encantada y repetía la historia sin parar, para preparar el terreno y que todo estuviera dispuesto cuando llegara Percy. Nuestro plan iba sobre ruedas: Percy llegó y Frank consiguió que redactara el testamento en su favor. Después le contamos la historia de lady Joan y de la mano, y anoche le prendí fuego a la habitación de Percy para que pudiera dormir en la Alcoba Azul sin levantar sospechas.

—¡Mala pécora! —exclamé—. ¿Le prendió fuego a la habitación de Percy a propósito?

—Sí. Frank me prometió que se casaría conmigo si lo ayudaba. Necesitábamos que Percy durmiera en la Alcoba Azul y lo conseguí prendiéndole fuego a su habitación. Se habría muerto de miedo si Frank, disfrazado de lady Joan, lo hubiese tocado con la mano de acero, y nadie se habría dado cuenta. Usted le salvó la vida a Percy al dormir en esa habitación, doctor. Y eso que Frank lo había invitado como parte del plan, para que examinara el cuerpo y declarara que se trataba de una muerte natural.

—¿Y fue Frank quien le quemó la muñeca a Herbert Spencer hace unos años?

—¡Sí! —contestó la señorita Laura, enjugándose los ojos enrojecidos—. Creímos que si el fantasma se les aparecía a otras personas, la muerte de Percy resultaría más creíble. Fue pura coincidencia que el señor Spencer muriera tres meses después de que el fantasma lo hubiera tocado.

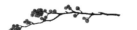

—¿Sabe que es usted una mujer verdaderamente maléfica, señorita Laura?

—Lo que soy es verdaderamente desdichada —replicó—. He perdido al único hombre al que he querido y el miserable de su primo ha sobrevivido para sustituirlo como señor de Ringshaw Grange.

Esa fue la única conversación que mantuve con aquella infeliz, pues al cabo de poco desapareció y deduzco que debió de marcharse al extranjero, pues nunca más se supo de ella. Durante las pesquisas sobre el cadáver de Frank, salió a la luz toda la extraña historia, que la prensa de Londres relató sin escatimar detalles, para desgracia de los aficionados a los fantasmas, pues la fama de Ringshaw Grange como mansión encantada era grande en la zona.

Por mi parte, temía que el jurado pudiera emitir un veredicto de asesinato en mi contra, pero, habida cuenta de las particularidades del caso, quedé absuelto y poco después regresé a India sin mancha alguna. Percy Ringan quedó profundamente afectado al enterarse de la muerte de su primo y descubrir su traición. Con todo, pasar a ser el cabeza de familia le sirvió de consuelo y ahora que lleva una vida apacible en Ringshaw Grange es poco probable que sus achaques del corazón le provoquen una muerte prematura, al menos, desde un punto de vista fantasmagórico.

La Alcoba Azul está cerrada a cal y canto, pues ahora está encantada por un espectro peor que el de lady Joan, cuya leyenda (ficticia en todos sus detalles) había inventado Frank de manera tan ingeniosa. Ahora está embrujada por el fantasma del desalmado sinvergüenza que cayó en su propia trampa y halló la muerte cuando tramaba la de otro hombre. En cuanto a mí, he dejado de cazar fantasmas y de dormir en habitaciones encantadas. Nada me hará volver a experimentar con esas cosas. Una aventura así me basta para toda una vida.

Los ladrones que no podían dejar de estornudar

Thomas Hardy

Hace muchos años, cuando los robles hoy vetustos eran poco más altos que el bastón de un anciano, vivía en Wessex un muchacho llamado Hubert que era hijo de un pequeño propietario rural. Rondaría los catorce años y destacaba tanto por su candor y su ligereza de espíritu como por su gallardía, de la cual, a decir verdad, presumía un poco.

Un gélido día de Nochebuena, su padre, a falta de nadie más que le echase una mano, le encomendó un recado importante en una villa a un buen trecho de su casa. Hubert partió a caballo y la empresa lo tuvo ocupado hasta bien entrada la tarde. No obstante, al final cumplió con su cometido, regresó a la posada, ensillaron al caballo y emprendió el camino. Para volver a casa tenía que atravesar el valle de Blackmore, una región fértil aunque un tanto solitaria, con carreteras embarradas y senderos tortuosos. Por aquel entonces, además, buena parte del valle estaba ocupada por un tupido bosque.

Debían de ser cerca de las nueve cuando, mientras cabalgaba bajo los frondosos árboles a lomos de Jerry, su percherón de recios cuartos, entonando un villancico para armonizar con la época del año, creyó oír un ruido entre la espesura. Recordó entonces que estaba atravesando un paraje con mala fama. Allí habían asaltado a muchos hombres. Miró a Jerry y deseó

que hubiera sido de cualquier otro color que no fuese gris claro, ya que la silueta del dócil animal resultaba visible incluso en la densa penumbra.

—¿Y qué más me da? —dijo en voz alta, al cabo de unos minutos de reflexión—. Jerry es tan ágil que ningún salteador de caminos se me podría acercar.

—¡Ja! ¡Y que lo digas! —exclamó una voz grave.

Y acto seguido, un hombre salió como un rayo de entre los matorrales que tenía a mano derecha, otro de los que había a su izquierda, y otro de detrás de un tronco que quedaba unos metros más allá. Le quitaron las bridas, lo bajaron del caballo y, por mucho que Hubert se resistiera con todas sus fuerzas, como haría cualquier chico valiente, pudieron con él. Después de atarle los brazos a la espalda y las piernas bien prietas, los asaltantes lo echaron a la cuneta. Cuando partieron llevándose al caballo con ellos, Hubert alcanzó a ver que llevaban la cara pintada de negro.

En cuanto se hubo repuesto, Hubert descubrió que si realizaba un gran esfuerzo era capaz de liberar las piernas de la cuerda. No obstante, por más empeño que pusiera, aún tenía los brazos atados tan fuerte como antes. Así pues, lo único que pudo hacer fue ponerse en pie, seguir camino con los brazos a la espalda y confiar en la suerte para conseguir aflojarlos. Sabía que sería imposible llegar a su casa a pie aquella noche y en aquel estado, pero siguió adelante. Debido a la confusión mental causada por el asalto, se perdió, y de buena gana se habría tumbado a descansar entre la hojarasca hasta la mañana siguiente de no haber sido consciente de los peligros de dormir al raso con semejante frío. Así pues, siguió avanzando sin rumbo, con los brazos apretujados y entumecidos por la cuerda que lo inmovilizaba y el corazón encogido por haber perdido al pobre Jerry, al que jamás se había visto soltar una coz, morder, o mostrar un solo gesto bravío. Cuando divisó entre la arboleda una luz que brillaba a lo lejos se puso más contento que unas pascuas. Hacia ella encaminó sus pasos y se encontró ante una mansión flanqueada por alas, gabletes y torreones, cuyas almenas y chimeneas se recortaban sobre el firmamento.

Reinaba el silencio, pero el portón por el que salía la luz que lo había atraído estaba abierto de par en par. Una vez dentro, se encontró en una

estancia amplia preparada como un comedor y muy bien iluminada. Las paredes estaban cubiertas por todo tipo de revestimientos de madera oscura, desde tableros con molduras y tallados, a puertas de armarios, además de los ornamentos habituales en una morada de ese estilo. Sin embargo, lo que más llamó la atención de Hubert fue la gran mesa que ocupaba el centro de la sala y sobre la que aguardaba una cena espléndida, aún intacta. Las sillas estaban dispuestas alrededor y parecía como si algo hubiese interrumpido el festín justo cuando estaba a punto de dar comienzo.

Incluso aunque hubiera tenido apetito, Hubert no habría podido comer, impedido como estaba, a menos que hubiera restregado el morro por los platos, como un cochino o una vaca. Primero precisaba obtener ayuda, y estaba a punto de adentrarse en la casa para tal fin cuando resonaron unos pasos apresurados en el porche y un «¡Daos prisa!» con el mismo vozarrón que había oído cuando lo tiraron de su caballo. Tuvo el tiempo justo de correr a esconderse debajo de la mesa antes de que tres hombres entraran en el comedor. Atisbando por debajo del faldón del mantel, vio también que sus rostros estaban pintados de negro, y las dudas que pudieran quedarle de que se trataba de los mismos ladrones se disiparon de golpe.

—Bueno —dijo el primero, el del vozarrón—, vamos a escondernos. Están a punto de volver. Menudo truco para sacarlos a todos de casa, ¿eh?

—Sí. Hay que ver qué bien has imitado los gritos de un hombre en apuros —comentó el segundo.

—Un número excelente —añadió el tercero.

—Pero no tardarán en descubrir que ha sido una falsa alarma. A ver, ¿dónde nos escondemos? Debe de ser algún sitio en el que podamos quedarnos dos o tres horas, hasta que estén todos dormidos. ¡Ah! Ya lo tengo. ¡Seguidme! Me he enterado de que el armario del fondo no se abre ni una vez al año. Nos irá de perlas para cumplir con nuestro propósito.

El hombre que había hablado enfiló un pasillo que salía del vestíbulo. Hubert gateó un poco y alcanzó a ver el armario al fondo, frente al comedor. Los ladrones se metieron allí y cerraron la puerta. Conteniendo la respiración, Hubert avanzó en sigilo hacia el armario para indagar sobre las intenciones de sus ocupantes, si podía. Al acercarse, los oyó cuchichear

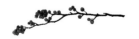
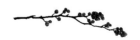

sobre las distintas estancias en las que estaban las joyas, la plata y demás objetos de valor que tenían planeado robar.

Apenas se habían escondido cuando se oyó una algarabía de señoritas y caballeros en la terraza de fuera. Hubert, consciente de que no resultaría apropiado que lo descubrieran merodeando por la casa, a menos que quisiera que lo tomasen por ladrón, regresó discretamente hacia el comedor, salió al porche y se agazapó en una esquina que quedaba en la oscuridad, desde donde podía verlo todo sin ser visto. Al cabo de un instante, toda una tropa de personajes entró desfilando en la casa. Había una pareja de ancianos, ocho o nueve damiselas y otros tantos caballeros, además de media docena de sirvientes y doncellas. Por lo visto, los moradores habían dejado la mansión vacía.

—Y ahora, niños y jóvenes, prosigamos con la cena —dijo el anciano—. No entiendo de dónde podría proceder ese ruido. En mi vida había estado más seguro de que estaban asesinando a alguien a las puertas de mi casa.

En ese momento, las muchachas se pusieron a comentar el miedo que habían pasado, las ganas de aventura que tenían y que, al final, todo había quedado en nada.

«Un poco de paciencia —dijo Hubert para sus adentros—. Van a tener aventura de sobra, señoritas.»

Resultó que los jóvenes eran los hijos e hijas de la pareja mayor, que habían acudido con sus respectivos cónyuges a pasar las Navidades junto a sus padres.

En ese momento cerraron la puerta y Hubert se quedó fuera en el porche.

Consideró que era un buen momento para pedir ayuda y, dado que le resultaba imposible llamar con las manos, la emprendió a patadas contra la puerta.

—¡Caramba! ¿Qué escándalo es este? —dijo el lacayo que la abrió y, agarrando a Hubert del hombro, lo empujó hasta el comedor—. Le traigo a este joven forastero que me he encontrado alborotando en el porche, sir Simon.

Todo el mundo se volvió.

—Acércamelo —ordenó el anciano sir Simon—. ¿Qué andabas haciendo ahí, hijo mío?

—¡Anda, pero si lleva los brazos atados! —exclamó una de las damas.

—¡Pobrecillo! —añadió otra.

Hubert les contó que unos ladrones lo habían asaltado por el camino de regreso a casa, le habían robado el caballo y lo habían dejado en ese estado sin piedad ninguna.

—¡Solo de pensarlo...! —exclamó sir Simon.

—Menuda historia —dijo, incrédulo, uno de los invitados.

—Sospechosa, ¿verdad?

—Quizás el ladrón sea él —sugirió una dama.

—Ahora que lo veo de cerca, tiene algo de bruto y de malvado, no cabe duda —añadió la madre.

Hubert, avergonzado, se ruborizó y, en lugar de proseguir con su historia y contarles que los ladrones estaban escondidos dentro de la casa, se mordió la lengua, y hasta se planteó dejar que descubrieran el peligro por sí mismos.

—Bueno, desatadlo —ordenó sir Simon—. Es Nochebuena, vamos a tratarlo bien. Acércate, muchacho. Siéntate ahí, en esa silla vacía del fondo de la mesa, y come a tu antojo. Cuando estés saciado, escucharemos más detalles de tu historia.

Así pues, el banquete continuó y Hubert, ahora libre, no lamentó ni pizca haberse unido. Cuanto más comían y bebían, más alegría se respiraba; el vino corría en abundancia, los leños ardían en la chimenea, las muchachas reían con las historias de los caballeros. En definitiva, todo era tan bullicioso y feliz como podían ser los encuentros navideños en aquellos tiempos.

Pese a que las dudas sobre su honestidad lo habían ofendido, Hubert no pudo evitar una sensación de bienestar tanto en el alma como en el cuerpo debido a la dicha, el buen ambiente y la gracia de la que hacían gala sus anfitriones. Al final, se rio con tantas ganas de sus anécdotas y sus conversaciones como el propio sir Simon, el viejo barón. Cuando la cena estaba tocando a su fin, uno de los hijos, que se había excedido un poco con el vino, tal como era costumbre en los hombres en aquella época, le dijo a Hubert:

—Y bien, muchacho, ¿cómo estás? ¿Te apetece una pizca de rapé? —preguntó, y le tendió una de las cajitas que tan en boga estaban entre jóvenes y no tan jóvenes de todo el país.

—Gracias —dijo Hubert, aceptando un pellizco.

—Y ahora cuéntales a estas señoritas quién eres, qué sabes hacer y de qué eres capaz —continuó el joven, mientras le daba una palmadita en el hombro.

—Por supuesto —contestó nuestro héroe, irguiéndose y, calibrando que era mejor echarle arrestos, añadió—: soy mago ambulante.

—¡Caramba!

—¿Qué nos queda por oír?

—¿Y puedes invocar a espíritus del ultramundo, joven mago?

—Puedo conjurar una tormenta dentro de un armario —contestó Hubert.

—¡Ja, ja! —exclamó el viejo barón, frotándose las manos con regocijo—. Habrá que ver este número. Niñas, nos os vayáis, no os lo podéis perder.

—No será peligroso, ¿verdad? —preguntó la señora.

Hubert se levantó de la mesa.

—Por favor, présteme su cajita de rapé —le dijo al joven que se había tomado confianzas con él—. Y ahora, síganme sin hacer ruido. Como alguno de ustedes hable, romperá el hechizo.

Prometieron obedecer. Hubert se descalzó y recorrió el pasillo de puntillas hasta la puerta del armario, seguido a cierta distancia por los comensales que avanzaban en grupo sin hacer ruido. Colocó una banqueta delante de la puerta y, subido encima, estaba a la altura suficiente para alcanzar la parte de arriba. A continuación, con idéntico sigilo, vació el contenido de la cajita por el canto de la puerta y, con unos pocos soplidos vigorosos, el rapé cayó por la ranura al interior del armario. Hubert alzó el dedo mirando al grupo, y les indicó que debían guardar silencio.

—Uy, ¿qué ha sido eso? —preguntó la mujer, al cabo de unos instantes.

Un estornudo contenido se había oído en el armario.

Hubert volvió a levantar el dedo.

—Esto sí que es curioso —murmuró sir Simon—. De lo más interesante.

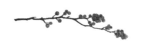

Hubert aprovechó la coyuntura para deslizar discretamente el pestillo del armario.

—Más rapé —pidió con toda la calma.

—Más rapé —repitió sir Simon.

Dos o tres caballeros pasaron sus cajas y Hubert vertió su contenido desde lo alto del armario. Se oyó otro estornudo, no tan bien reprimido como el primero, seguido de otro, que pareció decir que no se reprimiría por nada del mundo. Así, al final se desató una tormenta perfecta de estornudos.

—¡Realmente excelente para un muchacho tan joven! —exclamó sir Simon—. Me interesa mucho este truco de la voz... Ventriloquia se llama, según tengo entendido.

—Más rapé —ordenó Hubert.

—Más rapé —repitió sir Simon.

El mayordomo llevó un gran tarro del mejor rapé escocés, tremendamente aromático.

De nuevo, Hubert cubrió la rendija superior del armario y sopló el polvo hacia dentro, como había hecho antes. Repitió la operación una vez más, y otra, hasta que hubo vaciado todo el contenido del tarro. El alboroto de estornudos pasó a ser realmente extraordinario. No había tregua. Era como el viento, la lluvia y el mar batiéndose en un huracán.

—¡Creo que ahí dentro hay hombres y que no es ningún truco! —exclamó sir Simon, al percatarse de la verdad.

—En efecto —dijo Hubert—. Han venido a desvalijar la casa y son los mismos que me han robado el caballo.

Los estornudos se convirtieron en gruñidos espasmódicos. Al oír la voz de Hubert, uno de los ladrones gritó:

—¡Oh, piedad! ¡Piedad! ¡Sáquennos de aquí!

—¿Dónde está mi caballo? —preguntó Hubert.

—Amarrado a un árbol en la hondonada que hay detrás de Short's Gibbet. ¡Piedad! ¡Piedad! ¡Déjennos salir o moriremos asfixiados!

En aquel momento, todos los invitados comprendieron que ya no se trataba de ninguna diversión, sino de un asunto muy serio. Se hicieron con pistolas y garrotes, convocaron a todos los criados y los colocaron en posición

alrededor del armario. A la señal, Hubert descorrió el pestillo y se preparó para defenderse. Sin embargo, los tres ladrones, lejos de atacarlos, aparecieron acurrucados y jadeando en un rincón. No opusieron resistencia y, una vez inmovilizados, los trasladaron a unas dependencias fuera de la mansión hasta la mañana siguiente.

Hubert relató entonces el resto de su historia a sus anfitriones, que se deshicieron en agradecimientos por los servicios prestados. Sir Simon insistió en que se quedara a pasar la noche y aceptara la mejor alcoba de la que disponía la casa, donde se alojaron sucesivamente la reina Isabel y el rey Carlos en sus visitas a aquellos lares. Pero Hubert declinó la oferta, ya que estaba ansioso por reencontrarse con Jerry y comprobar la veracidad de las afirmaciones de los ladrones con respecto a su paradero.

Varios invitados lo acompañaron hasta el lugar donde los ladrones habían dicho que Jerry estaba escondido. Cuando llegaron a la loma y miraron abajo, ¡oh!, allí estaba el caballo, sin un rasguño y más bien despreocupado. Al ver a Hubert, el animal relinchó de alegría; y nada podría haber superado la felicidad de Hubert por haberlo encontrado. El muchacho montó, dio las buenas noches a sus amigos y se alejó a medio galope en la dirección por la que le habían indicado que encontraría el camino más cercano, y llegó a su casa sano y salvo a eso de las cuatro de la madrugada.

Las estrellas fugaces

G. K. Chesterton

—Mi golpe maestro —diría Flambeau en su virtuosísima senectud— resultó ser también, por una singular casualidad, el último de mi carrera delictiva. Tuvo lugar durante unas Navidades. Como artista, siempre había procurado ofrecer delitos que armonizaran con la época concreta del año o los paisajes donde me encontraba; así pues, elegía esa terraza o aquel jardín para una catástrofe, igual que si fuese para una composición escultórica. Así, a los terratenientes había que timarlos en grandes salones con paneles de roble, mientras que los judíos, en cambio, debían encontrarse sin blanca por sorpresa entre las luces y los biombos del Café Riche. Del mismo modo, en Inglaterra, cuando deseaba relevar a un deán de sus riquezas (una tarea no tan fácil como cabría suponer), deseaba enmarcarlo, si me he expresado con claridad, en los verdes jardines y las sombrías torres de alguna ciudad catedralicia. Obraba, pues, del mismo modo que en Francia, cuando le sacaba los cuartos a un campesino rico y malicioso (una tarea poco menos que imposible), me complacía ver su rostro enfurecido en relieve contra una hilera gris de álamos bien podados y aquellas solemnes llanuras de la Galia sobre las que ronda el poderoso espíritu de Millet.

»Bien, pues mi último golpe fue un golpe navideño, un golpe festivo, acogedor, de clase media inglesa; un típico golpe a lo Charles Dickens. Lo di en una de esas viejas casas de buena familia de clase media cerca de Putney, una casa con una entrada para carruajes, una casa con una cuadra a un lado, una casa con el apellido en la verja, una casa con uno de esos pinos de brazos, también llamados araucarias. En fin, ya conocen la especie. De veras creo que mi imitación del estilo de Dickens fue diestra y literaria. Casi parece una lástima que me arrepintiera aquella misma noche...

Flambeau pasó entonces a contar la historia desde dentro, e incluso así era curiosa. Vista desde fuera resultaba del todo incomprensible, y es desde fuera como debemos analizarla con una mirada ajena. Desde esa posición puede decirse que el drama empezó cuando la puerta principal de la casa con la cuadra se abrió al jardín de la araucaria y una jovencita salió a dar de comer pan a los pájaros el día de san Esteban. Tenía una cara preciosa, con unos ojos castaños audaces, pero su silueta quedaba más allá de toda conjetura, puesto que iba tan envuelta en pieles pardas que costaba diferenciar el pelo del pelaje. Salvo por la cara bonita, bien podría haberse tratado de un osezno.

La tarde invernal se arrebolaba hacia el anochecer y una luz rubí se posaba ya sobre los lechos sin flores, llenándolos, por así decir, con los fantasmas de las rosas muertas. A un lado de la casa estaba la cuadra, y, al otro, un pasadizo o galería de laureles conducía hasta el amplio jardín trasero. La joven damisela echó el pan a los pájaros por cuarta o quinta vez ese día (pues el perro se lo comía) y paseó tranquilamente entre los laureles y bajo el centelleante follaje de la arboleda que había más allá. Dejó escapar una exclamación de asombro, que lo mismo podía ser auténtico o meramente ceremonial, y al mirar hacia arriba contempló una estrafalaria figura estrafalariamente subida a horcajadas en el muro del jardín.

—¡Oh, no salte, señor Crook! —exclamó con tono más o menos alarmado—. ¡Está muy alto!

El individuo que montaba en la medianera como si esta fuese un caballo aéreo era un joven alto y anguloso, de pelo moreno y más tieso que un cepillo, con rasgos inteligentes e incluso distinguidos, pero de tez cetrina y de

aire extranjero, lo cual destacaba aún más en contraste con la agresiva corbata roja que llevaba, la única parte de su atuendo en la que parecía haber puesto algún esmero. Quizá fuera un símbolo. Sin prestar atención al ruego alarmado de la chica, brincó como un saltamontes y aterrizó a su lado en el suelo, donde bien podría haberse partido las piernas.

—Creo que estaba destinado a ser ladrón —dijo tan campante—, y no me cabe duda de que lo habría sido de no haber nacido en esa respetable casa de al lado. No veo qué tendría de malo, de todos modos.

—¿Cómo puede decir esas cosas? —protestó ella.

—Bueno —repuso el joven—, si naces del lado equivocado del muro, no sé qué tiene de malo saltarlo.

—Nunca sé con qué o por dónde va a salir... —dijo ella.

—A veces no lo sé ni yo —contestó el señor Crook—, pero sé que ahora estoy del lado bueno.

—¿Y ese cuál es? —preguntó la joven, sonriendo.

—A su lado, cómo no —respondió el joven llamado Crook.

Mientras caminaban juntos entre los laureles hacia el jardín delantero se oyeron tres bocinazos de un vehículo, cada vez más cerca, y un automóvil de velocidad espléndida, una enorme elegancia y un color verde pálido se deslizó hasta las rejas de la entrada como un ave y aguardó palpitante.

—¡Vaya, vaya! —exclamó el joven de la corbata roja—. Aquí hay alguien que ha nacido en el lado bueno, desde luego. No sabía, señorita Adams, que su Santa Claus fuera tan moderno.

—Ah, es mi padrino, sir Leopold Fischer. Siempre viene el Día del Aguinaldo. —Luego, tras una pausa inocente, que delató sin querer cierta falta de entusiasmo, Ruby Adams añadió—: Es muy cariñoso.

John Crook, periodista, había oído hablar de aquel célebre magnate de los negocios. No tenía la culpa de que el magnate de los negocios no hubiera oído hablar de él, porque en ciertos artículos en *The Clarion* o *The New Age* se había tratado a sir Leopold con excesivo rigor. Pero no dijo nada y observó ceñudo la descarga del automóvil, que fue un trámite tedioso. Un chófer fornido y pulcro que vestía de verde salió del asiento delantero, y un sirviente menudo y pulcro que vestía de gris salió desde atrás, y entre ambos

141

depositaron a sir Leopold en el umbral de la puerta y empezaron a desenvolverlo como si se tratara de un paquete protegido con esmero. Mantas que habrían bastado para surtir un bazar, pieles de todas las bestias del bosque y bufandas de todos los colores del arcoíris se desenrollaron una por una hasta revelar algo parecido a una silueta humana; la silueta de un anciano caballero de aspecto afable, aunque forastero, con una perilla canosa y una sonrisa radiante, que se frotaba unas grandes manoplas de piel.

Mucho antes de que se completara esta revelación, las puertas del porche se abrieron de par en par y el coronel Adams (padre de la damisela de las pieles) salió en persona para invitar a entrar a su eminente huésped. Era un hombre alto, bronceado y muy silencioso, que llevaba un gorro rojo de fumador similar a un fez, que le daba un parecido a los sirdares ingleses o los pachás de Egipto. Con él estaba su cuñado, casi recién llegado de Canadá, un joven hacendado grandullón y bastante bullicioso, con una barba rubia y llamado James Blount. A su lado asomaba también la figura más insignificante del cura de la iglesia del vecindario, pues la difunta esposa del coronel había sido católica, y a los hijos, como suele ocurrir en tales casos, les habían inculcado su misma fe. Todo lo relacionado con el cura resultaba anodino, hasta su apellido, que era Brown; sin embargo, al coronel siempre le había parecido cordial y solía invitarlo a ese tipo de reuniones familiares.

En el amplio recibidor de la casa había espacio de sobra incluso para sir Leopold y sus ropajes. En efecto, tanto el porche como el vestíbulo eran sumamente amplios en proporción a la casa, y formaban, por así decir, una gran estancia, con la puerta principal en un extremo y el pie de la escalera en el otro. Frente al fuego de la gran chimenea de la entrada, sobre la que colgaba la espada del coronel, se completó el trámite y presentaron a los invitados, incluido el taciturno Crook, a sir Leopold Fischer. Aquel venerable financiero, sin embargo, parecía debatirse aún con algunas partes de su bien forrada vestimenta, hasta que, por fin, de un bolsillo recóndito del frac sacó un estuche negro ovalado, que, según explicó con tono exultante, era el regalo de Navidad para su ahijada. Con una jactancia espontánea que en cierto modo resultaba irresistible, se lo entregó delante de todos; el estuche se abrió con solo tocarlo y los dejó medio ciegos. Fue como si una

fuente cristalina los salpicara en los ojos. En un nido de terciopelo naranja yacían, como tres huevos, otros tantos diamantes refulgentes que parecían incendiar el aire mismo que los rodeaba. Fischer trazó una sonrisa benévola mientras se embebía en la sorpresa y el éxtasis de la chica, en la adusta admiración y el seco agradecimiento del coronel, en el asombro general.

—Y ahora voy a guardarlos, querida mía —proclamó Fischer, y devolvió el estuche a la cola de su chaqueta—. He extremado todas las precauciones para no perderlos. Son tres magníficos diamantes africanos que se conocen como las Estrellas Fugaces, por la cantidad de veces que los han robado. Todos los grandes criminales los codician, pero incluso los rateros que rondan por las calles y los hoteles a duras penas se resistirían a echarles mano. Habría podido perderlos de camino hacia aquí. Sería perfectamente posible.

—Perfectamente natural, diría yo —gruñó el joven de la corbata roja—. Y no los culparía si se los hubieran quitado. Cuando le piden pan y usted no les da ni siquiera una piedra, creo que al menos la piedra les corresponde.

—No toleraré que hable así —exclamó la chica, con un curioso rubor—. Ha empezado a hablar así desde que se convirtió en uno de esos horribles… como se llamen. Ya sabe a lo que me refiero. ¿Cómo llamarían ustedes a un hombre que quiere abrazar al deshollinador?

—Un santo —sugirió el padre Brown.

—Me parece —intervino sir Leopold con una sonrisa altanera— que Ruby se refiere a un socialista.

—Un radical no es un hombre que vive a base de raíces —señaló Crook con cierta impaciencia—, del mismo modo que un conservador no es un hombre que hace conservas. Y le aseguro que ser socialista no significa que desees pasar una velada en sociedad con el deshollinador. Un socialista es alguien que quiere que todas las chimeneas estén deshollinadas y que todos los deshollinadores cobren por su trabajo.

—¿Pero que no permitirá —añadió el cura en voz baja— que uno se quede con su propio hollín?

Crook lo observó con interés, e incluso con respeto.

—¿Acaso alguien quiere quedarse el hollín? —preguntó.

—Podría ser —contestó Brown, con una mirada beatífica—. He oído que los jardineros lo usan. Y en cierta ocasión hice felices a seis niños en Navidad cuando no vino el prestidigitador, únicamente con hollín... embadurnándoles la cara.

—¡Oh, espléndido! —exclamó Ruby—. ¡Oh, ojalá lo hiciera en esta reunión!

Llamaron a la puerta principal después de que el bullicioso canadiense, el señor Blount, alzara la potente voz en una ovación, cuando el financiero se disponía a alzar la suya (en ademán de considerable censura). El cura la abrió de par en par, y mostró de nuevo el frondoso jardín, con araucaria y todo, donde la penumbra creciente contrastaba ya con un espléndido crepúsculo violeta. La escena así enmarcada, tan colorida y pintoresca como el telón de fondo de una obra de teatro, hizo que por un momento se olvidaran de la insignificante figura apostada en la puerta. Era un hombre de aspecto polvoriento y con un abrigo raído, a todas luces un recadero del montón.

—Caballeros, ¿alguno de ustedes es el señor Blount? —preguntó mientras tendía una carta, indeciso.

El señor Blount soltó un respingo, y contuvo un grito al asentir. Tras rasgar el sobre con evidente asombro, la leyó; se le nubló un poco el rostro, y después se le iluminó, y se volvió hacia su cuñado y anfitrión.

—Detesto ser un incordio, coronel —dijo, con los modales desenfadados propios de las colonias—, pero ¿le importaría que esta noche viniera a verme aquí un viejo conocido para un asunto de negocios? A decir verdad, se trata de Florian, el célebre acróbata y cómico francés. Lo conocí hace años en el Oeste (es francocanadiense de nacimiento), y al parecer quiere hablar de un negocio conmigo, aunque no se me ocurre de qué pueda tratarse.

—Por supuesto, por supuesto —contestó el coronel con tono despreocupado—. Mi querido muchacho, cualquier amigo suyo es bienvenido. Seguro que será todo un personaje.

—Se embadurnará la cara de negro, si a eso se refiere —se carcajeó Blount—. Y no dudo que a los demás también les pondría un ojo morado. A mí no me importa, porque no soy refinado. Me divierte la vieja pantomima en la que un hombre se sienta encima de su chistera.

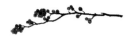 

—Que no sea la mía, por favor —rogó sir Leopold Fischer, con mucha dignidad.

—Bueno, bueno —terció Crook, airosamente—, no discutamos. Hay bromas peores que sentarse encima de una chistera.

La antipatía hacia el joven de la corbata roja, nacida de sus opiniones agresivas y de su evidente intimidad con la preciosa ahijada, llevó a Fischer a replicar, con el tono más sarcástico y autoritario de que fue capaz:

—Seguro que se le ha ocurrido algo mucho peor que sentarse encima de una chistera. ¿Qué es, si puede saberse?

—Que una chistera se le siente encima a usted, por ejemplo —contestó el socialista.

—Vamos, vamos, vamos —exclamó el granjero canadiense con su bárbara benevolencia—, no estropeemos una velada divertida. Propongo que hagamos algo para la reunión de esta noche. No me refiero a que nos pintemos la cara de negro, ni a que nos sentemos encima de un sombrero, si eso no les gusta... pero algo por el estilo. ¿Por qué no disfrutar de una pantomima inglesa a la vieja usanza, con el payaso, la Colombina y todo lo demás? Vi una antes de irme de Inglaterra, a los doce años, y se me quedó grabada a fuego en la memoria. No volví a la madre patria hasta el año pasado, y me encuentro con que la cosa se ha extinguido... Ahora no hay nada más que un montón de obras fantasiosas lacrimógenas. Quiero un atizador y un policía hecho picadillo y convertido en salchichas, y me dan princesas moralizando a la luz de la luna, el Pájaro Azul o qué sé yo. Barba Azul está más en mi línea, y me gustaba sobre todo cuando se convertía en Pantaleón.

—Estoy totalmente a favor de convertir a un policía en salchichas —dijo John Crook—. Es una definición de socialismo mejor que algunas que se han dado hace poco, aunque desde luego el asunto de la indumentaria sería un jaleo de cuidado.

—¡Ni pizca! —exclamó Blount, con auténtico entusiasmo—. Podemos montar una arlequinada en un santiamén, por dos razones: la primera, que la burla puede llevarse hasta donde se quiera; y la segunda, que toda la utilería que necesitamos son objetos domésticos: mesas y caballetes y cestos para la colada, y cosas así.

—Eso es verdad —admitió Crook, que asentía con vehemencia mientras caminaba alrededor—. Pero me temo que no puedo disponer de mi uniforme de policía, ¿sabe? Hace tiempo que no mato a ningún agente.

Blount se quedó meditabundo unos instantes, y entonces se dio una palmada en el muslo.

—¡Sí que podemos! —gritó—. Tengo aquí la dirección de Florian, y él conoce a todos los sastres de las tiendas de disfraces de Londres. Lo llamaré para que nos traiga un uniforme de policía cuando venga. —Y se alejó dando brincos hacia el teléfono.

—Oh, eso es estupendo, padrino —exclamó Ruby, casi bailando—. Yo seré Colombina y usted será Pantaleón.

El millonario permaneció rígido, con una especie de solemnidad pagana.

—Creo, querida mía —dijo—, que debes buscar a otro para el papel.

—Yo seré Pantaleón, si quieres —propuso el coronel Adams, mientras se sacaba el puro de la boca y hablaba por primera y última vez.

—Tendrían que hacerle un monumento —exclamó el canadiense, mientras volvía, radiante, del teléfono—. Pues con eso ya estamos todos. El señor Crook será el payaso; es periodista y conoce todas las bromas manidas. Yo puedo ser el Arlequín, que solo necesita unas piernas largas y saltar de acá para allá. Mi amigo Florian me ha dicho por teléfono que traerá el uniforme de policía; se cambiará por el camino. Podemos representar la obra en esta misma sala, con el público sentado en esa ancha escalinata del fondo, una fila detrás de la otra. La puerta de la entrada puede ser el telón de fondo, ya sea abierta o cerrada. Cerrada, se verá un interior inglés. Abierta, un jardín a la luz de la luna. Como por arte de magia.

Sacó del bolsillo una tiza de billar que llevaba por casualidad y trazó en el suelo de la sala la línea de las candilejas, a medio camino entre la puerta y la escalinata.

Es un enigma cómo lograron preparar aquel disparatado sainete en tan poco tiempo, pero todos se pusieron manos a la obra con esa mezcla de audacia y de frenesí que se vive cuando en una casa late la juventud; y esa noche latía juventud en aquella casa, aunque no todos habrían identificado

146

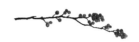

los dos rostros y corazones que la irradiaban. Como suele ocurrir, el invento se volvía más y más descabellado por la mera banalidad de las convenciones burguesas a partir de las que se creaba. Colombina estaba encantadora con una extraordinaria falda que curiosamente se parecía a la gran lámpara del salón. El payaso y Pantaleón se empolvaron con harina de la cocinera y se pintaron con carmín de alguna que otra sirvienta, que quedó (como los verdaderos benefactores cristianos) en el anonimato. A duras penas impidieron que el Arlequín, vestido ya con el papel de plata de las cajas de puros, rompiera los antiguos candelabros victorianos de relumbrón para adornarse con cristales resplandecientes. De hecho, los habría roto si Ruby no hubiera desenterrado unas viejas joyas de pantomima que en cierta ocasión había lucido en una fiesta de disfraces como la Reina de Diamantes. Desde luego, a su tío, James Blount, se le había ido la mano con el entusiasmo; parecía un colegial. Inesperadamente le puso una careta de burro al padre Brown, que la llevó haciendo gala de paciencia y hasta encontró una manera de mover las orejas con disimulo. Trató incluso de poner la cola de burro de papel en la cola del frac de sir Leopold Fischer, propuesta que no se vio con buenos ojos.

—Qué absurdo es mi tío —se lamentó Ruby mientras le colocaba muy seria una ristra de salchichas alrededor de los hombros—. ¿Por qué está tan desaforado?

—Es el Arlequín para su Colombina —respondió Crook—. Yo solo soy el payaso que hace las bromas manidas.

—Ojalá fuera usted el Arlequín —contestó ella, y dejó la ristra de salchichas colgando.

El padre Brown, que estaba al tanto de todo lo que se hacía entre bambalinas e incluso había arrancado algunos aplausos al convertir una almohada en un bebé de pantomima, fue hasta el frente y se sentó entre el público con la expectación solemne de un chiquillo en su primera función. Había pocos espectadores, parientes, uno o dos amigos del vecindario, y los sirvientes. Sir Leopold ocupó el asiento de delante, y su rolliza figura y el cuello todavía envuelto en pieles le tapaban bastante la vista al menudo clérigo que se sentaba detrás, aunque los expertos en cuestiones artísticas nunca

han dictaminado que se perdiera gran cosa. La pantomima fue un auténtico caos, si bien no resultó nada desdeñable. Estuvo impregnada de una vena de improvisación que brotaba sobre todo de Crook, el payaso. Era un hombre inteligente de por sí, y esa noche lo inspiraba una omnisciencia salvaje, la locura más sabia del mundo, aquella que le entra a un joven que por un instante ha visto cierta expresión en cierto rostro en particular. Se suponía que era el payaso, pero en realidad era casi todo lo demás: el autor (en la medida en que había un autor), el apuntador, el escenógrafo, el tramoyista y, sobre todo, la orquesta. A intervalos súbitos de la estrambótica representación se arrojaba completamente disfrazado hacia el piano y aporreaba en el teclado alguna melodía popular tan absurda como oportuna.

El momento culminante, con todo, llegó al abrirse de repente la puerta que servía de telón de fondo y mostrar el precioso jardín a la luz de la luna. En un lugar prominente se pudo ver al famoso actor invitado: el gran Florian, disfrazado de policía. El payaso encargado del piano tocó el coro de los guardias en *Los piratas de Penzance,* aunque quedó ahogado por los aplausos ensordecedores, pues cada gesto del gran actor cómico era una versión admirable aunque contenida de porte y actitud policial. El Arlequín le saltó encima y le asestó varios golpes en el casco; el pianista, que tocaba «¿De dónde sacaste ese sombrero?», miró alrededor con una soberbia mueca de pasmo, y entonces el Arlequín saltarín volvió a golpearlo (mientras el pianista sugería unos compases de «Y luego tomamos otra»). Después el Arlequín se lanzó directamente a los brazos del policía y se le cayó encima en medio de un clamoroso aplauso. Fue entonces cuando el singular actor hizo el celebrado número del muerto, cuya fama todavía perdura en Putney. Era casi imposible de creer que una persona viva pareciera tan exánime.

El atlético Arlequín lo zarandeaba como un saco, o lo torcía y lo lanzaba como a una maza india, siempre al son de las melodías más enloquecedoramente disparatadas del piano. Cuando el Arlequín levantó pesadamente del suelo al cómico policía, el payaso tocó «Me despierto soñando contigo». Cuando se lo cargó a la espalda, «Con mi hatillo al hombro», y cuando el Arlequín por fin lo dejó caer con un golpetazo de lo más

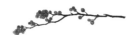

convincente, el músico lunático se arrancó con un compás trepidante tarareando unas palabras que según se cree aún fueron «Mandé una carta a mi amor y por el camino se me cayó».

Llegando a este límite de anarquía mental, al padre Brown le taparon la vista por completo, porque el magnate de la ciudad, que se sentaba justo delante, se puso en pie cuan largo era y empezó a hundir las manos ferozmente en todos los bolsillos. Luego se sentó con nerviosismo, rebuscando todavía, y volvió a levantarse. Por un instante dio la impresión de que se proponía a toda costa pasar por encima de las candilejas; entonces fulminó con la mirada al payaso que tocaba el piano y salió en silencio precipitadamente del salón.

El cura pudo disfrutar unos minutos más de aquella danza absurda pero no falta de elegancia que el Arlequín *amateur* ejecutaba alrededor de su rival espléndidamente desmayado. Con un talento genuino aunque tosco, el Arlequín retrocedió bailando a paso lento por la puerta hasta el jardín, bañado por la serena luz de la luna. El traje improvisado de papel de plata y cola, que frente a las candilejas era deslumbrante, parecía más y más mágico y etéreo mientras se alejaba danzando bajo una brillante luna. El público se había puesto en pie con una salva de aplausos, cuando Brown notó de pronto que le tocaban el brazo y le pedían entre susurros que acudiera al despacho del coronel.

Siguió al caballero en cuestión con una intriga creciente, que no disipó la solemne comicidad de la escena del despacho. Allí aguardaba el coronel Adams, todavía candorosamente vestido de Pantaleón, con las barbas de ballena anudadas balanceándose sobre la frente, pero con unos ojos tan tristes que eran capaces de convertir unas saturnales en un funeral. Sir Leopold Fischer estaba apoyado en la repisa de la chimenea y sus resuellos dejaban entrever un pánico considerable.

—Este es un asunto muy doloroso, padre Brown —dijo Adams—. La verdad es que, al parecer, esos diamantes que todos hemos visto esta tarde se han esfumado del bolsillo del frac de mi amigo. Y como usted...

—Como yo —el padre Brown acabó la frase con una sonrisa de oreja a oreja— estaba sentado justo detrás de él...

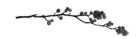

—No estamos insinuando nada por el estilo —repuso el coronel Adams lanzándole a Fischer una mirada firme que en realidad daba a entender que ya lo habían insinuado—. Solo le pido que me preste la ayuda que prestaría cualquier caballero.

—Que consiste en vaciar sus bolsillos —dijo el padre Brown, y procedió a hacerlo. Les enseñó siete chelines con seis peniques, un billete de vuelta, un pequeño crucifijo de plata, un pequeño breviario y una barrita de chocolate.

El coronel lo escrutó con la mirada, y entonces dijo:

—Verá, preferiría lo que hay dentro de su cabeza a lo que hay dentro de sus bolsillos. Sé que, para usted, mi hija es como si fuera suya; pues bien, de un tiempo a esta parte...

Y se detuvo.

—De un tiempo a esta parte —exclamó el viejo Fischer— le ha abierto la casa de su padre a un socialista recalcitrante, que sostiene sin tapujos que le robaría cualquier cosa a un hombre rico. Y a esto hemos llegado: aquí está el hombre rico... menos rico que antes.

—Si quiere lo que hay dentro de mi cabeza, puede quedárselo —respondió Brown con notable cansancio—. Luego me cuenta si tiene algún valor. Pero lo primero que encuentro en ese bolsillo en desuso es que los hombres que se proponen robar diamantes no pregonan el socialismo. Son más dados —añadió modestamente— a denunciarlo.

Los otros dos apartaron la mirada y el cura continuó:

—Verán, conocemos a esta gente, más o menos bien. Ese socialista sería tan capaz de robar un diamante como una de las pirámides. En primer lugar, deberíamos fijarnos en el único hombre a quien no conocemos. El que hace de policía, Florian. Me pregunto dónde estará en este preciso momento.

Pantaleón se irguió de un brinco y salió a grandes zancadas de la habitación. Se hizo una pausa, en el transcurso de la cual el millonario se quedó mirando al cura, y el cura su breviario, hasta que regresó Pantaleón y dijo, con gravedad entrecortada:

—El policía aún yace en el escenario. Han levantado y bajado el telón seis veces; sigue ahí tendido.

El padre Brown soltó el libro y se puso en pie con una mirada perpleja y desolada. Poco a poco, una luz empezó a iluminar sus ojos grises, y de pronto saltó con la reacción menos obvia.

—Por favor, discúlpeme, coronel, pero ¿cuándo falleció su esposa?

—¡Mi esposa! —repuso el asombrado militar—. Hace un año y dos meses. Su hermano James llegó apenas una semana tarde para verla.

El pequeño cura brincó como hacen los conejos cuando les pegan un tiro.

—¡Vamos! —gritó con inusitado afán—. ¡Vamos! ¡Tenemos que ir a examinar a ese policía!

Corrieron hasta el escenario donde ya había caído el telón, pasando de manera precipitada junto a Colombina y el payaso (que cuchicheaban tan contentos), y el padre Brown se agachó sobre el cómico policía que yacía postrado en el suelo.

—Cloroformo —dijo, mientras se incorporaba—. No lo había sospechado hasta ahora mismo.

Se hizo un silencio temeroso, y entonces el coronel habló despacio:

—Por favor, sea tan amable de decirnos qué significa todo esto.

El padre Brown aulló con una repentina carcajada, paró, y solo se debatió para contener la risa unos instantes más durante el resto de su discurso.

—Caballeros —exclamó—, no dispongo de mucho tiempo para hablar, pues debo perseguir al criminal. Pero este gran actor francés que interpretaba al policía, ese cadáver inteligente con quien el Arlequín bailaba y se mecía y zarandeaba, era... —Le falló de nuevo la voz, y les dio la espalda para echar a correr.

—¿Era? —gritó Fischer, en ascuas.

—Un policía de verdad —dijo el padre Brown, y se alejó corriendo en la oscuridad.

Había recovecos y enramadas al final del frondoso jardín, donde los laureles y otros arbustos perennes se distinguían contra el cielo azul zafiro y la luna plateada, incluso aquel día de pleno invierno, con colores tan cálidos como los del sur. El verdor alegre de los laureles ondeantes, el intenso añil púrpura de la noche, la luna como un cristal monstruoso, forman una

imagen de un romanticismo irresponsable; y entre las ramas más altas de los árboles del jardín trepa una extraña figura, un ser que, más que romántico, parece imposible. Centellea de los pies a la cabeza como vestido con diez millones de lunas; la luna real capta cada uno de sus movimientos y prende una nueva parte de su cuerpo, pero se balancea, relampagueante y triunfal, desde el árbol más bajo de este jardín hasta el árbol alto y asilvestrado del vecino, y se detiene ahí solo porque una sombra acaba de deslizarse bajo el árbol más pequeño y ha gritado su nombre de manera inconfundible.

—Caramba, Flambeau —dice la voz—. Pareces toda una estrella fugaz... aunque al final son siempre estrellas caídas.

La figura plateada y centelleante se asoma entre los laureles y, seguro de que va a escapar, escucha a la pequeña silueta de abajo.

—Este es el mejor golpe que ha dado jamás, Flambeau. Fue muy inteligente por su parte venir desde Canadá (con billete de París, supongo) apenas una semana después de que muriera la señora Adams, cuando nadie estaba de humor para hacer preguntas. Fue más inteligente aún averiguar el paradero de las Estrellas Fugaces y el día de la llegada de Fischer. En cambio, lo que vino después no fue cuestión de inteligencia, sino una mera genialidad. Supongo que, para usted, robar las piedras fue pan comido. Podría haber hecho cien juegos de manos diferentes sin necesidad de fingir que le ponía una cola de burro de papel a Fischer en la chaqueta. Pero, por lo demás, se ha eclipsado a sí mismo.

La figura plateada entre el verdor del follaje parece quedarse como hipnotizada, aunque tiene una fácil escapatoria justo detrás; mira fijamente al hombre de abajo.

—Oh, sí, —dice el hombre desde abajo—, ahora lo sé todo. Sé que no solo se empeñó en hacer la pantomima, sino que además se benefició de ella por partida doble. Iba a robar las piedras de la manera más sigilosa posible. Un cómplice le hizo saber que ya sospechaban de usted, y que un hábil agente de policía vendría a echarle el guante esa misma noche. Un vulgar ladrón habría agradecido el soplo y acto seguido se habría dado a la fuga, pero usted es un poeta. Ya se le había ocurrido la astuta idea de ocultar las

joyas en unas vistosas alhajas falsas. Entonces vio que, si se disfrazaba de arlequín, la aparición de un policía no supondría obstáculo alguno para su plan. El esforzado agente salió de la comisaría de Putney para ir en su busca y cayó de lleno en la trampa más rocambolesca que jamás se haya visto sobre la faz de la tierra. Cuando la puerta principal se abrió, entró directamente al escenario de una pantomima de Navidad, donde el Arlequín danzante pudo darle puntapiés y garrotazos, atontarlo y drogarlo a su antojo, entre las clamorosas carcajadas de las gentes más respetables de Putney. Oh, nunca dará un golpe mejor. Y ahora, por cierto, podría devolverme esos diamantes.

La frondosa rama en la que se columpiaba la figura reluciente pareció exhalar un murmullo de pasmo, pero la voz siguió hablando:

—Quiero que me los devuelva, Flambeau, y quiero que abandone esta vida. Aún rebosa usted juventud, honestidad y buen humor; no crea que le durarán en ese oficio. Tal vez los hombres conserven siempre cierto grado de bondad, pero ningún hombre ha sido capaz de mantenerse de manera indefinida en un mismo grado de maldad. Ese camino solo puede ir cuesta abajo. El hombre afable bebe y se vuelve cruel; el hombre franco mata y lo niega con mentiras. Más de un conocido mío era al principio un forajido honrado como usted, un simpático ladrón que robaba a los ricos, y acabó pisoteado en el barro. Maurice Blum era en sus comienzos un anarquista con principios, el padre de los pobres, y al final degeneró en un espía escurridizo y un correveidile que ambos bandos usaron y despreciaron por igual. Cuando Harry Burke inició su movimiento para liberalizar el flujo monetario lo movían las buenas intenciones, y ahora no hace otra cosa que gorronearle a todas horas el brandi con soda a su hermana, que apenas tiene para comer. Lord Amber se mezcló con malas compañías movido por la caballerosidad, y ahora está pagando chantajes a los buitres más ruines de Londres. Antes de que usted llegara, el capitán Barillon era el más reputado ladrón de guante blanco que había; murió en un manicomio, lanzando gritos desgarradores de advertencia contra los «soplones» y los peristas que lo traicionaron y lo persiguieron. Sé que parece que una vez haya llegado al bosque será libre, Flambeau; sé que en un visto y no visto podría

desvanecerse en la espesura como un mono. Algún día, sin embargo, será un mono viejo y canoso, Flambeau. Se sentará libre en su bosque, el corazón frío, la muerte cada vez más cercana, las copas de los árboles desnudas por completo.

Todo continuó en silencio, como si el hombrecillo de abajo sostuviera al otro en el árbol con una larga correa invisible; y prosiguió:

—Ha empezado ya a dar pasos cuesta abajo. Siempre ha presumido de no actuar con maldad, pero esta noche va a cometer una canallada. Sembrará la sospecha sobre un joven honesto que ya tiene bastante en su contra; va a separarlo de la mujer a la que ama y que a su vez está enamorada de él. Ay, pero no será la última canallada que cometa antes de morir...

Tres diamantes centelleantes cayeron del árbol en el césped. El hombrecillo se agachó a recogerlos y, al mirar hacia arriba de nuevo, el pájaro plateado ya había desaparecido de la jaula verde del árbol.

La devolución de las piedras preciosas (casualmente recuperadas por el padre Brown, cómo no) cerró la velada con un triunfo clamoroso; y sir Leopold, en un arranque de buen humor, llegó a confesarle al cura que, a pesar de que personalmente era más ancho de miras, podía respetar a aquellos cuyo credo les exigía vivir enclaustrados y ajenos al mundo.

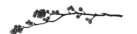

Markheim

Robert Louis Stevenson

—Sí —dijo el anticuario—, a veces nos caen ganancias inesperadas, de diversa índole. Algunos clientes son ignorantes, y entonces obtengo un dividendo debido a la superioridad de mis conocimientos. Algunos son deshonestos —y al decirlo levantó la vela, para que la luz recayera con intensidad en su visitante—, y en ese caso —continuó— saco provecho de mi virtud.

Markheim acababa de entrar de la calle en pleno día, por lo que sus ojos aún no se habían familiarizado con la mezcla de brillo y penumbra de la tienda. Tras aquellas mordaces palabras, y ante la presencia cercana de la llama, pestañeó deslumbrado y apartó la mirada.

El anticuario se echó a reír.

—Acude usted a mí el día de Navidad —prosiguió—, a sabiendas de que estoy solo en casa, con el cierre echado, e insisto en rechazar propuestas de negocio. Muy bien, pues tendrá que pagar por ello; tendrá que pagar por hacerme perder el tiempo, cuando debería estar cuadrando mi contabilidad; tendrá que pagar, además, por cierta actitud que hoy percibo en usted muy especialmente. Soy la discreción en persona, y no hago preguntas incómodas, pero, cuando un cliente es incapaz de mirarme a los ojos, tiene que pagar por ello.

El anticuario se echó a reír de nuevo, y entonces, recuperando su tono habitual de comerciante, aunque conservando un deje de ironía, añadió:

—¿Puede facilitarme, como de costumbre, una explicación clara de cómo llegó a sus manos el objeto? —continuó—. ¿Otra vez el gabinete de su tío? ¡Qué extraordinario coleccionista, señor!

Y casi de puntillas, por encima de la montura de sus anteojos dorados, el pálido anticuario menudo y encorvado se quedó mirando y asintiendo con la cabeza con todos los signos de incredulidad. Markheim le devolvió una mirada de infinita lástima con una nota de terror.

—Esta vez —repuso— se equivoca. No he venido a vender, sino a comprar. No me quedan piezas raras de las que deshacerme, el gabinete de mi tío tiene peladas hasta las paredes y, aunque siguiera intacto, me ha ido bien en la Bolsa, así que más bien me inclinaría a adquirir que lo contrario. Además, mi recado de hoy no puede ser más sencillo. Busco un presente navideño para una dama —continuó, ganando desenvoltura al adentrarse en el discurso que llevaba preparado—, y sin duda le debo todas las disculpas por molestarlo de este modo por un asunto tan insignificante. Pero ayer se me pasó por alto, hoy debo presentar mi pequeño obsequio durante la cena, y, como muy bien sabe, una consorte rica no es algo que deba pasarse por alto.

Acto seguido se produjo una pausa, durante la que el anticuario pareció sopesar la afirmación con incredulidad. El tictac de los numerosos relojes presentes entre los curiosos cachivaches de la tienda y el leve ajetreo de los coches de caballo en una vía cercana llenaron el intervalo de silencio.

—Muy bien, señor —convino el anticuario—, pues que así sea. Al fin y al cabo es usted un viejo cliente, y si, como dice, se le presenta la posibilidad de concertar un buen matrimonio, lo último que yo querría es ser un obstáculo. Aquí tiene algo bonito para una dama —continuó—: este espejo de mano... del siglo xv, garantizado, además, proviene de una buena colección, aunque por el bien de mi cliente me reservo el nombre, pues al igual que usted, mi querido señor, era el sobrino y único heredero de un extraordinario coleccionista.

Mientras seguía departiendo con su voz seca y penetrante, el anticuario se había agachado para coger el objeto de su sitio. En ese momento, una conmoción había sobresaltado a Markheim, una sacudida de pies y manos, un repentino arrebato en el rostro de numerosas pasiones turbulentas. Pasó tan rápido como había llegado, y no dejó rastro alguno salvo un leve temblor en la mano que ahora recibía el espejo.

—Un espejo —dijo Markheim con voz quebrada, y luego, tras una pausa, repitió con más claridad—: ¿Un espejo? ¿Por Navidad? ¿No lo dirá en serio?

—Y ¿por qué no? —exclamó el anticuario—. ¿Por qué no un espejo?

Markheim se quedó mirándolo con una expresión indescriptible.

—¿A mí me pregunta por qué no? —preguntó—. Vamos, mire aquí, mírelo, ¡mírese! ¿Le gusta lo que ve? ¡No! Ni a mí... ni a ningún hombre.

El hombrecillo había dado un respingo cuando Markheim se enfrentó a él de manera tan repentina empuñando el espejo; pero en ese momento, al darse cuenta de que no había nada peor entre manos, se echó a reír.

—Su futura esposa, señor, debe de ser bastante poco agraciada —declaró.

—Le pido —dijo Markheim— un presente navideño, y ¿usted me da esto, este maldito recordatorio de los años, los pecados y las locuras, esta conciencia de mano? ¿Lo ha hecho a propósito? ¿No se ha parado a pensar lo que decía? Dígame. Más le vale hacerlo. Vamos, hábleme de usted. Ahora me atrevo a cuestionar que sea usted en el fondo un hombre caritativo.

El anticuario miró con atención a su acompañante. Era muy extraño, Markheim no parecía estar riendo. En su rostro se adivinaba algo similar a un destello ávido de esperanza, pero ni pizca de alegría.

—¿Se puede saber qué insinúa? —preguntó el anticuario.

—¿Que no sea caritativo? —respondió el otro con tono sombrío—. Que no sea caritativo, ni piadoso ni escrupuloso, ni amante ni amado, una mano para recibir el dinero, una caja fuerte para guardarlo. ¿Eso es todo? Válgame Dios, hombre, ¿eso es todo?

—Yo le diré lo que es —repuso el anticuario con cierta brusquedad, y entonces rompió a reír de nuevo—. Aunque veo que lo suyo es un matrimonio por amor y que ha estado usted bebiendo a la salud de la dama.

—¡Ah! —exclamó Markheim, con una extraña curiosidad—. Ah, ¿ha estado usted enamorado? Cuénteme.

—¡Yo! —exclamó el anticuario—. ¡Yo enamorado! Nunca tuve tiempo, ni lo tengo ahora para todas estas majaderías. ¿Se va a llevar el espejo?

—¿Qué prisa tiene? —repuso Markheim—. Es muy agradable estar aquí charlando, y la vida es tan corta y tan incierta que no renunciaría a la ligera a placer alguno... No, ni siquiera a uno tan leve como este. Más bien, deberíamos aferrarnos, eso es, aferrarnos a lo que podamos, como un hombre al borde de un precipicio. Si se para a pensarlo, cada segundo es un precipicio, un precipicio de una milla de altura, lo bastante alto, si caemos, como para destrozar hasta nuestro último rasgo de humanidad. Por tanto, es mejor hablar con tono cordial. Hablemos de nosotros. ¿Por qué deberíamos llevar esta máscara? Hablemos sin reservas. ¿Quién sabe? ¿Tal vez podríamos llegar a ser amigos?

—Yo solo tengo una cosa que decirle —respondió el anticuario—. ¡Haga su compra o márchese de mi tienda!

—Cierto, cierto —convino Markheim—. Basta ya de bromas. Al grano. Muéstreme otra cosa.

El anticuario se agachó de nuevo, esta vez para devolver el espejo a su balda, y el pelo fino y rubio le cayó sobre los ojos al hacerlo. Markheim se acercó un poco más, con una mano en el bolsillo de su sobretodo, se irguió y llenó los pulmones, y al mismo tiempo en su rostro se reflejaron muchas emociones distintas a la vez: terror, espanto y determinación, fascinación y repulsión física. Al levantar el labio superior, en un mohín demacrado, se le entrevieron los dientes.

—Puede que esto le sirva —comentó el anticuario, y en ese instante, mientras empezaba a reincorporarse, Markheim se abalanzó por detrás sobre su víctima. La alargada daga con forma de pincho emitió un destello y se hundió. El anticuario forcejeó como una gallina, se golpeó la sien con la balda y luego cayó desplomado al suelo.

El tiempo siguió un compás de pequeñas voces en aquella tienda: unas señoriales y pausadas, como era propio de su avanzada edad; otras charlatanas y apresuradas. Todas ellas daban cuenta de los segundos en un intrincado

coro de tictacs. Luego las pisadas de un muchacho, que corrían pesadamente por la acera, interrumpieron aquellas vocecillas menores y sobresaltaron a Markheim, que volvió en sí.

Miró a su alrededor con espanto. La vela seguía sobre el mostrador, su llama oscilaba solemne con una corriente de aire y, por ese movimiento insignificante, todo el local se llenó de un sordo bullicio que se agitaba sin cesar, como las olas del mar: las sombras altas asentían, los enormes borrones de oscuridad se hinchaban y menguaban como si respiraran, los rostros de los retratos y los dioses de porcelana mutaban y temblaban como imágenes bajo el agua. La puerta interior estaba entreabierta y se asomaba a aquel asedio de sombras con una rendija de luz tan alargada como un dedo acusador.

Los ojos de Markheim abandonaron aquella mirada errante y angustiada por el miedo y regresaron al cuerpo de su víctima, que yacía a la vez encogida y despatarrada, increíblemente pequeña y extrañamente más insignificante que en vida. Con aquellos ropajes pobres y míseros, en aquella pose desgarbada, el anticuario yacía como si fuera un montón de serrín. Markheim había temido verlo, y, ¡hete aquí!, no era nada. Con todo, mientras lo observaba, aquel fardo de ropa vieja y aquel charco de sangre empezaron a encontrar voces elocuentes. Al no haber nadie que hiciera funcionar sus ingeniosos mecanismos ni dirigiera el milagro de la locomoción, debía yacer allí hasta ser hallado. ¡Hallado! Eso es, ¿y entonces? Entonces, aquella carne muerta prorrumpiría en un grito que resonaría por toda Inglaterra e inundaría el mundo de los ecos de la persecución. Eso es, muerto o no, aquel seguía siendo el enemigo.

«Tiempo en que el hombre moría con el cerebro machacado», pensó, y la primera palabra impactó en su mente. El tiempo, ahora que el acto se había perpetrado, el tiempo, que había concluido para la víctima, se había vuelto inmediato y trascendental para el asesino.

La idea aún perduraba en su mente cuando, primero uno y luego otro, con total variación de ritmo y voz, uno tan profundo como la campana de la torrecilla de una catedral y otro con sus atipladas notas que resonaban el preludio de un vals, los relojes comenzaron a dar la hora: las tres de la tarde.

El repentino estallido de semejante algarabía en aquella cámara muda lo dejó estupefacto. Comenzó a moverse de un lado a otro, yendo de acá para allá con la vela, asediado por las sombras en movimiento y con el alma en vilo por los reflejos al azar. En muchos suntuosos espejos, algunos de diseño doméstico, otros de Venecia o de Ámsterdam, vio su rostro repetido una y otra vez, como si de un ejército de espías se tratara. Sus propios ojos se toparon con él y lo descubrieron, y el sonido de sus propios pasos, suaves al caer, alteró el sosiego reinante.

Y aun así, mientras seguía llenándose los bolsillos, su mente lo acusó con una insistencia hostigadora de las miles de fallas de su plan. Debió haber elegido una hora más tranquila, debió haber preparado una coartada, debió no haber empleado un cuchillo, debió haber sido más cauteloso y solo haber atado y amordazado al anticuario, no haberlo matado, debió haber sido más atrevido y haber matado también a la criada, debió haber hecho las cosas de otra forma: patéticos arrepentimientos, agotador e incesante esfuerzo de la mente por cambiar lo incambiable, por planear lo que ahora ya era en vano, por ser el arquitecto del pasado irrevocable.

Mientras tanto, y detrás de toda aquella actividad, unos terrores infrahumanos, como de ratas correteando en un desván abandonado, sembraban el caos en las cavidades más remotas de su cerebro: la mano del agente de la ley caía pesada sobre su hombro y sus nervios daban sacudidas como un pez en el anzuelo, o contemplaba, en un desfile galopante, el banquillo, la cárcel, la horca y el ataúd negro.

El terror a los transeúntes se aposentó ante su mente cual ejército sitiador. Era imposible, pensó, que ningún rumor del forcejeo hubiera llegado a sus oídos y despertado su curiosidad. Entonces las adivinó, sentadas inmóviles y con los oídos puestos en todas las casas de la zona: personas solitarias, condenadas a pasar la Navidad mortificándose a solas con los recuerdos del pasado, y ahora asombrosamente rescatadas de esa tierna práctica; felices reuniones familiares abocadas al silencio en torno a la mesa, la madre inmóvil con el dedo levantado; de todas las condiciones, edades y talantes, pero todas, junto a su propio lar, curioseando, husmeando y tejiendo la soga que habría de ahorcarlo.

A veces le daba la impresión de que todo el cuidado que pusiera al moverse era poco. El tintineo de las altas copas de Bohemia resonaba con la fuerza de una campana y, alarmado por el estruendo de los tictacs, se sintió tentado de parar los relojes. Pero entonces, de nuevo, por una rápida transición de sus terrores, el propio silencio del lugar le pareció una fuente de peligros y algo que podría alarmar y detener a los viandantes, así que caminaba con más atrevimiento, trajinaba ruidosamente entre los artículos de la tienda e imitaba, con elaborada arrogancia, el trajín de un hombre ocupado que se movía a sus anchas en su propia casa.

Pero en ese momento se veía tan zarandeado por tantos miedos distintos que, mientras que una parte de su mente seguía alerta y recelosa, otra se tambaleaba al borde de la locura. Una alucinación en concreto se adueñó de su credulidad. El vecino que trataba de oír algo con el rostro pálido junto a su ventana, el transeúnte que se detenía en la acera por una terrible suposición: en el peor de los casos podrían sospechar, pero no saber. A través de los muros de ladrillo y los postigos cerrados solo penetraban los sonidos.

Pero allí, dentro de la casa, ¿estaba solo? Sabía que sí, había visto cómo la criada se disponía a salir a pasear con su pretendiente, ataviada con sus pobres mejores galas: «a pasar el día fuera», se leía en cada lazo y en cada sonrisa. Sí, estaba solo, por supuesto. Aun así, en la enorme casa vacía que se alzaba sobre su cabeza, sin duda oía el ir y venir de unas delicadas pisadas: sin duda era consciente, consciente hasta extremos inexplicables, de una presencia. Sí, sin duda. Su imaginación la siguió hasta la última estancia y el último rincón de la casa, y si ahora era una cosa sin rostro, aunque con ojos para ver, luego volvía a ser una sombra de sí mismo. Y una vez más, contemplaba la imagen del anticuario muerto, insuflada de nuevo de astucia y de odio.

A veces, con un tremendo esfuerzo, lanzaba una mirada a la puerta abierta, que todavía parecía repeler sus ojos. La casa era alta, el tragaluz, pequeño y sucio, y el día estaba cegado por la niebla, por lo que la luz que se filtraba hasta la planta baja era tenue en exceso y aparecía débilmente en el umbral de la tienda. Y aun así, en esa franja de dudosa luminosidad, ¿no acechaba temblando una sombra?

De repente, desde la calle, un caballero muy jovial comenzó a golpear la puerta de la tienda con un bastón, acompañando sus golpes con gritos y chanzas en los que llamaba constantemente al anticuario por su nombre. Markheim, petrificado por el miedo, le lanzó una mirada al muerto. ¡Pero no! Yacía totalmente inerte, había huido lejos, donde ya no se oían aquellos golpes y gritos, se había hundido bajo océanos de silencio; y su nombre, que antes habría captado su atención en medio del estruendo de una tormenta, se había convertido en un sonido vacío. Y al cabo de poco, el caballero jovial desistió de seguir llamando y se marchó.

Aquella había sido una clara señal para que, sin dilación, acabara lo que había empezado, dejara atrás aquel vecindario acusador, se zambullera en un baño de multitudes londinenses y por último alcanzara, en el otro extremo del día, aquel remanso de seguridad y aparente inocencia: su cama. Ya había tenido una visita, en cualquier momento podría llegar la siguiente y ser más insistente. Haber perpetrado el acto y aun así no cosechar los frutos sería un fracaso demasiado aberrante. El dinero, que ahora era la principal preocupación de Markheim, y, como medio para obtenerlo, las llaves.

Volvió la cabeza para echar un vistazo a la puerta abierta, donde la sombra aún acechaba estremeciéndose y, sin la menor repugnancia consciente por parte de su mente, aunque con cierto temblor del vientre, se acercó al cuerpo de su víctima. La naturaleza humana lo había abandonado por completo. Como un traje medio relleno de afrecho, las extremidades yacían desparramadas, el tronco doblado, en el suelo; aun así, aquella cosa lo repelía. Pese a su aspecto sórdido y despreciable a la vista, temía que pudiera cobrar mayor trascendencia al tacto.

Agarró el cuerpo por los hombros y lo puso bocarriba. Era extrañamente ligero y maleable, y las extremidades, como si se las hubieran roto, caían en las más absurdas de las posturas. El rostro aparecía despojado de toda expresión, aunque estaba pálido como la cera y presentaba un espantoso manchurrón de sangre en torno a una sien. Esa era, para Markheim, la única circunstancia desagradable. Lo devolvió al instante a un particular día de feria en una aldea de pescadores: un día gris, el silbido del viento, el gentío en las calles, la estridencia de los metales, el estruendo de los tambores,

la voz nasal de un cantante de baladas. Y un niño que va y viene de acá para allá, enterrado hasta la cabeza entre el gentío y dividido entre el interés y el miedo, hasta que, al aventurarse en el lugar más concurrido, contempla una caseta y una gran pantalla con imágenes, pésimamente dibujadas, coloreadas de forma chabacana: Brownrigg con su aprendiz, los Manning con su invitado asesinado, Weare entre las garras mortales de Thurtell, y junto a ellos una retahíla de crímenes famosos.

Todo apareció con la nitidez de una ilusión: volvía a ser aquel niño pequeño, a observar, con la misma sensación de repulsión física, aquellas viles imágenes, y lo seguía aturdiendo el aporreo de los tambores. Un compás de la música de aquel día regresó a su memoria y, en ese instante, por primera vez, le sobrevinieron los escrúpulos, una arcada de náuseas, una repentina debilidad en las articulaciones, que se vio obligado a contener y superar en el acto.

Juzgó más prudente enfrentarse a aquellas consideraciones que rehuirlas, afrontando con más entereza el rostro sin vida, concentrándose en comprender la naturaleza y la grandeza de su crimen. Hacía solo unos instantes aquel rostro se había conmovido con cada cambio de parecer, aquella pálida boca había hablado, aquel cuerpo se había enardecido con energías dominables; y en ese momento, a consecuencia de su acto, ese pedazo de vida se había detenido, igual que el relojero, con dedo interpuesto, detiene el latido del reloj. Así razonó en vano, sin reaccionar ante los remordimientos de conciencia, y el mismo corazón que se había estremecido ante las efigies pintadas del crimen observaba ahora su realidad con indiferencia. A lo sumo, sentía un atisbo de lástima por alguien que había sido dotado inútilmente con todas aquellas facultades que pueden hacer del mundo un jardín de encantos, alguien que jamás había vivido y que ahora estaba muerto. Pero de arrepentimiento, nada, ni el menor temblor.

Acto seguido, se sacudió de encima aquellas consideraciones, encontró las llaves y avanzó hacia la puerta abierta de la tienda. Fuera había empezado a llover con fuerza y el sonido del chaparrón sobre el tejado había desterrado el silencio. Como una caverna con goteras, las estancias de la casa quedaron embrujadas por un eco incesante que taponaba los oídos y se

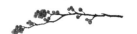

entremezclaba con el tictac de los relojes. Y al acercarse a la puerta, en respuesta a sus cautelosas pisadas, Markheim creyó oír los pasos de otros pies que se retiraban escaleras arriba. La sombra todavía palpitaba vagamente en el umbral. Depositó una tonelada de arrojo en sus músculos y abrió de nuevo la puerta.

La tenue y neblinosa luz del día brillaba débil y trémula sobre el suelo desnudo y las escaleras, sobre la reluciente armadura apostada, alabarda en mano, en el descansillo, y sobre las oscuras tallas de madera y las pinturas enmarcadas que colgaban de los paneles amarillos del revestimiento. Tan fuerte sonaba el repiqueteo de la lluvia por toda la casa que, a oídos de Markheim, empezó a diferenciarse en muchos sonidos distintos. Pisadas y suspiros, la marcha de un regimiento que desfilaba a lo lejos, el tintineo de las monedas en el mostrador y el chirrido de las puertas entreabiertas con sigilo parecieron mezclarse con el tamborileo de las gotas sobre la cúpula y el borboteo del agua en las cañerías.

La sensación de no estar solo fue acrecentándose en él hasta rayar en la locura. Se veía perseguido y cercado por espíritus por todos los flancos. Los oyó moverse en las estancias superiores, desde la tienda, oyó cómo el muerto se ponía de pie y, cuando con gran esfuerzo inició el ascenso de las escaleras, hubo pies que huyeron en silencio por delante y otros que lo siguieron a hurtadillas por detrás. «Si al menos estuviera sordo —pensó—, ¡con cuánto aplomo mantendría la calma!» Y entonces, de nuevo, e intentando escuchar con atención renovada, se bendijo a sí mismo por aquel infatigable sentido que vigilaba los puestos de avanzada y apostaba a un leal centinela en su vida. La cabeza se le volvía constantemente sobre el cuello, los ojos, que parecían salírsele de las órbitas, exploraban todos los rincones, y en todos los rincones se veían recompensados a medias con la cola de algo nefando que desaparecía. Los veinticuatro peldaños que conducían a la primera planta fueron veinticuatro agonías.

En aquella primera planta, las puertas estaban entornadas, tres de ellas como tres emboscadas, crispándole los nervios como las gargantas de un cañón. Ya jamás podría, creyó, mantenerse lo bastante enclaustrado y fortificado frente a los ojos observadores de los hombres: anheló estar en casa,

rodeado de muros, sepultado entre las mantas, y ser invisible para todos salvo para Dios. Y al pensar en aquello, divagó un poco, rememorando relatos de otros asesinos y del miedo a los vengadores celestiales que se decía que albergaban. En su caso, al menos, no era así. Temía las leyes de la naturaleza, no fueran, por su comportamiento insensible e inmutable, a conservar alguna prueba condenatoria de su crimen. Temía diez veces más, con un terror servil y supersticioso, una escisión en la continuidad de la experiencia humana, una ilegalidad intencionada de la naturaleza. Jugaba a un juego de ingenio, ateniéndose a las normas, calculando las consecuencias de las causas, pero ¿y si la naturaleza, cual tirano derrotado que vuelca el tablero de ajedrez, rompiera el molde de su serie?

Algo similar le había acontecido a Napoleón (según estaba escrito) cuando el invierno cambió su momento de aparición. Algo similar podría acontecerle a Markheim: los muros opacos podrían volverse transparentes y revelar sus acciones, como las de las abejas en una colmena de cristal; los robustos tablones podrían ceder bajo sus pies como arenas movedizas y retenerlo en sus garras; sí, y había accidentes más sencillos que podrían destruirlo: que, por ejemplo, la casa se derrumbara y lo atrapara junto al cuerpo de su víctima o que la casa de al lado prendiera fuego y los bomberos lo invadieran por todos los flancos. Eran cosas que temía y, en cierto sentido, esas cosas podían considerarse la mano de Dios actuando contra el pecado. Pero con el propio Dios estaba en paz, su acto era sin duda excepcional, pero también lo eran sus excusas, y Dios las conocía: era junto a él, y no entre los hombres, donde confiaba en la justicia.

Al llegar sano y salvo al salón, y cerrar la puerta al entrar, cayó en la cuenta de que sus miedos le daban tregua. La habitación estaba totalmente desmantelada, además de sin enmoquetar, y llena de cajas de embalar y muebles incongruentes desparramados por doquier: varios magníficos espejos *trumeau*, en los que se observó desde distintos ángulos, cual actor sobre un escenario; numerosos cuadros, enmarcados y sin enmarcar, mirando de cara a la pared; una bella consola Sheraton; un aparador de marquetería y una enorme cama antigua, con tapices. Las ventanas abrían hasta el suelo, pero para su gran suerte la parte baja de los postigos estaba

cerrada, lo que lo ocultaba de los vecinos. Allí, por fin, Markheim acercó una caja de embalar, que colocó ante el aparador, y se puso a rebuscar entre las llaves.

Fue una tarea larga, pues había muchas llaves, y además irritante, puesto que al fin y al cabo era posible que en el aparador no hubiera nada, y el tiempo volaba. Pero la minuciosidad de la labor lo serenó. Por el rabillo del ojo veía la puerta, incluso le echaba directamente una ojeada de vez en cuando, como un comandante asediado que se complace al comprobar el buen estado de sus defensas. Pero a decir verdad estaba en paz. La lluvia que caía en la calle sonaba natural y agradable. En ese momento, al otro lado, las notas de un piano despertaron con la música de un cántico y las voces de muchos niños tomaron el aire y la letra. ¡Qué majestuosa, cómo reconfortaba la melodía! ¡Qué lozanas eran aquellas jóvenes voces!

Mientras ordenaba las llaves, Markheim las escuchó con atención y sonriendo, y su mente se vio inundada de imágenes e ideas acordes: niños devotos en la iglesia y el repique del órgano en lo alto; niños en el campo, bañándose junto a un arroyo, paseando por las dehesas llenas de zarzas, volando cometas en el cielo agitado por el viento y surcado de nubes; y luego, tras otra cadencia del cántico, de vuelta a la iglesia, y el sopor de los domingos de verano, y la voz alta y refinada del párroco (que recordó con una leve sonrisa), y las tumbas pintadas de la época jacobina, y la tenue inscripción de los diez mandamientos en el presbiterio.

Y sentado allí, a la vez atareado y ausente, se levantó de un sobresalto. Lo atravesó un destello de hielo, un destello de fuego, una explosión de sangre a borbotones, y se quedó petrificado y estremeciéndose. Sin prisa pero sin pausa, unos pasos subieron por la escalera y al instante una mano se posó sobre el pomo, la cerradura chasqueó y la puerta se abrió.

El miedo atenazó a Markheim. No sabía qué esperarse, si al muerto caminando, a los representantes oficiales de la justicia humana o a algún testigo accidental que se topaba a ciegas con él para entregarlo a la horca. Pero cuando por la rendija asomó un rostro que, tras echar un vistazo a la habitación, lo miró, asintió y sonrió amistosamente como si lo reconociera para luego retirarse de nuevo y cerrar la puerta, el miedo escapó

desbocado del control de Markheim con un grito estentóreo. Al oírlo, el visitante regresó.

—¿Me ha llamado? —preguntó con tono cordial y, al decirlo, penetró en la habitación y cerró la puerta.

Markheim se quedó allí de pie mirándolo, todo ojos. Tal vez tuviera un velo ante la vista, pero los contornos del recién llegado parecían cambiar y temblar como los de los ídolos bajo la trémula luz de las velas de la tienda, y a veces creía conocerlo, y otras veces creía que guardaba cierto parecido consigo mismo, y siempre, como una losa de terror viviente, le pesaba en el pecho la convicción de que aquella cosa no era ni terrena ni divina.

No obstante, la criatura presentaba un extraño aspecto corriente y moliente, y, con una sonrisa y sin quitarle ojo a Markheim, añadió:

—Imagino que busca el dinero, ¿verdad? —preguntó con un tono de cotidiana cortesía.

Markheim no contestó.

—Debo advertirle —continuó el otro— de que la sirvienta se ha despedido de su enamorado más temprano que de costumbre y no tardará en llegar. Si encuentra al señor Markheim en esta casa, no creo necesario describirle las consecuencias.

—¿Me conoce? —gritó el asesino.

El visitante sonrió.

—Es usted uno de mis favoritos desde hace mucho —declaró—, llevo tiempo observándolo y a menudo he tratado de ayudarlo.

—¿Qué es usted? —gritó de nuevo Markheim—. ¿El diablo?

—Lo que yo sea —repuso el otro— no puede afectar al servicio que propongo prestarle.

—¡Sí que puede! —exclamó Markheim—. ¡Claro que sí! ¿Usted, ayudarme? Eso jamás, no, ¡usted no! Usted no me conoce; gracias a Dios, ¡usted no me conoce!

—Lo conozco —repuso el visitante, con una especie de severidad amable, o más bien firmeza—. Lo conozco hasta lo más hondo de su alma.

—¡Conocerme a mí! —gritó Markheim—. ¿Quién puede conocerme? Mi vida no es más que una farsa y una difamación sobre mi persona. He vivido

170

para tergiversar mi naturaleza. Todos los hombres lo hacen, todos los hombres son mejores que este disfraz que los emboza y los ahoga. Vemos cómo a cada uno de ellos lo arrastra la vida, como alguien a quien los sicarios han capturado y envuelto en un manto. Si tuvieran el control de sí mismos... Si pudiéramos ver sus rostros, serían completamente diferentes, ¡destacarían como héroes y santos! Yo soy peor que la mayoría, mi persona tiene más capas, los hombres y Dios conocen mi excusa. Pero, si tuviera el tiempo, podría mostrarme como soy.

—¿Ante mí? —preguntó el visitante.

—Ante usted el primero —respondió el asesino—. Lo creía inteligente. Pensaba, dado que existe, que sería capaz de interpretar el corazón. ¡Y aun así pretendería juzgarme por mis actos! He nacido y vivido en una tierra de gigantes, gigantes que me han arrastrado de las muñecas desde que nací de mi madre: los gigantes de las circunstancias. ¡Y usted me juzgaría por mis actos! ¿Es que no es capaz de mirar en mi interior? ¿No es capaz de ver dentro de mí la letra clara de la conciencia, jamás emborronada por ninguna sofistería intencionada, aunque con demasiada frecuencia ninguneada? ¿No puede interpretarme como algo que sin duda debe de ser tan común como la humanidad: el pecador a su pesar?

—Lo ha expresado todo en términos muy sentidos —fue la respuesta—, pero eso es algo que no me atañe. Estos argumentos tan coherentes están fuera de mi competencia, y no me importa lo más mínimo qué compulsión fue la que lo arrastró, siempre y cuando lo lleve en la dirección correcta. Pero el tiempo vuela, la criada se retrasa, contemplando los rostros del gentío y las imágenes de los carteles; aun así, se acerca, de modo que recuerde: ¡es como si la propia horca avanzara con largas zancadas hacia usted abriéndose paso por las calles navideñas! ¿Lo ayudo, yo, que lo sé todo? ¿Le digo dónde encontrar el dinero?

—¿A qué precio? —preguntó Markheim.

—Le ofrezco el servicio a cambio de un regalo de Navidad —contestó el otro.

Markheim no pudo evitar sonreír con una suerte de triunfo amargo.

—No —respondió—, no aceptaré nada de sus manos. Si estuviera muriéndome de sed, y fuese su mano la que me pusiera la jarra en los labios,

encontraría el valor para negarme. Puede parecer ingenuo, pero no haré nada que me comprometa con el mal.

—No tengo nada en contra de un arrepentimiento en el lecho de muerte —comentó el visitante.

—¡Porque no cree en su eficacia! —exclamó Markheim.

—No digo eso —repuso el otro—, pero yo miro estas cosas desde un ángulo diferente y, cuando la vida acaba, mi interés decae. El hombre ha vivido para servirme, para esparcir miradas de odio bajo el pretexto de la religión, o para sembrar cizaña en los trigales, como usted hace, en un contexto de débil sumisión al deseo. Ahora que se acerca tanto a su liberación, solo puede añadir un único acto de servicio: arrepentirse, morir sonriendo, y de ese modo fortalecer la confianza y la esperanza de los más timoratos de entre mis seguidores supervivientes. No soy un amo tan duro. Póngame a prueba. Acepte mi ayuda. Haga lo que le plazca en la vida, como ha hecho hasta ahora, haga lo que le plazca hasta saciarse, extienda los codos en la mesa, y, cuando la noche y el telón empiecen a caer, yo le digo, para su mayor comodidad, que le resultará incluso fácil que su conciencia transija con su discrepancia y que, al claudicar, haga las paces con Dios. Justo ahora vengo de un lecho de muerte así, en una habitación repleta de dolientes sinceros que escuchaban las últimas palabras del hombre, y cuando contemplé aquel rostro, que se había mantenido firme como una piedra frente a la misericordia, lo descubrí sonriendo con esperanza.

—¿Y me toma usted, entonces, por una criatura semejante? —preguntó Markheim—. ¿Cree usted que no tengo aspiraciones más generosas que pecar y pecar y pecar para, en el último momento, colarme en el cielo? Mi corazón se eleva ante la idea. Así pues, ¿es esta su experiencia de la humanidad? ¿O, por descubrirme con las manos en la masa, supone tal bajeza en mí? ¿Y ha sido este delito de homicidio tan impío como para secar los mismísimos manantiales del bien?

—No considero el homicidio como una categoría especial —contestó el otro—. Todos los pecados son crímenes, del mismo modo que toda la vida es guerra. Contemplo a los de su raza como si fueran marineros famélicos sobre una balsa, arrancando mendrugos de manos de la hambruna y

alimentándose de las vidas de los otros. Persigo los pecados con independencia del momento en que se cometen, encuentro en todos que la consecuencia última es la muerte y, a mis ojos, la bonita muchacha que, por asistir a un baile, burla a su madre con gracia y donaire derrama de forma no menos manifiesta la misma sangre humana que un asesino como usted. ¿He dicho que persigo los pecados? Persigo también las virtudes, que no difieren ni por el grosor de una uña, pues ambos son guadañas para el ángel de la Muerte cuando cosecha. El mal, por el que vivo, no reside en la acción sino en el carácter. Estimo al hombre malvado, no al acto malvado, cuyos frutos, si pudiéramos seguirlos lo bastante mientras se precipitan por la catarata de los tiempos, podrían pese a todo resultar más bienaventurados que los de las virtudes menos comunes. Y le ofrezco auspiciar su fuga no porque haya usted matado a un comerciante, sino porque es usted Markheim.

—Expondré mi corazón abierto ante usted —respondió Markheim—. Este crimen en el que usted me halla será el último para mí. Hasta llegar a él he tenido que aprender muchas lecciones: él es en sí una lección, una lección trascendental. He llegado hasta aquí empujado contra mi voluntad, he sido esclavo de la pobreza, explotado y azotado. Existen sólidas virtudes que pueden interponerse ante estas tentaciones, pero no las mías: estaba sediento de placer. Pero hoy, y una vez cometido este acto, recojo tanto la advertencia como las riquezas, tanto el poder como el nuevo propósito de ser yo mismo. Me convierto en todos los sentidos en un actor libre en el mundo, empiezo a verme a mí mismo totalmente transformado, mis manos en agentes del bien, este corazón en paz. Me sobreviene algo desde el pasado, algo con lo que soñé durante las veladas del Sabbat al son del órgano de la iglesia, algo de lo que vaticiné mientras derramaba lágrimas sobre libros nobles o mientras hablaba, siendo un inocente niño, con mi madre. Ahí reside mi vida: he vagado sin rumbo durante años, pero ahora veo una vez más mi ciudad de destino.

—Tengo entendido que usará este dinero en la Bolsa, ¿no es cierto? —observó el visitante—. Y allí, si no me equivoco, ya ha perdido varios miles, ¿verdad?

—Ah —dijo Markheim—, pero esta vez es algo seguro.

—Esta vez, de nuevo, perderá —repuso el visitante, con serenidad.

—Ah, ¡pero me guardaré la mitad! —exclamó Markheim.

—Eso también lo perderá —dijo el otro.

El sudor brotó en la frente de Markheim.

—Está bien, y entonces, ¿qué importa? —exclamó—. Pongamos que se pierde, pongamos que vuelvo a hundirme en la pobreza, ¿seguirá una parte de mí, la peor, anulando a la mejor hasta el final? El bien y el mal compiten con fuerza en mi interior, y me arrastran en ambas direcciones. No los quiero a cada uno por su cuenta: lo quiero todo. Puedo concebir grandes hazañas, renuncias, martirios y, aunque caiga ante un crimen como el asesinato, la misericordia no es ajena a mis pensamientos. Me compadezco de los pobres. ¿Quién conoce sus sufrimientos mejor que yo? Me compadezco de ellos y los ayudo, valoro el amor, amo la risa sincera, no existe nada bueno ni auténtico en la tierra que no ame de corazón. ¿Y serán solo mis vicios quienes dirijan mi vida y dejen mis virtudes sin efecto, cual lastre pasivo de la mente? Pues no: el bien también es una fuente de obras.

Pero el visitante levantó el dedo.

—Durante los treinta y seis años que lleva usted en el mundo —dijo—, a lo largo de muchos cambios de fortuna y variaciones de humor, lo he visto caer una y otra vez. Hace quince años empezaba por un robo. Hace tres, palidecía ante la mera mención del asesinato. ¿Existe algún crimen, existe alguna crueldad o maldad que todavía rehúya? ¡De aquí a cinco años lo descubriré *in fraganti*! Hacia abajo, en picado: ese es su rumbo, y nada, salvo la muerte, podrá hacer nada por detenerlo.

—Es cierto —convino Markheim con voz ronca—, he obedecido al mal hasta cierto punto. Pero igual que todos: hasta los mismísimos santos, durante el mero ejercicio de la vida, se vuelven menos melindrosos y bailan al son que se toca.

—Le propondré una pregunta sencilla —dijo el otro—, y en función de cuál sea su respuesta le leeré su horóscopo moral. Son muchos los aspectos en los que se ha vuelto más laxo, es probable que haya hecho bien y, en cualquier caso, todos los hombres hacen lo mismo. Pero aun suponiendo

eso, ¿es usted, en algún aspecto concreto, por nimio que sea, más difícil de satisfacer respecto a su propia conducta, o actúa en todos los asuntos con la misma rienda suelta?

—¿En algún aspecto concreto? —repitió Markheim, que reflexionaba con angustia—. No —añadió con desesperación—, ¡en ninguno! He caído en todos.

—Entonces —dijo el visitante—, conténtese con lo que es, puesto que nunca cambiará, y el texto de su papel sobre este escenario está escrito de forma irrevocable.

Markheim se quedó callado un buen rato y, de hecho, el primero en romper el silencio fue el visitante.

—En ese caso —dijo—, ¿le muestro el dinero?

—¿Y la gracia? —exclamó Markheim.

—¿No lo ha intentado ya? —repuso el otro—. ¿Acaso no lo vi, hará un par de años, en el estrado de los encuentros de renacimiento religioso, y no era su voz la que más se oía en los cánticos?

—Es cierto —respondió Markheim—, y ahora veo con claridad el deber que me queda por cumplir. Le agradezco de corazón estas lecciones, me han abierto los ojos y por fin me contemplo a mí mismo como lo que soy.

En ese momento, la aguda nota del timbre de la puerta se propagó por toda la casa, y el visitante, como si se tratara de una señal concertada que hubiera estado esperando, cambió de actitud en el acto.

—¡La criada! —gritó—. Ha vuelto, como le advertí, y tiene usted ahora un pasaje más difícil ante sí. Debe decirle que su amo está enfermo. Debe dejarla entrar, con semblante seguro, pero también serio, sin sonrisas ni sobreactuaciones. ¡Si actúa de este modo, le prometo el éxito! En cuanto la muchacha esté dentro, y la puerta cerrada, con la misma destreza con la que ya se ha deshecho del anticuario se liberará de este último peligro en su camino. A partir de entonces, tendrá la tarde entera, la noche entera si es necesario, para saquear los tesoros de la casa y ponerse a salvo. Lo que ahora le llega es una ayuda enmascarada de peligro. ¡Vamos! —exclamó—. ¡Vamos, amigo! Su vida pende trémula en la balanza: ¡levántese y actúe!

Markheim no le quitaba ojo a su consejero.

—Si me condenan por actos malvados —dijo—, todavía queda una puerta hacia la libertad abierta: puedo dejar de actuar. Si mi vida es algo ruin, puedo dejarla a un lado. Aunque, como muy bien dice usted, me encuentre a merced hasta de la menor de las tentaciones, aún puedo, mediante un gesto decisivo, mantenerme fuera del alcance de todas ellas. Bien podría suceder que mi amor por el bien está condenado a la esterilidad. ¡Qué se le va a hacer! Pero aún conservo mi aversión por el mal, y de ahí, para su mortificante decepción, verá que puedo sacar tanto la energía como el valor.

Los rasgos del visitante empezaron a experimentar una asombrosa y bella transformación: se iluminaron y suavizaron con un tierno gesto triunfal, y, pese a iluminarse, se difuminaron y se borraron. Pero Markheim no se quedó allí para observar esa metamorfosis, ni para comprenderla. Abrió la puerta y bajó las escaleras muy despacio, pensando para sí. Su pasado desfiló con sobriedad ante él, lo contempló tal como era, inquietante y agotador como un sueño, azaroso como una muerte accidental: una escena de derrota. La vida, tal como la veía de nuevo, ya no lo tentaba, pero a lo lejos percibió un remanso de paz para su barca.

Se detuvo en el pasillo y miró dentro de la tienda, donde la vela aún ardía junto al cadáver. Reinaba un silencio siniestro. Mientras lo contemplaba, su mente se convirtió en un avispero de pensamientos en torno al anticuario. Y entonces el timbre estalló de nuevo en un clamor impaciente.

Se enfrentó a la criada en el umbral con algo parecido a una sonrisa.

—Será mejor que llame a la policía —dijo él—. He matado a su amo.

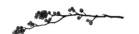

El regalo navideño del chaparral

O. Henry

La causa original del problema llevaba unos veinte años madurando. Transcurrido ese tiempo, merecía la pena.

De haber vivido en cincuenta millas a la redonda del rancho Sundown, habrías sabido de su existencia. Poseía una abundante melena negra azabache, los más cándidos ojos castaños oscuros y una risa que ondulaba por la pradera como el sonido de un riachuelo recóndito. Respondía al nombre de Rosita McMullen y era la hija del viejo McMullen, del rancho de ovejas Sundown.

A lomos de sendos corceles ruanos rojos, o, para ser más exactos, de un alazán pinto y uno pulgoso, se personaron en el rancho dos pretendientes. Uno era Madison Lane y el otro el Niño Frío, aunque en aquella época nadie lo llamaba así, puesto que todavía no se había hecho acreedor de tan peculiar sobrenombre. Y era simplemente Johnny McRoy.

No hay que dar por sentado que estos dos ejemplares representaran el total de admiradores de la gentil Rosita. Atados al largo amarradero del rancho Sundown, mordían el freno los potros salvajes de otra docena de pretendientes. En aquellas sabanas eran muchos los ojos de cordero que lanzaban miraditas y no pertenecían precisamente a los rebaños de

177
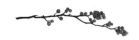

Dan McMullen. Pero de entre todos los caballeros, Madison Lane y Johnny McRoy galopaban muy en cabeza, y por ese motivo narraremos aquí su crónica.

Madison Lane, un joven ganadero del condado de Nueces, fue quien ganó la carrera. Rosita y él contrajeron matrimonio un día de Navidad. Armados, exultantes, ruidosos y magnánimos. Los vaqueros y los ovejeros se unieron para celebrar la ocasión, dejando de lado su odio ancestral.

El rancho Sundown era un hervidero de chistes y de disparos al aire, de hebillas relucientes y de ojos brillantes, de lenguaraces enhorabuenas de los reseros de vacadas.

Pero cuando el banquete nupcial se encontraba en su punto álgido, apareció por allí Johnny McRoy, carcomido por los celos como un poseso.

—Os traigo un presente navideño —vociferó, a grito pelado, en la entrada, empuñando su revólver del 45. Ya por aquel entonces se había labrado cierta reputación de tirador alocado.

Su primera bala arrancó un bocado limpio al lóbulo derecho de Madison Lane. El cañón de su arma se movió una pulgada. El siguiente disparo habría hecho blanco en la novia de no ser porque Carson, uno de los ovejeros, era rápido como un gatillo bien engrasado y con buen mantenimiento. Como concesión al buen gusto, antes de sentarse a la mesa, los invitados a la boda habían colgado las armas con sus cananas correspondientes en unos clavos en la pared. Pero Carson, rápido de reflejos, le lanzó su plato de venado asado y frijoles a McRoy, quien erró el tiro. Así pues, la segunda bala solo hizo pedazos los pétalos blancos de una flor de bayoneta española que pendía un par de palmos por encima de la cabeza de Rosita.

Los invitados se deshicieron de sus sillas a patada limpia y se abalanzaron sobre sus pistolas. Disparar a los novios en una boda se consideraba un acto indecoroso. En unos seis segundos se oyeron una veintena de balas que pasaron zumbando en dirección al señor McRoy.

—La próxima vez tendré más puntería —vociferó Johnny—, y habrá una próxima vez.

Y retrocedió rápidamente hasta salir por la puerta.

Carson, el ovejero, cuyo exitoso lanzamiento de plato lo había espoleado para intentar nuevas hazañas, fue el primero en llegar a la puerta. La bala que disparó McRoy desde la oscuridad lo dejó fuera de juego.

Los ganaderos salieron a por él a toda mecha, clamando venganza, puesto que, si bien el asesinato de un ovejero no siempre ha estado falto de aprobación, en este caso se trataba de una clara fechoría. Carson era inocente, no había tenido arte ni parte en aquel matrimonio, ni nadie lo había oído repetir a los invitados aquello de que «solo una vez al año es Navidad».

Pero la partida no pudo consumar su venganza. McRoy se subió a su caballo y huyó, profiriendo maldiciones y amenazas a voz en cuello al tiempo que se adentraba al galope en el chaparral encubridor.

Aquella noche fue testigo del nacimiento del Niño Frío. Se convirtió en el «malo» de esa parte del estado. El rechazo de la señorita McMullen a su pedida de mano lo convirtió en un hombre peligroso. Cuando los agentes fueron a buscarlo por el asesinato de Carson, mató a dos de ellos, y se embarcó en una vida de proscrito. Con el tiempo, se convirtió en un fantástico tirador con ambas manos. Se presentaba en las ciudades y en los poblados, armaba broncas a la menor oportunidad, liquidaba a su hombre y se reía de los agentes de la ley. Era tan sereno, tan letal, tan veloz y tan cruelmente sanguinario que solo se llevaban a cabo tímidos intentos de captura. Cuando por fin lo mató a tiros un mexicano menudo y manco, que a punto estuvo de morir también del miedo, el Niño Frío cargaba ya sobre las espaldas con la muerte de dieciocho hombres. Más o menos la mitad de ellos murieron en duelos justos, en función de su rapidez al desenfundar. La otra mitad fueron hombres asesinados por pura crueldad gratuita.

Por toda la frontera son muchas las leyendas que se cuentan sobre su arrojo y descaro insolentes. Mas él no pertenecía a esa raza de forajidos que tienen arrebatos de generosidad y hasta de indulgencia. Dicen que jamás mostró piedad por el objeto de su ira. No obstante, en toda Pascua que se precie, siempre y cuando sea posible, está bien reconocer el mérito por cualquier pizca de bondad que pudiera haber albergado. Si el Niño Frío llevó a cabo un solo acto bondadoso o sintió un pálpito de magnanimidad, fue en dichas fechas, y así fue como ocurrió.

Nadie que haya sido desgraciado en amores jamás debería respirar el perfume de las flores de la retama. Remueve los recuerdos de manera harto peligrosa.

Un mes de diciembre, en el territorio de Frío, había una retama en plena flor, puesto que aquel invierno estaba siendo de una calidez primaveral. Por allí cabalgaban el Niño Frío junto a su subalterno y compinche asesino, Frank el Mexicano. El Niño refrenó a su caballo *mustang* y se quedó sentado en su montura, pensativo y adusto, frunciendo el ceño de una manera que hacía presagiar peligros. La fragancia intensa y dulce le tocó cierta fibra bajo la capa de hielo y de hierro.

—No sé en qué he estado pensando, Mex —declaró, con ese deje suyo que arrastraba las palabras—, como para olvidarme por completo de un regalo navideño que tengo que hacer. Mañana por la noche me acercaré a caballo y mataré a tiros a Madison Lane en su propia casa. Se llevó a mi chica: si él no se hubiera entrometido, Rosita se habría quedado conmigo. A saber por qué lo he dejado pasar justo hasta ahora.

—Ay, caramba, Niño —repuso el Mexicano—, no diga pendejadas. Sabe que mañana por la noche no puede acercarse a menos de una milla de la finca de Mad Lane. Vi al viejo Allen *antier* y me dijo que Mad va a dar una fiesta por Navidad en su casa. ¿Se acuerda de cómo se lio a tiros y les aguó la fiesta cuando Mad se casó? ¿Y de las amenazas que lanzó? ¿No cree que Mad Lane se andará con mucho ojo por si aparece un tal señor Niño? Está usted tarado, Niño, y ya me tiene harto con estos comentarios.

—Voy a ir —repitió el Niño Frío, sin acalorarse— a la celebración navideña de Madison Lane, y lo voy a matar. Tendría que haber zanjado este asunto hace mucho tiempo. Verás, Mex, hace solo dos semanas soñé que éramos Rosita y yo quienes estábamos casados, en vez de ella y él, y vivíamos juntos en una casa, y la veía allí, sonriéndome, y... ¡Ay! Maldita sea, Mex, él se la llevó, y ahora yo me lo llevaré a él... Sí, señor, él se la llevó en Nochebuena, y ese mismo día me lo llevaré yo a él.

—Existen otras formas de suicidarse —le aconsejó el Mexicano—. ¿Por qué no se entrega al *sheriff*?

—Será mío —zanjó el Niño.

La Nochebuena llegó con la calidez de abril. Tal vez flotara en el aire un rastro del lejano helor, pero cosquilleaba como el agua de Seltz, perfumado ligeramente con las flores tardías de las praderas y el mezquite rizado.

Al caer la tarde, las cinco o seis estancias de la casa del rancho se iluminaron vivamente. En una de ellas había un árbol de Navidad, pues los Lane tenían un niño de tres años, y esperaban la llegada de un buen puñado de invitados procedentes de los ranchos vecinos.

Al anochecer, Madison Lane llamó aparte a Jim Belcher y a otros tres vaqueros que trabajaban en su rancho.

—Veréis, muchachos —comenzó Lane—, tened los ojos muy abiertos. Daos un paseo por los alrededores de la casa y vigilad bien el camino. Todos conocéis al Niño Frío, como lo llaman ahora, así que, si lo veis, disparad primero y preguntad después. A mí no me asusta que aparezca por aquí, pero a Rosita sí. Desde que nos casamos, todas las Navidades tiene miedo de que venga a por nosotros.

Los invitados habían llegado en calesas y a caballo, y se estaban acomodando en el interior.

La velada trascurrió en un ambiente agradable. Los invitados disfrutaron y alabaron la excelente cena de Rosita, tras lo cual los hombres se dispersaron en grupos por las estancias o en la amplia galería, fumando y charlando.

Por supuesto, el árbol de Navidad hizo las delicias de los más pequeños, y el momento que más disfrutaron llegó cuando Papá Noel en persona, con su espléndida barba blanca y sus pieles, apareció y se puso a repartir los juguetes.

—Es mi papá —anunció Billy Sampson, de seis años de edad—. Ya lo he visto así vestido antes.

Berkly, uno de los ovejeros, viejo amigo de Lane, interceptó a Rosita mientras pasaba por su lado en la galería, donde fumaba sentado.

—Bueno, señora Lane —dijo él—, supongo que para esta Navidad ya habrá superado el miedo a ese tal McRoy, ¿verdad? Madison y yo hemos estado hablando al respecto, ¿sabe?

—Pues casi —respondió Rosita, con una sonrisa—, pero todavía me pongo nerviosa a veces. Jamás olvidaré lo mal que lo pasamos aquel día en que casi nos mata.

—Es el villano más desalmado del mundo —convino Berkly—. Los ciudadanos de toda la frontera deberían salir a darle caza como a un lobo.

—Ha cometido crímenes atroces —dijo Rosita—, pero... Bueno... No sé. Creo que todas las personas tienen un punto de bondad en alguna parte. No siempre fue malvado... De eso estoy segura.

Rosita giró hacia el pasillo que separaba las estancias. Papá Noel, con sus bigotes falsos y sus pieles, entraba en ese preciso momento.

—He oído por la ventana lo que ha dicho, señora Lane —dijo él—. Justo estaba metiendo la mano en el bolsillo para sacar el regalo de Navidad de su marido. Pero en vez de eso, he dejado uno para usted. Lo tiene en la habitación que queda a su derecha.

—Vaya, gracias, amable Papá Noel —dijo Rosita, con voz alegre.

Mientras Papá Noel salía a tomar el aire más fresco del patio, Rosita entró en la habitación.

No encontró en ella a nadie más que a Madison.

—¿Dónde está el regalo que Papá Noel me ha dicho que me ha dejado aquí? —preguntó ella.

—No he visto nada parecido a un regalo —repuso su marido, riéndose—, a menos que se refiriera a mí.

Al día siguiente, Gabriel Radd, el capataz del rancho XO, se dejó caer por la oficina de correos de Loma Alta.

—Bueno, pues el Niño Frío se ha llevado por fin su dosis de plomo —le comentó al jefe de la sucursal.

—¡No me diga! ¿Y cómo ha sido?

—¡Pues ha sido uno de los pastores de ovejas mexicanos del viejo Sánchez! ¡Vivir para ver! ¡El Niño Frío, asesinado por un pastor! El Frijolito lo vio pasar al galope por su campamento anoche a eso de las doce y se asustó tanto que agarró y sacó un Winchester y le dio su merecido. Lo más gracioso es que el Niño iba disfrazado con unos bigotes de angora y ataviado de pies a cabeza como un Papá Noel en toda regla. ¡Imagínese al Niño Frío haciendo de Papá Noel!

El viejo retrato

Hume Nisbet

Tengo afición por los marcos antiguos. Siempre ando al acecho entre enmarcadores y comerciantes de curiosidades en busca de marcos de cuadros que tengan algo de excepcional y pintoresco. Poco me importa lo que contengan, pues en mi oficio de pintor siento predilección por hacerme primero con el marco y después pintar un cuadro que, en mi opinión, esté en consonancia con su posible historia y diseño. De este modo se me ocurren ideas curiosas y, a mi entender, también originales.

Un día de diciembre, más o menos una semana antes de Navidad, adquirí un bello aunque desvencijado espécimen de madera tallada en una tienda cerca del Soho. El dorado estaba desgastado casi por completo, y tres de las esquinas, partidas; no obstante, como todavía le quedaba una, albergaba la esperanza de ser capaz de reparar las otras tres a partir de ella. En cuanto al lienzo que había dentro del marco, estaba tan cubierto por la mugre y por las manchas del tiempo que tan solo acerté a distinguir que se trataba de una suerte de pésimo retrato, de una persona corriente y moliente, pintarrajeado por un pobre pintor de tres al cuarto con la única finalidad de llenar el marco de segunda mano que su mecenas tal

vez hubiera adquirido por una cantidad irrisoria, tal como yo había hecho después de él; pero dado que el marco estaba en condiciones decentes, me llevé también el maltrecho lienzo, pues en aquel momento pensé que quizá me viniera bien.

Durante los días siguientes, fue tal la carga de trabajo de uno u otro tipo que tuve entre manos que hasta la Nochebuena no pude liberarme para estudiar atentamente mi adquisición, que esperaba allí, de cara a la pared, desde que la llevara a mi estudio.

Como no había hecho planes para aquella noche, ni estaba de humor para salir, saqué mi pintura y mi marco del rincón y, después de colocarlos sobre la mesa y hacerme con una esponja, un lebrillo de agua y un poco de jabón, me dispuse a fregarlos para verlos mejor. Se encontraban en un estado desastroso; creo que gasté casi un paquete entero de jabón en polvo y tuve que cambiar el agua más de diez veces para que el dibujo del marco empezara a intuirse y el retrato en su interior revelara su horrorosa ordinariez, su enorme vulgaridad y su espantosa ejecución. Se trataba a todas luces del semblante abotargado y glotón del dueño de una taberna, provisto en abundancia de las numerosas joyas exhibidas, como suele ser habitual, en semejantes obras maestras, en las que los rasgos no se consideran tan importantes como una rigurosa fidelidad en la representación de artículos tales como cadenas de relojes y sellos, sortijas y broches para la solapa; todos ellos estaban presentes, tan naturales y palpables como la misma realidad.

El marco me fascinó, y la pintura me convenció de que no había estafado al anticuario con el precio que le ofrecí. Mientras contemplaba aquella monstruosidad a plena luz de la lámpara de gas y me preguntaba cómo era posible que el propietario hubiera quedado satisfecho por dejarse retratar de aquel modo, un detalle al fondo de la imagen atrajo mi atención: una leve marca bajo la fina capa de pintura, como si el retrato se hubiera pergeñado encima de otro sujeto.

No estaba del todo seguro, pero sí lo bastante como para correr al armario donde guardaba mis alcoholes de vino y mi trementina; con ellos, y también con la ayuda de un buen puñado de trapos, empecé a destruir al

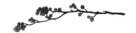
184

tabernero con la vaga esperanza de que quizás encontrase algo digno de ver bajo él.

Se trató de un proceso lento, a la par que delicado, por lo que solo hacia la medianoche los anillos de cuerda de oro y el semblante bermellón desaparecieron y entonces otra imagen surgió imponente ante mí. Después, tras el último lavado, lo sequé con un paño y lo deposité bien iluminado sobre mi caballete, al tiempo que cargaba la pipa y la encendía. A continuación me senté para mirarlo.

¿Qué había liberado de aquella inmunda prisión de tosca pintura? Pues no me hizo falta levantarlo para saber que aquel chapucero pintor de brocha gorda había tapado y profanado un trabajo tan lejano e inaccesible a su comprensión como las nubes lo son para una oruga.

Se trataba del busto y la cabeza de una damisela de edad imprecisa, fundidos en una penumbra de suntuosos complementos pintados como solo una mano maestra sabe pintarlos, una mano que está por encima de toda reafirmación de sus conocimientos y que ha aprendido a ocultar su técnica. En su sombría aunque serena sobriedad, la obra ostentaba la misma perfección y naturalidad que si hubiera salido del pincel de Moroni.

Un rostro y un cuello perfectamente desprovistos de color en su pálida blancura, con las sombras dominadas con tanta maestría que se volvían invisibles y que por dicha cualidad habrían hecho las delicias de un carácter tan recio como el de la mismísima reina Bess.

En un primer momento, al mirar, vi en el centro de una imprecisa oscuridad una mancha borrosa de penumbra gris que se desvanecía hacia la sombra. Luego la grisura pareció aclararse al sentarme frente a ella, y me recosté en mi asiento hasta que los rasgos se alejaron de manera furtiva y suave y se volvieron nítidos y definidos. Al mismo tiempo, la figura resaltaba sobre el fondo como si fuera tangible, aunque, después de lavarla, sabía que solo estaba pintada con suavidad.

Un rostro concentrado, de nariz delicada, labios bien contorneados, aunque exangües, y ojos como oscuras cavernas sin la menor chispa de luz en ellos. El pelo suelto en torno a la cabeza y las mejillas ovaladas, voluminoso, de textura sedosa, negro azabache y sin lustre, caía en indefinidas

ondas lacias sobre el pecho izquierdo, y dejaba al descubierto la parte derecha del cuello transparente.

El vestido y el fondo eran sinfonías de ébano, aun así rebosantes de una sutil coloración y de una sensación de maestría: un vestido de suntuoso terciopelo brocado ante un fondo que representaba un amplio espacio evanescente, extraordinariamente sugerente e impresionante.

Me fijé en que los pálidos labios estaban un poco separados, y mostraban un atisbo de los incisivos superiores, lo que contribuía a darle una expresión penetrante al rostro. Un breve arco de Cupido, curvado hacia arriba, con un labio inferior carnoso que habría sido sensual de haber estado dotado de color.

Era un rostro de aspecto inquietante que yo había resucitado justo a la medianoche de la víspera de Navidad; en su pasiva palidez, parecía que el cuerpo se hubiera desangrado y que lo que yo contemplaba fuera un cadáver con los ojos abiertos.

Me fijé por primera vez en que también el marco, en sus detalles, parecía haber sido diseñado con la intención de poner en práctica la idea de la vida en muerte; lo que antes había tenido la apariencia de volutas de flores y frutos eran ahora repugnantes gusanos viperinos enroscados entre huesos de osarios que cubrían a medias, a modo de decoración; un diseño horripilante pese a su exquisita factura, que me hizo estremecerme y desear haber dejado la limpieza para hacerla de día.

No soy en absoluto de temperamento nervioso y, si alguien me hubiera dicho que estaba asustado, me habría reído; aun así, sentado allí solo, con aquel retrato frente a mí en el estudio solitario, lejos de todo contacto humano, ya que ninguno de los demás estudios estaban ocupados aquella noche y el portero, por ser festivo, tenía el día libre, deseé haber pasado la velada en un ambiente más propicio, pues en vez de un buen fuego en la estufa y el gas brillante, aquel rostro penetrante y aquellos ojos inquietantes ejercían una extraña influencia sobre mí.

Oí los relojes de las distintas torres dar las campanadas de la última hora del día, una detrás de otra, como ecos que se unen al estribillo y se extinguen a lo lejos, y allí seguí sentado, embelesado, mirando aquella

misteriosa pintura, con la pipa olvidada en la mano y una extraña lasitud que se cernía sobre mí con sigilo.

Fueron los ojos los que entonces me clavaron la mirada desde unas profundidades insondables y con una intensidad absorbente. No emitían luz alguna, sino que parecían atraer y absorberme el alma, y con ella mi vida y mis fuerzas, mientras yo yacía inerte ante ellos, hasta que, aturdido, perdí la conciencia y soñé.

Pensé que el marco seguía en el caballete con el lienzo, pero la mujer los había abandonado y se acercaba a mí con un movimiento flotante, dejando tras de sí una cripta repleta de ataúdes, algunos cerrados, otros tumbados o erguidos y abiertos, mostrando el truculento contenido con sus sucias mortajas en descomposición.

Solo veía su cabeza y sus hombros con los lúgubres ropajes de la parte superior del tronco y la tenebrosa abundancia de cabellos que caía en derredor.

Ahora ella estaba conmigo, aquel pálido rostro tocaba mi rostro y aquellos fríos labios exangües se pegaban a los míos en un prolongado beso de pasión, mientras el suave pelo negro me cubría como una nube y me estremecía hasta la médula con una deliciosa agitación que, a la vez que me debilitaba, me embriagaba de placer.

Mientras yo respiraba, ella parecía absorber mi aliento con rapidez, sin darme nada a cambio, haciéndose más fuerte mientras yo me volvía más débil, a medida que el calor de mi contacto fluía hasta ella y la hacía palpitar de vitalidad.

Hasta que de repente se apoderó de mí el terror a una muerte próxima y, en un esfuerzo desesperado, la lancé para apartarla de mí y me levanté de mi asiento, aturdido por un instante y sin saber bien dónde estaba. Entonces recobré la conciencia y miré por todas partes como un loco.

El gas aún brillaba con intensidad mientras el fuego ardía rubicundo en la estufa. El reloj que había sobre la repisa de la chimenea me indicó que eran las doce y media.

La pintura y el marco seguían en el caballete, pero al mirarlos el retrato había cambiado: un rubor febril coloreaba las mejillas, los ojos refulgían

de vida y los sensuales labios eran rojos y carnosos, con una gota de sangre inmóvil sobre el inferior. En un arrebato de terror, agarré la espátula y rajé la imagen vampírica; luego, tras arrancar los fragmentos mutilados, los embutí en mi estufa y los contemplé achicharrarse con un placer feroz.

Todavía conservo el marco, pero aún no he tenido el valor de pintar un sujeto apropiado para él.

Realidad y superchería

Louisa Baldwin

Will Musgrave decidió que ni se quedaría solo en Navidad, ni la pasaría otra vez con sus padres y sus hermanas en el sur de Francia. La familia Musgrave migraba cada año al sur desde su hogar en Northumbria, y Will los seguía con la misma regularidad para pasar un mes con ellos en la Riviera, hasta el punto de que casi había olvidado cómo era la Navidad en Inglaterra. Se rebelaba por tener que abandonar el país en una época en la que, si el tiempo acompañaba, podía ir de caza, o si arreciaba el frío a patinar, y no encontraba ninguna razón real o imaginaria para invernar en el sur. Tenía el pecho como un roble y una salud de hierro. Un viento rasante del este que hacía a sus padres enfundarse gruesos abrigos de pieles y sentir los dientes tan doloridos que podían contárselos uno por uno, solo daba más rubor en las mejillas y más brillo en los ojos de aquel muchacho resistente a las inclemencias del tiempo. Decididamente no iría a Cannes, aunque no valía la pena disgustar a su padre y a su madre y desilusionar a sus hermanas anunciándolo de antemano.

Will sabía muy bien cómo escribir una carta a su madre donde la deserción pareciera un suceso provocado por la irresistible fuerza de las circunstancias a la que deben someterse los hijos de Adán. No cabe duda de

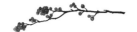

que la perspectiva de cazar o patinar, según decretasen los hados, influyó en su decisión, pero también hacía mucho que se había prometido el placer de una visita de dos de sus amigos de la universidad, Hugh Armitage y Horace Lawley, y los invitó a que pasaran juntos un par de semanas en Stonecroft, ya que su tutor le había recomendado encarecidamente un poco de esparcimiento.

—Hijo de mi vida —suspiró su madre con ternura cuando leyó la carta—. Escribiré al muchacho para que sepa cuánto me complacen su firmeza y su determinación.

El señor Musgrave, en cambio, farfulló unos sonidos ininteligibles mientras escuchaba a su esposa, expresiones más cargadas de incredulidad que de asentimiento, y cuando habló fue para decir:

—¡Vaya escándalo montarán tres muchachos solos en Stonecroft! Nos encontraremos las cuadras llenas de caballos con las rodillas rotas cuando volvamos.

Will Musgrave pasó el día de Navidad en casa de los Armitage, cerca de Ripon. Y a la noche siguiente dieron un baile en el que se divirtió como solo puede hacerlo un hombre muy joven que aún no se ha cansado de bailar y a quien nada le gustaría más que ir danzando por la vida mientras toma de la cintura a su preciosa acompañante. Al día siguiente, Musgrave y Armitage partieron hacia Stonecroft, recogieron a Lawley por el camino y llegaron a su destino entrada la noche, de un humor exultante y con un apetito tremendo. Stonecroft era un delicioso remanso de paz al final de un largo viaje campo a través con un tiempo glacial, cuando el viento del este azotaba la nieve fina y seca en cada grieta y recoveco. La hospitalaria puerta de la entrada se abrió de par en par a un gran vestíbulo revestido con paneles de roble, donde ardía una espléndida hoguera e iluminado por las lámparas que disipaban cualquier nota sombría. Apenas entró en la casa, Musgrave atrajo a sus amigos y, sin darles tiempo siquiera para sacudirse la nieve de los abrigos, les estampó sendos besos bajo el muérdago del umbral, lo que obligó a ahogar la risa a los sirvientes que había al fondo.

—Sois unos tristes sustitutos de criaturas más dignas —dijo mientras reía y los apartaba de un empujón—, pero trae una mala suerte horrible

saltarse el ritual del muérdago. Barker, espero que la cena esté lista, y que sea algo bien caliente y abundante, porque hemos viajado con el estómago vacío y así lo traemos.

Y, dicho esto, condujo a los invitados por la escalera hacia sus aposentos.

—¡Qué galería tan magnífica! —exclamó Lawley con entusiasmo al entrar en un largo y espacioso corredor, con muchas puertas y varios ventanales, y adornado con cuadros y trofeos de armas.

—Sí, es nuestro emblema distintivo en Stonecroft —dijo Musgrave—. Recorre la casa cuan larga es, desde el extremo más moderno hasta la parte posterior, que es muy antigua, y se construyó sobre los cimientos del monasterio cisterciense que antaño se erigía en este lugar. Por esta galería se podría conducir una carroza de dos caballos tan ricamente, y es el lugar de paso más transitado de la casa. Mi madre da su caminata diaria aquí cuando hace mal tiempo, como si fuese al aire libre, e incluso se pone la toca para alimentar esa ilusión.

A Armitage le llamaron la atención los cuadros de las paredes, y en especial un retrato a escala natural de un joven enfundado en un abrigo azul, con el pelo empolvado, sentado debajo de un árbol con un lebrel tendido a sus pies.

—¿Un antepasado tuyo? —preguntó, señalando el cuadro.

—Oh, todos son antepasados de un servidor, y debo admitir que forman una parentela de lo más variopinta. Tal vez a Lawley y a ti os haga gracia averiguar de cuál de ellos he sacado tan buena planta. Aquel apuesto joven a quien pareces admirar es mi tatarabuelo. Murió con veintidós años, una edad ridícula para un antepasado... Pero vamos, Armitage, ya tendrás tiempo de hacerles los honores a estos cuadros con la luz del día, porque ahora quiero enseñaros vuestras habitaciones. Veo que lo han preparado todo cómodamente, y estamos uno al lado del otro. Nuestras habitaciones más acogedoras dan a la galería, y aquí estamos casi al final. Tus aposentos se sitúan enfrente de los míos, y se comunican con los de Lawley, en caso de que por la noche os pongáis nerviosos y os sintáis solos tan lejos de casa, mis queridos niños.

Y Musgrave les pidió a sus amigos que se dieran prisa, y se fue silbando tan contento hasta su habitación.

A la mañana siguiente, los tres amigos despertaron en un mundo blanco. Un palmo de nieve fina y seca como la sal cubría el paisaje. El cielo estaba plomizo, y todo hacía indicar que caería una copiosa nevada.

—Menuda faena, caramba —dijo Lawley, plantado con las manos en los bolsillos frente a la ventana después del desayuno—. La nieve habrá echado a perder el hielo para patinar.

—Pero no impedirá que vayamos a cazar patos silvestres —repuso Armitage—, y propongo, Musgrave, que construyamos un tobogán ahí fuera. Veo una pendiente que parece idónea para eso. Si podemos lanzarnos en trineo, a mí tanto me da que nieve día y noche, porque de todos modos seremos los dueños de la situación.

—Bien pensado, Armitage —exclamó Musgrave, levantándose de un salto.

—Sí, pero necesitas dos pendientes y un pequeño valle en medio si quieres que sea divertido de verdad —objetó Lawley—. De lo contrario, solo te precipitas cuesta abajo igual que si te lanzaras desde Nuestra Señora del Monte hasta Funchal, y luego tienes que volver sobre tus pasos con el trineo a cuestas, igual que allí. Lo cual merma la diversión de una manera considerable.

—Bueno, solo podemos contar con lo que tenemos a mano —dijo Armitage—. Veamos si no encontramos un sitio mejor para hacer el tobogán, y algo que sirva para hacer un carretón para deslizarnos.

—Eso se encuentra sin problema: unas cajas de vino irán de perlas, y unos buenos palos para usarlos de timón.

Y los tres jóvenes salieron corriendo al aire libre, seguidos por media docena de perros que ladraban con alegría.

—¡Ostras! ¡Si la nieve cuaja, les pondremos patines a unas sillas bien recias e iremos a ver a los Harradine en Garthside para invitar a las chicas a lanzarse en trineo, y nosotros las empujaremos! —les gritó Musgrave a Lawley y Armitage, que lo habían adelantado en un vano intento de correr a la par de un galgo escocés que iba en cabeza.

Después de una larga y minuciosa búsqueda, encontraron un terreno que se adaptaba perfectamente a su propósito, y cómo se habrían deleitado

sus amigos viendo el ahínco con que los tres muchachos trabajaban cautivados en nombre del placer. Durante cuatro horas se deslomaron como auténticos peones construyendo un tobogán. Abrieron un surco en la nieve, y luego alisaron con pico y pala el suelo, de modo que, cuando echaran encima una capa de nieve fresca, el carretón improvisado resbalaría por la empinada pendiente y subiría la otra cuesta hasta que perdiera impulso y se detuviera.

—Si logramos terminar hoy esta pequeña obra de ingeniería —dijo Lawley, lanzando una palada de tierra a un lado mientras hablaba—, la rampa estará a punto para mañana.

—Sí, y una vez hecha, hecha queda —añadió Armitage, que hundió con brío el pico en el suelo congelado y pedregoso, manteniendo el equilibrio hábilmente en la cuesta—. Un buen trabajo dura un sinfín de tiempo, y la posteridad nos bendecirá por dejar esta magnífica rampa como legado.

—La posteridad, quizá, mi querido amigo, pero no tanto nuestros progenitores, si mi padre llega a pegarse un resbalón aquí —advirtió Musgrave.

Cuando terminaron la tarea y los amigos se transformaron en apariencia de peones a caballeros, emprendieron la marcha hacia Garthside en medio de la copiosa nevada para visitar a sus vecinos, los Harradine. Se habían ganado la merienda reconfortante y la animada charla, con la sangre aún efervescente tras el enérgico trabajo, y los ánimos en su apogeo. No volvieron a Stonecroft hasta que consiguieron que las chicas dijeran la hora a la que llegarían al día siguiente con sus hermanos para que las lanzaran por la rampa científicamente probada, en cajas de vino bien mullidas con cojines para la ocasión.

A altas horas de la noche los tres jóvenes charlaban y fumaban en la biblioteca. Habían jugado al billar hasta cansarse, y Lawley cantó baladas sentimentales acompañándose del banjo hasta que incluso él mismo se aburrió, qué decir de quienes lo escuchaban. Armitage apoyaba su cabellera de rizos rubios en el respaldo de la butaca, exhalando suavemente una nube de humo del tabaco. Y fue el primero en romper el silencio en el que se habían sumido.

—Musgrave —dijo de repente—, a una casa antigua le falta algo si no está encantada. Deberíais tener vuestro propio fantasma en Stonecroft.

Musgrave soltó la novela de folletín que acababa de abrir y desplegó toda su atención.

—Y lo tenemos, amigo mío. Solo que ninguno de nosotros lo ha visto desde los tiempos de mi abuelo. El deseo de mi vida es conocer en persona al fantasma de la familia.

Armitage se echó a reír. En cambio, Lawley habló con seriedad.

—No dirías eso si de verdad creyeras en fantasmas.

—Tengo fe ciega en que hay fantasmas, pero por supuesto desearía ver para creer. Tú también crees en ellos, según veo.

—Pues entonces ves lo que no existe, así que de momento vas por el buen camino para ver fantasmas. No, en mi caso —continuó Lawley— ni creo ni dejo de creer del todo. Estoy dispuesto a dejarme convencer. Muchos hombres de sano juicio creen en los fantasmas, y otros igualmente cabales no creen. Solo considero que la cuestión de los espectros no está probada. Tal vez existan, o tal vez no, pero hasta que se demuestre su existencia me niego a añadir ese incómodo artículo a mi credo como la fe en los espectros.

Musgrave no contestó, pero Armitage prorrumpió en una estridente carcajada.

—Sois dos contra uno, me encuentro en abrumadora minoría —dijo—. Musgrave confiesa francamente que cree en fantasmas, y tú eres imparcial, ni crees ni dejas de creer, aunque estás dispuesto a dejarte convencer. Pues yo con lo sobrenatural soy un completo incrédulo, de los pies a la cabeza. No me cabe duda de que los nervios traicionan a la gente, siempre ha sido así y siempre lo será, y si esta noche tuviéramos la suerte de ver al fantasma de los Musgrave, seguiría sin creer en su existencia más de lo que creo ahora. Por cierto, Musgrave, ¿el fantasma es una dama o un caballero? —preguntó frívolamente.

—Creo que no mereces saberlo.

—¿No sabes que un fantasma no es ni él ni ella? —dijo Lawley—. Igual que un cadáver, se trata de algo inanimado.

—Ese es un dato muy específico viniendo de un hombre que ni cree ni deja de creer en los fantasmas. ¿Cómo diste con esa información, Lawley? —preguntó Armitage.

—¿Acaso un hombre no puede estar bien informado sobre un asunto, aunque evite posicionarse al respecto? Me temo que soy el único con una mente lógica entre nosotros. Musgrave cree en los fantasmas a pesar de que nunca ha visto ninguno, mientras que tú no crees en ellos y aseguras que no te convencerías de su existencia ni aunque vieras uno, lo cual tampoco me parece muy sensato.

»No necesito una opinión definida sobre el tema para mantener la serenidad. A fin de cuentas, solo es cuestión de paciencia, porque si los fantasmas existen en realidad, con el tiempo seremos como ellos, y entonces, si no tenemos nada mejor que hacer y nos permiten gastar esas bromas pesadas, tal vez aparezcamos de nuevo en escena y asustemos tanto a los amigos crédulos como a los incrédulos que sigan vivos.

—Entonces procuraré llevarte la delantera, Lawley, y convertirme en un espectro antes que tú; dar sustos iría más con mi carácter que asustarme. Pero vamos, Musgrave, háblame del fantasma de tu familia. De verdad que me interesa saber más, y ahora lo digo con todo el respeto.

—Bien, compórtate y no tendré ningún reparo en contarte todo lo que sé, y que en pocas palabras se resume así: Stonecroft, como os dije, se erige sobre un antiguo monasterio cisterciense que se destruyó en tiempos de la Reforma. La parte posterior de la casa se asienta sobre aquellos viejos cimientos, y las paredes se erigieron con las piedras que antaño habían pertenecido al monasterio. El fantasma que han visto los miembros de la familia Musgrave a lo largo de los tres últimos siglos era el de un monje, vestido con el hábito blanco de la orden del Císter. Quién era, o por qué lleva tanto tiempo rondando los escenarios de su vida terrenal, no existe ninguna tradición que nos lo esclarezca. El fantasma ha aparecido una o dos veces en cada generación, pero, como os decía, no nos visitaba desde los tiempos de mi abuelo, o sea que, igual que un cometa, debería volver a pasar por aquí dentro de poco.

—Cuánto debes de lamentar no haber vivido en esa época —dijo Armitage.

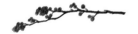

—Desde luego que sí, pero aún no he perdido la esperanza de verlo. Y por lo menos sé dónde buscarlo. Siempre ha hecho su aparición en la galería, y tengo mi dormitorio al lado del lugar exacto donde lo vieron por última vez, con la esperanza de que, si abro la puerta de repente una noche de luna llena, quizás encuentre al monje ahí.

—¿Dónde es «ahí»? —preguntó el incrédulo Armitage.

—En la galería, por supuesto, a medio camino entre vuestras respectivas puertas y la mía. Ahí fue donde lo vio mi abuelo. En plena noche se despertó al oír que una puerta se cerraba de golpe. Se asomó corriendo para ver de dónde provenía el ruido y, delante de la puerta de la habitación en la que me alojo yo ahora, estaba la figura blanca del monje cisterciense. Mientras mi abuelo lo miraba, el espectro se deslizó a lo largo de la galería y se desvaneció en la pared. El lugar donde desapareció se encuentra sobre los antiguos cimientos del monasterio, así que evidentemente regresaba a sus aposentos.

—¿Y tu abuelo creyó que había visto un fantasma? —preguntó Armitage con tono desdeñoso.

—¿Podía poner en duda la evidencia de sus propios sentidos? Lo vio tan claramente como nosotros nos vemos ahora mismo, y luego aquella neblina se evaporó contra la pared.

—Querido amigo, ¿no crees que suena más a un cuento de viejas que a una anécdota de tu abuelo? —objetó Armitage.

No había pretendido ser grosero, pero lo consiguió de sobra, como quedó patente al ver el gesto de frío escepticismo que mudó el rostro franco de Musgrave.

—Perdóname, pero soy incapaz de tomarme en serio una historia de fantasmas —se disculpó—. Sin embargo, sí reconoceré una cosa: quizá existieran antaño, en la Edad Media, que con toda justicia se llama a veces la Edad Oscura, cuando la luz trémula de las velas de junco y de los candiles no lograban ahuyentar las sombras. Pero en este último tramo del siglo XIX, cuando el gas y la luz eléctrica han convertido la noche en día, hemos erradicado las condiciones que propiciaban la aparición de los fantasmas... o, más bien la creencia en los fantasmas, que viene a ser lo mismo.

La oscuridad siempre ha sido mala para los nervios de los seres humanos. No puedo explicar por qué, pero es así. Mi madre fue una adelantada a su tiempo en este sentido y siempre insistió en que hubiera una luz prendida en mi cuarto por la noche, para que la oscuridad no me asustara cuando era niño y una pesadilla me despertaba. Y en consecuencia, pasado el tiempo me convertí en un perfecto incrédulo en lo tocante a fantasmas, espíritus, ánimas, aparecidos, dobles y toda esa tropa espectral —concluyó Armitage, que miró a su alrededor con calma y aire complaciente.

—Tal vez hubiera compartido esa convicción de no haber empezado en la vida sabiendo que nuestra casa estaba encantada —repuso Musgrave con visible orgullo del fantasma ancestral—. Ojalá pudiera convencerte de que existen seres sobrenaturales, basándome para ello en mi propia experiencia. Siempre me parece que ese es el punto débil de las historias de fantasmas: nunca se cuentan en primera persona. Siempre fue un amigo, o el amigo de un amigo, el afortunado que vio el fantasma con sus propios ojos.

Y Armitage se hizo entonces una promesa: en el plazo de una semana a partir de ese momento, Musgrave vería con sus propios ojos el fantasma de su familia, y en lo sucesivo siempre podría hablar con su enemigo en la puerta.

Varias maquinaciones ingeniosas despertaron su inventiva para llevar a cabo la deseada aparición, pero tuvo que mantenerlas candentes en su fuero interno. Lawley sería el último en ayudarlo y secundarlo si le gastaba una broma a su anfitrión, y temió que debería trabajar sin un cómplice. Y aunque sabía que le habría agradecido su apoyo y su solidaridad, se le ocurrió que triunfaría por partida doble si ambos amigos veían al monje cisterciense. Musgrave ya creía en los fantasmas, y estaba más que dispuesto a conocer a uno llegado el caso, y a Lawley, aunque fingía tener una opinión juiciosa e imparcial al respecto, no le faltaban ganas de convencerse de su existencia siempre que se la demostraran con pruebas tangibles.

Armitage estaba más alegre que de costumbre, pues las circunstancias favorecían aquel sucio ardid. Hacía un tiempo propicio para el plan que se traía entre manos, dado que la luna salía tarde y estaba casi llena. Al consultar el almanaque vio con regocijo que al cabo de tres noches la luna

saldría a las dos de la madrugada, y una hora más tarde iluminaría de lleno el extremo de la galería más próximo a la habitación de Musgrave. Aunque Armitage no podía contar con ningún cómplice bajo aquel mismo techo, necesitaba tener a mano a alguien que supiera usar aguja e hilo, para coser la sotana y la cogulla blancas que lo hicieran pasar de manera creíble por un monje cisterciense. Y al día siguiente, cuando fueron a casa de los Harradine a sacar a las chicas de paseo en sus trineos improvisados, le tocó hacerse cargo de la menor de las señoritas Harradine. Mientras empujaba la sillita con patines por la nieve firme, nada fue más fácil que inclinarse para susurrarle a Kate:

—Voy a empujar tan rápido como pueda, así nadie oirá lo que decimos. Quiero que tenga la amabilidad de ayudarme a gastarle una broma completamente inofensiva a Musgrave. ¿Prometerá guardarme el secreto un par de días, cuando ya podamos compartir unas buenas risas todos juntos?

—¡Oh, sí, será un placer ayudarlo! ¡Pero apúrese y dígame en qué consistirá esa broma!

—Quiero disfrazarme de fantasma para que Musgrave crea que ha visto a un difunto ancestro, un monje cisterciense con su sotana y su cogulla a quien vio por última vez su venerable y crédulo abuelito.

—¡Qué buena idea! Sé que siempre ha deseado ver al fantasma, y se toma como una afrenta personal que nunca se le haya aparecido. Pero... ¿y si se asusta más de lo que se propone? —Kate se volvió hacia él su cara radiante, y Armitage detuvo sin proponérselo el pequeño trineo—. Porque una cosa es desear ver un fantasma, ya sabe, y otra muy diferente es creer que lo ves.

—¡Ah, no tema por Musgrave! Le haremos un favor si lo ayudamos a cumplir ese deseo. Y lo estoy disponiendo todo para que Lawley se beneficie también del espectáculo y vea al fantasma también en el mismo momento que él. Y si dos hombres fuertes no están a la altura de un espectro, y más tratándose de una burda superchería, ¡peor para ellos!

—Bueno, si a usted le parece que es una broma inofensiva seguro que tiene razón, pero ¿en qué puedo ayudar? Con el hábito del monje, supongo, ¿estoy en lo cierto?

—Exacto. Le estaré muy agradecido si confecciona un atuendo que pueda pasar por un hábito blanco cisterciense a los ojos de un par de muchachos, que no creo que tengan mucho espíritu crítico en esos momentos. Desde luego no la importunaría si yo mismo tuviera algún talento como costurero (¿ese es el masculino de costurera?), pero lo cierto es que carezco de él. El dedal me molesta muchísimo, y en la universidad, cuando tengo que coserme un botón, empujo la aguja por un lado con una moneda y la saco por el otro con los dientes, así que es un proceso laborioso.

Kate rio de buena gana.

—Ah, puedo arreglármelas fácilmente para hacer una cosa u otra con un camisón blanco, idóneo para un fantasma, y añadirle una capucha.

Armitage le contó entonces los detalles de su plan, urdido a conciencia: la noche en cuestión se iría a su cuarto cuando Musgrave y Lawley se retirasen a sus aposentos, y se quedaría despierto hasta haberse asegurado de que dormían a pierna suelta. Entonces, cuando saliera la luna, siempre que no la taparan las nubes y se viera obligado a posponer la diversión hasta que acudiera en su auxilio, se vestiría como el monje fantasmagórico, apagaría las velas, abriría despacio la puerta y se asomaría a la galería para comprobar que todo estuviera listo.

—Entonces daré un tremendo portazo, porque así se anunció el fantasma en su última aparición, y Musgrave y Lawley se despertarán y saldrán disparados de sus habitaciones. La puerta de Lawley está junto a la mía, y la de Musgrave enfrente, así que ambos dispondrán en el mismo instante de una magnífica vista del monje, y luego podrán comparar los detalles a sus anchas.

—Pero ¿qué hará si lo descubren?

—¡Bah, no van a descubrirme! La capucha me tapará la cara, y me pondré de espaldas a la luz de la luna. Intuyo que, a pesar de las ansias de Musgrave por ver un fantasma, no le hará gracia cuando crea que lo ve. Ni tampoco a Lawley, y espero que en cuanto el monje se deje ver corran despavoridos a encerrarse en su cuarto. Así me daría tiempo de volver zumbando a mi habitación, echar la llave, quitarme el atuendo y guardarlo, y fingir que me despierto de un profundo sueño cuando llamen a la puerta para contarme el horrible suceso. Y otra historia de fantasmas se sumará

a las que hoy ya circulan por ahí —concluyó Armitage con una risotada, anticipando la diversión.

—Esperemos que salga tal como lo ha planeado, y así todos nos quedaremos contentos. Y ahora haga el favor de dar la vuelta con el trineo y vayamos con los demás, que ya hemos conspirado bastante por el momento. Si nos ven cuchichear, sospecharán que tramamos alguna travesura. ¡Uy, qué viento tan frío! ¡Me encanta oír cómo me silba en el pelo! —dijo Kate cuando Armitage hizo virar con destreza el pequeño trineo y lo empujó a toda velocidad, encarando el afilado viento del norte mientras ella enterraba la barbilla en las cálidas pieles de su abrigo.

Armitage aprovechó una oportunidad para acordar con Kate que se encontrarían a medio camino entre Stonecroft y su casa dos días después, por la tarde, para que ella le entregara el hábito del monje envuelto en un paquete. Los Harradine y sus invitados irían a Stonecroft el jueves por la tarde para tirarse con los trineos, pero Kate y Armitage estaban dispuestos a sacrificar la diversión por el asunto que se traían entre manos.

A los conspiradores no les quedaba más remedio que darles esquinazo a sus amigos durante un par de horas, de modo que Armitage recibiera el importante paquete, lo llevara en secreto a su habitación y lo guardara a buen recaudo hasta que lo precisara de madrugada.

Cuando los jóvenes llegaron a Stonecroft, la señorita Harradine se disculpó por la ausencia de su hermana menor, ocasionada, según dijo, por una fuerte jaqueca. Armitage sintió que se le aceleraba el corazón al oír la excusa, y pensó en lo fácil que resultaba para el sexo inescrutable tener a mano la excusa de una jaqueca como quien tiene a mano un grifo cuando desea que salga agua caliente o fría.

Después del almuerzo, como había más caballeros que damas y los servicios de Armitage no se precisaban en el tobogán con los trineos, decidió llevarse a los perros de paseo y partió de lo más animado a su cita con Kate. Por mucho que disfrutara urdiendo la trama fantasmal, disfrutaba más aún las charlas cómplices que habían surgido con Kate, y le daba pena que esa fuese la última. Pero no podía prescindir de la luna para representar su pequeña farsa, necesitaba su resplandor para que todo saliese a pedir de

boca. El fantasma debía aparecer a las tres de la madrugada, en el momento y el lugar determinados, con la iluminación idónea para escenificarla.

Mientras Armitage caminaba a toda prisa por la nieve apelmazada, vio a Kate a lo lejos. Ella lo saludó alegremente con la mano y señaló sonriente un paquete bastante grande que llevaba. El arrebol del sol invernal la iluminaba de pleno, destacaba los tonos cálidos de su pelo castaño, y llenaba sus ojos oscuros de un suave lustre, y Armitage se recreó admirándola sin disimulo.

—Ha sido muy amable al ayudarme —dijo al coger el paquete—, y mañana me acercaré a contarle cómo ha salido nuestra broma. Por cierto, ¿y la jaqueca? —le preguntó, sonriendo—. Parece tan poco dada a achaques o dolores de ningún tipo que por poco se me olvida preguntárselo.

—Gracias, estoy mejor. No fue una jaqueca del todo inventada, aunque sí de lo más oportuna. Pasé la noche en vela, no arrepintiéndome de ayudarlo, por descontado, sino deseando que todo hubiera acabado ya. Se oyen historias en las que esta clase de bromas a veces salen tan bien que algunos se llevan un susto de muerte al ver un fantasma, aunque sea de mentira, y jamás podría perdonarme que el señor Musgrave o el señor Lawley se asustaran de verdad.

—Tranquila, señorita Harradine, no creo que valga la pena padecer ni un momento por los nervios de un par de grandullones. Si quiere temer por alguien, que sea por mí. Como me descubran, se me echarán encima y me harán pedazos ahí mismo. Le aseguro que soy el único por quien hay que preocuparse.

La gravedad momentánea pasó como una nube por la cara radiante de Kate, y ella misma reconoció que era bastante absurdo inquietarse por dos muchachos robustos, más compuestos de músculos que de nervios. Y tras despedirse, Kate se apresuró para volver a casa antes de que empezara a oscurecer. Una vez la hubo perdido de vista, Armitage volvió sobre sus pasos con el valioso paquete bajo el brazo.

Entró en la casa sin ser visto y, accediendo a la galería por una escalera trasera, llegó a tientas hasta su habitación, pues todo estaba a oscuras. Depositó su tesoro en el ropero, lo cerró bajo llave y, atraído por un rumor

de risas, bajó corriendo hasta el salón. Will Musgrave y sus amigos habían regresado al anochecer, después de un par de horas de ejercicio vigorizante, y compartieron de buena gana el té y las tartas recién hechas mientras charlaban y se reían de las aventuras de aquella tarde.

—¿Dónde diablos te habías metido, amigo? —preguntó Musgrave al ver a Armitage—. Creo que por ahí debes de tener un tobogán para ti solo... Si la luna saliera a una hora decente y no de madrugada, cuando no tiene la menor utilidad para nadie, habríamos ido a buscarte.

—No habríais tenido que buscar muy lejos, pues me habríais encontrado en el camino de portazgo.

—Pero ¿a qué vienen esos gustos tan contenidos y recatados? ¡Cómo vas a preferir un sano paseo por la carretera cuando te podrías haber lanzado en trineo con nosotros! ¡Pobre amigo mío, me temo que no te encuentras bien! —dijo Musgrave con una compasión fingida que acabó en unas carcajadas joviales y unos forcejeos entre los dos muchachos, en el transcurso de los cuales Lawley impidió más de una vez que volcaran de un golpe la mesa de la merienda.

Poco después, cuando ya se habían zampado las tartas y las tostadas con gran apetito, encendieron unos faroles, y Musgrave y sus amigos, junto con los hermanos Harradine, emprendieron la marcha escoltando a las damiselas hasta su casa. Armitage estaba de un humor comiquísimo, y al ver que Musgrave y Lawley se habían apropiado de las dos chicas más bonitas de la comitiva, empezó a hacer cabriolas por el camino delante de todos, con el farol en la mano, saltando como un fuego fatuo.

Los jóvenes no se despidieron hasta que hubieron concertado nuevos planes de recreo para el día siguiente, y Musgrave, Lawley y Armitage regresaron a Stonecroft para la cena, haciendo vibrar el aire al son de las alegres canciones con las que amenizaron el trayecto de vuelta a casa.

Por la noche, cuando los muchachos estaban sentados en la biblioteca, Musgrave exclamó de pronto, mientras sacaba un libro de uno de los anaqueles más altos:

—¡Ahí va! ¡He encontrado el diario de mi abuelo! Aquí narra de su puño y letra cómo vio al monje de blanco en la galería. Lawley. Puedes leerlo si

quieres, pero no pienso desperdiciarlo en un incrédulo como Armitage. ¡Caray! ¡Qué extraña casualidad! Justo esta noche se cumplen cuarenta años desde que vio al fantasma, un 30 de diciembre.

Y le tendió el libro a Lawley, quien leyó el relato del señor Musgrave con suma atención.

—¿Es uno de esos casos de «por poco me convences»? —preguntó Armitage, mientras observaba su gesto concentrado.

—No sé muy bien qué pensar. Nada categórico ni en un sentido ni en otro, en cualquier caso —y abandonó el tema, porque vio que Musgrave no deseaba hablar del fantasma de la familia ante la falta de delicadeza de Armitage.

Se retiraron tarde, cerca de la hora que Armitage había esperado con tanta emoción.

—Buenas noches a los dos —dijo Musgrave al entrar a su cuarto—. Estaré dormido en cinco minutos. Todo este ejercicio al aire libre me deja planchado por la noche.

Y los tres jóvenes cerraron la puerta, y se hizo el silencio en Stonecroft Hall. Las habitaciones de Armitage y Lawley eran contiguas, y en menos de un cuarto de hora Lawley gritó un alegre buenas noches, que su amigo le devolvió a voz en grito. Armitage se sintió un poco mezquino por sus furtivas intenciones. Musgrave y Lawley dormían tan confiados mientras él se quedaba alerta y vigilante cavilando una travesura con el fin de despertar y asustar a los dos inocentes dormilones. No se atrevía a fumar para pasar el rato, no fuera a ser que el humo delator se colara en la habitación de al lado por el ojo de la cerradura, e informara a Lawley, si este se despertara por casualidad, de que su amigo también estaba despierto y en danza como si fuera pleno día.

Armitage tendió el hábito blanco sobre la cama y sonrió al pensar en que los preciosos deditos de Kate lo habían cosido poco antes. No se lo tenía que poner hasta un par de horas después, y para matar el tiempo se sentó a escribir. Le habría gustado echar una cabezada, pero sabía que si el sueño lo vencía dormiría de un tirón hasta que lo llamaran a las ocho de la mañana. Justo al inclinarse sobre el escritorio, el gran reloj del vestíbulo dio la una,

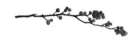

de una manera tan repentina y brusca que fue como un mazazo en la cabeza, y se llevó un tremendo sobresalto.

«¡Lawley debe de dormir como un tronco si no ha oído un ruido como ese!», pensó mientras escuchaba sus ronquidos desde el cuarto de al lado. Acercó las velas un poco más, retomó la escritura, y una pila de cartas daba fe de su diligencia cuando el reloj dio la hora de nuevo. Esta vez, sin embargo, ya se lo esperaba y, en vez de sobresaltarse, solo se estremeció de frío.

«Si no se me hubiera metido entre ceja y ceja seguir adelante con este absurdo disparate, me iría a la cama ahora mismo —pensó—, pero no puedo defraudar a Kate. Ha hecho la sotana y, por desgracia, ahora tengo que ponérmela.» Y con un enorme bostezo soltó la pluma y se levantó para ir a mirar por la ventana. Era una noche clara y gélida. En el firmamento salpicado de estrellas, un tenue resplandor frío anunciaba la salida de la luna. Qué diferente de la luz gris del alba, alegre promesa de un nuevo día, es la solemne aparición de la luna en lo más profundo de una noche de invierno. Una luz que no saca al mundo de su letargo ni empuja a los hombres a su labor, sino que pesa sobre los ojos cerrados de los exhaustos y baña de azogue las tumbas de aquellos cuyo reposo ya no se romperá. Armitage no se dejaba impresionar así como así con la cara más sombría de la naturaleza y enseguida se contagiaba de la alegría y viveza, pero iba a sentirse aliviado cuando terminase la farsa. De pronto se sintió incapaz de aguardar a ver cómo la luna salía y extendía su pálido resplandor, solemne como el amanecer del último día.

Se apartó de la ventana y procedió a transformarse y hacer la mejor imitación de un monje cisterciense que pudiera ingeniar. Se enfundó el hábito blanco por encima de la ropa, para aparentar mayor corpulencia, se pintó de negro las cuencas de los ojos y se empolvó la cara de un blanco espectral.

Armitage se rio en silencio al mirarse en el espejo, y deseó que Kate pudiera verlo en ese momento. Después abrió la puerta con suavidad y se asomó a la galería. La luz de la luna resplandecía tétricamente en el ventanal del fondo, a la derecha de su puerta y la de Lawley. Pronto se reflejaría en el lugar preciso, y ni demasiado clara ni demasiado oscura para que el plan surtiera efecto. Volvió a retroceder en silencio y esperó, sintiendo que lo

embargaba un nerviosismo que nunca antes había experimentado. El corazón le latía a toda velocidad, se asustó como una niña miedosa cuando el aullido de un búho rompió el silencio. No quería mirarse en el espejo, pues la palidez cadavérica de su rostro le parecía espeluznante.

«¡Recórcholis! Ojalá Lawley no hubiera dejado de roncar. Oírlo me hacía sentir acompañado.»

Se asomó de nuevo a la galería, y vio la luz fría de la luna en el lugar exacto donde quería colocarse.

Apagó la luz y abrió la puerta de par en par, y al salir a la galería cerró a sus espaldas de un portazo con el que Musgrave y Lawley apenas se inmutaron y dieron media vuelta en la almohada. Armitage, vestido como el monje fantasmal de Stonecroft, permaneció de pie a la pálida luz de la luna en medio de la galería, esperando a que las puertas se abrieran de golpe para ver las caras aterrorizadas de sus amigos.

Le dio tiempo a maldecir la mala suerte de que justo esa noche durmieran tan profundamente, y a temer que los sirvientes hubiesen oído el ruido del que su señor ni se había enterado y acudieran a toda prisa hasta allí y echaran a perder la jugarreta. Sin embargo, allí no acudía nadie, y Armitage empezó a distinguir los objetos en la galería con más nitidez, como si la vista se acomodara a la penumbra.

«¡No me había fijado en que hubiera un espejo al final de la galería! ¡Ni en cómo brilla la luna para que pueda ver mi reflejo desde tan lejos! Solo el blanco destaca tanto en la oscuridad; pero ¡un momento!, ¿ese es mi reflejo? ¡Maldición! ¡Se mueve y yo estoy quieto! ¡Ah, claro! Seguro que Musgrave se ha disfrazado para darme un susto, y Lawley lo está ayudando. Se me han adelantado, por eso no han salido con el estruendo, capaz de resucitar a un muerto. ¡Qué casualidad que se nos haya ocurrido gastar la misma broma en el mismo momento! ¡Adelante, espectro de pacotilla, así veremos cuál de nosotros se acobarda!»

Armitage, con una sorpresa que rápidamente dio paso al terror, vio cómo la figura blanca que había tomado por Musgrave disfrazado de fantasma se deslizaba lentamente hacia él sin rozar el suelo con los pies. Armitage estaba envalentonado, y decidió mantenerse firme frente a la ingeniosa treta

que Musgrave y Lawley habían ideado para que se aterrorizara y creyera en los fenómenos sobrenaturales. Sin embargo, una inquietud desconocida empezaba a minar la entereza del joven. De su boca reseca, mientras aquella cosa se acercaba flotando hacia él, salió un grito desgarrado, que despertó a Musgrave y Lawley y los impulsó a abrir la puerta de inmediato, sin saber qué extraño sobresalto los había arrancado del sueño. No los tachen de cobardes porque retrocedieran horrorizados ante las siluetas fantasmagóricas que la luz de la luna les reveló en la galería. Cuando Armitage ahuyentó con vehemencia al espanto que poco a poco se le echaba encima, la capucha resbaló y los otros dos reconocieron el rostro de su amigo, lívido y contorsionado por el miedo, y al ver que se tambaleaba saltaron y lo sostuvieron de ambos brazos. El monje cisterciense pasó de largo atravesándolos como una neblina blanca que se hundió en la pared, y Musgrave y Lawley se quedaron a solas con el cuerpo de su difunto amigo, cuyo disfraz se había convertido en su mortaja.

La festividad

H. P. Lovecraft

*Efficiunt Daemones, ut quae non sunt,
sic tamen quasi sint, conspicienda
hominibus exhibeant.*[1]

Lactancio

Me encontraba lejos de mi hogar, bajo el hechizo del mar oriental. Lo oía estrellarse contra las rocas en medio del crepúsculo, consciente de que se hallaba justo al otro lado de la colina en la que la silueta de los sauces contorsionados se retorcía contra el cielo despejado y las primeras estrellas nocturnas. Y puesto que mis mayores me habían llamado para que volviese a la vieja aldea más allá, apreté el paso a través de la nieve recién caída y no muy espesa que cuajaba el camino que ascendía solitario hasta el lugar donde Aldebarán destellaba entre los árboles; hacia la antiquísima aldea que jamás habían contemplado mis ojos, pero con la que había soñado a menudo.

Era la festividad de Yule, que los humanos denominan Navidad, aunque bien saben en sus corazones que es más antigua que Belén y hasta que Babilonia, más vieja que Menfis y que la humanidad. Era la festividad de Yule, y yo recalaba por fin en la antigua aldea costera donde residía mi gente, la misma que había mantenido la festividad con vida en los tiempos de antaño, pese a estar prohibida. Allí les habían encomendado a sus hijos que

---

1   Los demonios hacen que hasta lo que no es se muestre como real a ojos de los hombres.

celebrasen la festividad una vez por siglo, para que el recuerdo de los secretos primitivos no cayese en el olvido. Era el mío un pueblo viejo; ya lo era cuando se estableció en esta tierra hace trescientos años. También era un pueblo extraño, oscuro y furtivo. Habían llegado a estos parajes desde opiáceos jardines sureños ahítos de orquídeas. Antes de aprender la lengua de aquellos pescadores de ojos azules, hablaban otra bien diferente. Ahora toda la estirpe estaba dispersa, desperdigada, y sus integrantes apenas compartían los rituales de ciertos misterios que ninguna criatura viva alcanza a comprender. Yo fui el único que regresó aquella noche a la vieja aldea costera como muestra de respeto a las viejas leyendas, pues el recuerdo siempre es cosa de pobres y seres solitarios.

Entonces, una vez rebasada la cima de la colina, vi desplegarse en el crepúsculo la helada estampa de Kingsport, la Kingsport cubierta de nieve, con sus antiguas veletas y campanarios, sus parhileras y chimeneas, sus embarcaderos y sus puentecillos, sus sauces y sus cementerios. Era un laberinto infinito de calles retorcidas, estrechas y empinadas. Una iglesia coronaba un promontorio descuidado que el tiempo no había osado tocar. Había continuas marañas de casas coloniales apelotonadas y diseminadas en todas las direcciones y niveles posibles, como si de los cubiletes desordenados de un niño se tratase. Las alas grises de la antigüedad sobrevolaban los gabletes y tejados picudos que el invierno había teñido de blanco; tras los montantes y ventanucos empezaban poco a poco a encenderse luces en medio del frío crepúsculo, resplandores que se unían al de Orión y las demás estrellas arcaicas. El mar golpeaba los embarcaderos medio podridos; aquel mar inmemorial y sigiloso del que el pueblo había surgido en tiempos ancestrales.

En la cima, junto al camino, se abría una elevación aún más alta, lúgubre y asolada por el viento. Vi que se trataba de un cementerio cuyas negras lápidas sobresalían con aspecto demoníaco entre la nieve como los dedos putrefactos de un gigantesco cadáver. El camino desprovisto de huellas estaba muy solitario, y en varias ocasiones me pareció oír un crujido espeluznante aunque lejano, similar al que haría una horca al viento. Cuatro de mis parientes habían sido ahorcados por brujería en 1692, aunque nunca supe en qué lugar.

El camino empezó a descender la ladera de cara al mar. Presté atención por si captaba los alegres sonidos que se oyen en cualquier aldea al atardecer. No oí nada. Entonces pensé en la estación en que nos encontrábamos, y se me ocurrió que tal vez aquellas gentes puritanas tuviesen tradiciones navideñas que me resultarían extrañas, llenas de plegarias sentidas aunque silenciosas. A partir de aquel momento no me esforcé por escuchar sonido alegre alguno, ni por localizar caminantes extraviados, sino que proseguí el camino hasta dejar atrás las granjas y muros de piedra ensombrecida. Empecé a ver los rótulos de viejas tiendas y tabernas marineras que chirriaban bajo la brisa plagada de salitre, así como unas grotescas aldabas cuyas columnas resplandecían por desérticas avenidas sin asfaltar bajo la luz que se filtraba a través de las cortinas de los ventanucos.

Había consultado ya algunos planos de la aldea y sabía dónde encontrar la casa de los míos. Me habían dicho que me reconocerían y me darían la bienvenida, pues la leyenda de la aldea es longeva, así que me apresuré a cruzar Back Street hasta Circle Court. Atravesé la nieve a medio cuajar sobre el único suelo embaldosado de la aldea, hacia el lugar de donde parte Green Lane, tras la lonja del mercado. Los viejos planos seguían vigentes, por lo que no tuve problema alguno. Sin embargo, debió de mentirme quien me dijo en Arkham que se podía llegar hasta allí en tranvía, pues no vi ni una sola catenaria. Sea como fuere, si el tranvía pasaba, la nieve había cubierto los raíles. Me alegré de haber optado por ir a pie, pues la blanca aldea me había parecido muy hermosa al contemplarla desde la colina. En ese momento me encontraba ansioso por llamar a la puerta de la casa de los míos, el séptimo caserón de la izquierda en Green Lane, con un tejado picudo y antiguo y un segundo piso voladizo, todo ello construido antes de 1650.

Al acercarme a la casa vi luces encendidas en el interior. A juzgar por el enrejado de las ventanas de cristal, comprendí que debían de mantenerla de la manera más parecida posible a su estado original. La parte superior se cernía sobre la estrecha calle cubierta de hierbajos, hasta el punto de que casi tocaba con el voladizo de la casa de enfrente. Así pues, me encontraba en algo parecido a un túnel. En los escalones de piedra de la entrada

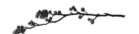
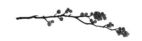

no había caído nada de nieve. No había acera, pero muchas de las casas tenían portones altos a los que se accedía por escalinatas dobles con barandillas de hierro. Aquella estampa era de lo más extravagante, y a causa de mi condición de extranjero en Nueva Inglaterra, jamás había visto entradas parecidas. Aunque me resultaba agradable, quizá la habría apreciado mejor de haber encontrado huellas de pies en la nieve, o gente en las calles, o al menos alguna ventana que no tuviera las cortinas echadas.

Sentí algo parecido al miedo cuando golpeé en la puerta con la arcaica aldaba de hierro. Un miedo inconcreto iba creciendo en mi interior, tal vez a causa de la extrañeza de mis ancestros, o al cariz lúgubre de aquel ocaso, o bien al extravagante silencio que imperaba en aquella envejecida aldea de curiosas costumbres. Para cuando respondieron a mi llamada, el miedo ya me dominaba del todo, pues no alcancé a oír sonidos de pisadas antes de que se abriese la puerta con un chirrido. No obstante, el miedo no me duró mucho, ya que la visión del rostro anodino del anciano con bata y pantuflas que apareció en el dintel me ayudó a serenar el ánimo. Aunque me indicó con señas que era mudo, se las arregló para escribir una arcaica frase de bienvenida con un estilete y una tabla de cera que llevaba consigo.

Me condujo hasta una habitación baja iluminada con velas, de enormes vigas expuestas y muebles escasos, oscuros y sobrios del siglo XVII. Allí el pasado cobraba fuerza, pues no faltaba un detalle. Había una chimenea cavernosa y una rueca a la que se sentaba una anciana ataviada con una holgada bata y un sombrero *poke*. La anciana miraba en mi dirección y hacía girar la rueca en silencio, pese a hallarnos en fechas festivas. En toda la sala parecía imperar una suerte de humedad, y me asombró comprobar que la chimenea estaba apagada. A la izquierda, un banco de respaldos altos se orientaba hacia un ventanal cuyas cortinas estaban echadas. Me pareció divisar a alguien sentado, aunque no las tenía todas conmigo. Lo que veía ante mis ojos no terminaba de gustarme, y una vez más el miedo se avivó en mi interior. Dicho miedo aumentó en intensidad a causa de lo que antes lo había calmado: cuanto más contemplaba el rostro anodino de aquel hombre, más me aterrorizaban aquellas facciones insulsas. Sus ojos no se

214

movían jamás, y la piel se asemejaba a la cera. Por fin llegué a la conclusión de que aquello no era un rostro, sino una máscara de factura engañosa y demoníaca. Aquellas manos fofas, curiosamente embutidas en guantes, volvieron a escribir un cordial mensaje en la tabla y me indicaron que debía esperar un poco allí antes de que me llevasen al lugar donde se celebraría la festividad.

El anciano señaló una silla, una mesa y una pila de libros, y acto seguido salió de la sala. Me senté a leer un poco, y comprobé que aquellos libros eran antiquísimos y estaban enmohecidos. Entre sus títulos figuraban el viejo tratado de Morryster, *Maravillas de la ciencia;* el terrible *Saducismus Triumphatus* de Joseph Glanvill, publicado en 1681; la espeluznante *Demonolatría* de Nicolas Rémy, impresa en Lyon en 1595... y lo peor de todo: el innombrable *Necronomicón,* del árabe loco Abdul Alhazred, en la traducción al latín que realizó Olaus Wormius, prohibida. Era un libro que jamás había tenido la oportunidad de contemplar, pero del que había oído los comentarios más monstruosos. Nadie me dirigió la palabra, aunque oía el silbido del viento en el exterior y el chirrido de la rueca mientras la mujer del sombrero la hacía girar en silencio una y otra vez, una y otra vez. Pensé que aquella habitación, aquellos libros y aquella gente eran demasiado macabros e inquietantes. No obstante, la vieja tradición de mis ancestros me obligaba a asistir a aquella extraña festividad, por lo que decidí que lo más normal sería encontrarme con cosas del todo extravagantes. Así pues, intenté leer, y pronto algo que encontré en el maldito *Necronomicón* absorbió toda mi atención; un concepto y una leyenda demasiado repugnantes para seres dotados de cordura o incluso de conciencia. En aquel momento creí percibir el sonido de una ventana que se cerraba, procedente del ventanal ubicado frente al banco. Era como si la hubiesen abierto con sigilo y vuelto a cerrar. Me pareció que antes se había oído un chirrido que no podía proceder de la rueca de la anciana. Sin embargo, era imposible estar seguro, porque la anciana hacía girar la rueca a toda velocidad y el viejo reloj de la estancia acababa de anunciar la hora. Después de aquello, dejé de experimentar la sensación de que había alguien sentado en el banco. Me dediqué a leer con atención, estremecido, hasta que regresó el anciano, esta

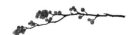

vez ataviado con botas y unos holgados ropajes antiguos. Se sentó en aquel mismo banco, cuyo alto respaldo me impidió verlo. Aguardé, hecho un manojo de nervios, que habían aumentado a causa del libro blasfemo que sostenía en las manos. Cuando el reloj dio las once, el anciano se incorporó de nuevo y se deslizó hacia un enorme cofre con grabados que descansaba en una esquina. De él sacó dos capas con capucha. Se puso una de las dos, y le colocó la otra a la anciana, que acababa de interrumpir aquellos giros monótonos de rueca. Ambos se dirigieron a la puerta del exterior. La anciana se arrastraba con patéticos esfuerzos, mientras que el hombre me quitó de las manos el libro que había estado leyendo, me hizo una seña para que lo siguiera y se colocó la capucha sobre aquel rostro o máscara inmóvil.

Nos adentramos en la tortuosa maraña de calles de aquella aldea increíblemente antigua. A medida que avanzábamos bajo la noche sin luna, las luces tras las ventanas de cortinas echadas desaparecían una tras otra. Sirio espiaba con mirada lasciva a la muchedumbre de figuras encapuchadas que franqueaban las puertas para sumarse a una monstruosa procesión por esta o aquella calle, más allá de los letreros chirriantes y de los gabletes antediluvianos, los tejados de paja y las ventanas enrejadas, hasta atravesar calles escarpadas en las que se amontonaban casas decadentes y casi derruidas y cruzar patios y cementerios cuyas iluminaciones oscilantes formaban unas constelaciones tan ultraterrenas como embriagadas.

En medio de aquella muchedumbre susurrante, yo me dejaba llevar por mi guía mudo, entre codazos que parecían de una suavidad esponjosa y casi preternatural, apretado entre pechos y estómagos que parecían dotados de una anormal cualidad pulposa. Sin embargo, no alcanzaba a vislumbrar ni un solo rostro, ni a oír palabra alguna. Aquella procesión fantasmal siguió reptando sin cesar. Todos los procesionarios convergían desde sus diferentes puntos de origen hasta llegar a una especie de núcleo de callejones de disposición demencial situado en la cima de una colina alta en el centro de la aldea, sobre la que descansaba una gran iglesia blanca. Ya la había visto desde lo alto del camino al contemplar Kingsport bajo el crepúsculo, y su visión me había estremecido, pues Aldebarán parecía apoyarse sobre aquel fantasmal capitel.

216

Alrededor de la iglesia había un espacio abierto, en parte cementerio lleno de lápidas espectrales y en parte plazoleta medio pavimentada que el viento mantenía desprovista de nieve, flanqueada con casas arcaicas de aspecto malsano con tejados picudos y gabletes colgantes. Sobre las tumbas bailoteaban unos fuegos fatuos que revelaban visiones de lo más truculento, aunque por extravagante que pareciese no llegaban a proyectar sombra alguna. Más allá del cementerio, donde terminaban las casas, alcancé a ver la cima de la colina y el brillo de las estrellas sobre el puerto, aunque el pueblo se mantuvo invisible en la oscuridad. Solo de vez en cuando se atisbaba alguna linterna que se bamboleaba de forma espeluznante al atravesar callejuelas serpenteantes en su camino para unirse a la muchedumbre que ahora entraba en la iglesia sin mediar palabra. Aguardé hasta que toda la multitud, incluidos los rezagados, hubo franqueado la puerta negra de la iglesia. El anciano me tiraba de la manga, pero yo ya estaba resuelto a ser el último en entrar. Por fin, me llegó el turno. El viejo siniestro y la mujer de la rueca me precedieron. Crucé el umbral al interior de aquel templo ahora atestado de oscuridad desconocida, y me giré una sola vez para contemplar el mundo exterior. La fosforescencia del cementerio emitió un brillo enfermizo sobre el empedrado de lo alto de la colina. Me estremecí, pues, aunque el viento había retirado casi toda la nieve, aún quedaban un par de manchas en el camino muy cerca de la puerta. Al mirar de refilón, mis atribulados ojos creyeron captar que no había en ellas marca alguna de pisadas, ni siquiera las mías.

La escasa iluminación de la iglesia provenía de las linternas que habían entrado a manos de la multitud, aunque casi todos los asistentes se habían desvanecido. Todos se habían dirigido por el pasillo entre las altas y blanquecinas bancadas hasta las trampillas de las catacumbas que se abrían de forma repulsiva justo ante el púlpito, y se habían escurrido en ellas sin hacer el menor ruido. Los seguí, aturdido, por aquellas escaleras erosionadas por el paso del tiempo que descendían hacia la asfixiante cripta. La cola de la sinuosa hilera de caminantes nocturnos me horrorizó, y me horrorizó aún más ver cómo se retorcían para entrar en una tumba de aspecto venerable. Entonces me percaté de que el suelo de la tumba tenía una

217

abertura por la que se deslizaba toda la multitud. Un momento después, todos descendíamos por una ominosa escalinata rocosa de tosca factura; una estrecha escalinata en espiral ahíta de humedad y de un olor muy peculiar que descendía sin fin hasta las entrañas de la colina más allá de monótonas paredes hechas de goteantes bloques de piedra y mortero medio derruido. Fue un descenso tan silencioso como impactante. Tras un terrible intervalo, observé que la naturaleza de los muros y de los escalones cambiaba, como si los hubiesen excavado en la sólida roca. Lo que más me preocupaba era el hecho de que aquella miríada de pies en movimiento no emitía sonido alguno ni levantaba ecos. Tras un descenso que duró aún más eones, advertí que había ciertos pasadizos laterales, madrigueras que conducían a oscuros recovecos ignotos en aquella oquedad de misterio nocturno. Los pasadizos no tardaron en multiplicarse como impías catacumbas de amenaza innombrable de las que brotaba un penetrante hedor a descomposición apenas soportable. Estaba seguro de que habíamos dejado atrás la montaña y la tierra del pueblo de Kingsport. Me estremecí ante la idea de que aquel pueblo fuese tan antiguo y estuviese tan perforado por túneles agusanados de maldad subterránea.

Entonces capté el espeluznante brillo de un pálido resplandor y oí el susurro insidioso de unas aguas que no conocían la luz del sol. Me estremecí de nuevo, pues no me gustaba ninguna de las cosas que me había deparado la noche. En un arranque de amargura, deseé que mis ancestros no me hubiesen convocado a aquel primitivo rito. Los escalones y el pasadizo se ensancharon, y entonces oí otro sonido: la débil y quejumbrosa parodia de una flauta enfermiza. De pronto, ante mí se presentó el paisaje ilimitado de un mundo interior, una orilla fungosa iluminada por un géiser de llamas malsanas y verdosas, y cuyo contorno lamía un río oleaginoso que fluía desde escalofriantes e insospechados abismos hasta alcanzar las más negras simas de un océano inmemorial.

Me fallaron las piernas y solté un resuello. Contemplé aquel impío Erebo de titánicos hongos venenosos, fuego leproso y aguas cenagosas. Vi que la muchedumbre encapuchada formaba un semicírculo alrededor de un pilar llameante. Aquel era el rito de Yule, mucho más antiguo que el hombre y

destinado a sobrevivirlo; el rito primitivo del solsticio y de la promesa de la primavera más allá de las nieves; el rito del fuego y de la hoja perenne, de la luz y de la música. En aquella gruta estigia contemplé cómo llevaban a cabo el rito y adoraban aquella enfermiza columna de llamas. Vi cómo lanzaban al agua manojos arrancados de aquella viscosa vegetación, que brillaban con tonalidades verdosas en medio del resplandor clorótico. Todo esto lo vi, como también vi una silueta amorfa agazapada más allá de donde alcanzaba la luz, una silueta que le arrancaba desagradables quejidos a una flauta. Tras aquellos sonidos creí captar unos nauseabundos aleteos amortiguados en la fétida oscuridad que mi vista no alcanzaba a penetrar. Sin embargo, lo que más me asustó fue aquella columna de llamas que brotaba volcánica de las profundidades inconcebibles, que no proyectaba sombra alguna como lo haría una llama natural y que cubría la piedra nitrosa del techo con un cardenillo nauseabundo y venenoso. Además, aquella furiosa combustión no producía calor alguno, sino la fría humedad de la muerte y la corrupción.

El hombre que me había llevado hasta allí se escabulló hasta un lugar situado justo al lado de la espeluznante llama. Se colocó de cara al semicírculo de asistentes y empezó a realizar gestos ceremoniales. En ciertas etapas del ritual realizaron reverencias serviles, en especial cuando el hombre alzó sobre su cabeza el aberrante *Necronomicón,* que había llevado consigo. Imité todas las reverencias: ese era el motivo por el que mis ancestros me habían convocado por carta para que asistiese a esta festividad. Entonces el anciano le hizo una señal al flautista medio oculto en las tinieblas, y este alteró el débil zumbido que había emitido hasta ese momento y comenzó a tocar en otro tono. Aquello desencadenó un horror tan impensable como inesperado. Ante aquel horror, casi caí postrado en la tierra cubierta de líquenes, embargado por un pánico que no era de este ni de ningún otro mundo; más bien procedía de los demenciales espacios situados entre las estrellas.

De las inimaginables tinieblas ubicadas más allá del gangrenoso resplandor de aquella fría llama, de las leguas tartáreas a través de las cuales fluía aquel imposible, inaudito e insospechado río oleaginoso, llegó el

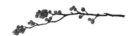

rítmico aleteo de una horda de seres alados controlados, entrenados e híbridos que ningún ojo cuerdo podría alcanzar a comprender jamás, con un sonido que ningún cerebro jamás podría llegar a recordar. No eran del todo cuervos, ni topos, ni buitres, ni hormigas, ni murciélagos vampiro ni cuerpos humanos en descomposición, sino algo que no consigo (ni debo) recordar. Se desplazaban, flácidos, a veces con los pies palmeados y a veces con las alas membranosas. Cuando esas criaturas alcanzaron la muchedumbre de asistentes a la festividad, las figuras encapuchadas las agarraron una a una y montaron sobre ellas. Acto seguido, partieron a lo largo de los extremos de aquel río tenebroso, con destino a pozos y galerías de puro pánico en las que estanques envenenados desembocan en escalofriantes e ignotas cataratas.

La anciana de la rueca había partido junto a la muchedumbre, mientras que el anciano seguía allí solo porque yo me había negado a montar cuando me hizo una seña para que agarrase a uno de aquellos animales y me subiese a él, al igual que los demás. Cuando a duras penas conseguí ponerme en pie de nuevo, vi que el amorfo flautista había desaparecido de la vista, pero que dos de aquellas bestias aguardaban con paciencia junto a nosotros. Retrocedí, y el anciano sacó entonces el estilete y la tabla. Escribió que era el auténtico representante de mis ancestros, que habían fundado el culto de Yule en aquel antiguo lugar. Escribió que se había decretado mi regreso, y que aún debía descubrir los misterios más secretos de nuestro culto. Lo escribió con trazos muy antiguos. Al verme vacilar, sacó de su túnica holgada un anillo con sello y un reloj, ambos con el escudo de mi familia, para demostrarme que era quien decía ser. Sin embargo, dicha prueba era de lo más horripilante, pues yo sabía, a raíz de ciertos documentos antiguos, que habían enterrado aquel reloj junto con los restos de mi trastatarabuelo en 1698.

De inmediato, el anciano se quitó la capucha y me señaló la similitud que su rostro tenía con las facciones de mi familia. Yo, sin embargo, me estremecí, porque estaba seguro de que aquella cara no era más que una diabólica máscara de cera. Los animales bamboleantes ahora empezaban a arañar el liquen del suelo con inquietud, una inquietud que supe

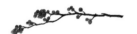

ver también en el anciano. Cuando una de aquellas bestias empezó a anadear y a alejarse, el anciano se volvió al instante para tratar de frenarla. Aquel movimiento súbito desenganchó la máscara de cera de lo que debería haber sido su cabeza. Y entonces, dado que la posición de aquel ser de pesadilla bloqueaba el camino hasta la escalinata de piedra por la que habíamos llegado, me lancé a aquel oleaginoso río subterráneo que burbujeaba de camino a algún desconocido destino en las cavernas marinas. Me lancé a aquel putrescente jugo de los horrores interiores de la tierra, antes de que mis gritos demenciales atrajeran sobre mí a todas las legiones de la tumba que pudieran ocultar aquellos abismos tenebrosos.

En el hospital me dijeron que me habían encontrado al alba en el puerto de Kingsport, casi en estado de congelación. Me aferraba a un mástil flotante que la casualidad había enviado a salvarme. Me dijeron que me había internado la noche anterior por una salida equivocada en un cruce del camino que llevaba a la colina, y que me había caído por los precipicios de Orange Point; lo habían deducido por las huellas que encontraron en la nieve. Nada había que yo pudiera decir, pues todo estaba mal. Todo estaba mal, empezando por aquel ancho ventanal que mostraba un mar de tejados entre los que quizás uno de cada cinco era antiguo, o por el sonido de los tranvías y los motores que se oía en la calle bajo la ventana. Me repitieron una y otra vez que me encontraba en Kingsport, cosa que yo no podía negar. Los delirios se manifestaron cuando me informaron de que el hospital se alzaba cerca del viejo cementerio de la iglesia de Central Hill. A continuación, me enviaron al hospital de St. Mary de Arkham; allí podrían atenderme mejor. Me gustó estar allí, pues los doctores tenían la mente algo más abierta, e incluso pude aprovecharme de su influencia a la hora de hacerme con un ejemplar del inaceptable *Necronomicón* de Alhazred, cuidadosamente guardado en la biblioteca de la Universidad de Miskatonic. Los doctores mencionaron algo sobre un tipo de «psicosis», y yo estuve de acuerdo en que lo mejor que podía hacer era expulsar cualquier tipo de obsesión de mi mente.

Así pues, volví a leer aquel horripilante capítulo, y me estremecí por partida doble, ya que, de hecho, no me era desconocido. Lo había visto

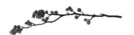

con anterioridad, digan lo que digan las huellas que supuestamente dejé en la nieve, aunque el lugar donde lo había visto descansaba en el olvido. No hubo nadie, en mis horas de vigilia, capaz de hacerme recordar dónde estaba aquel lugar. Sin embargo, el terror habita mis sueños debido a frases que prefiero no reproducir aquí. Solo me atreveré a citar un párrafo, que traduciré a mi idioma en la medida de lo posible del extravagante latín en que está escrito:

Las cavernas más profundas —escribió el árabe loco— no están hechas para ojos curiosos capaces de ver, pues extrañas y terroríficas son sus maravillas. Maldito sea el suelo en que moran los pensamientos muertos en cuerpos nuevos y estrambóticos. Malvada ha de ser la mente que ninguna cabeza alberga. Ibn Schacabac afirmó con sabiduría que feliz es la tumba en la que no descansa hechicero alguno, y felices las noches en los pueblos cuyos hechiceros no son ya sino cenizas; pues antiguo es el rumor que dice que el alma vendida al demonio no ha de descansar en su fosa de arcilla, sino que ceba e instruye al mismísimo gusano roedor, hasta que la vida más horrible brota de la podredumbre, y que las bajas alimañas de la tierra se alimentan con astucia para agasajarla y crecen monstruosos para poblarla. Grandes agujeros se cavan en secreto allá donde deberían bastar los poros de la tierra. Las criaturas que los moran solo deberían arrastrarse, mas erguidas han aprendido a caminar.

La sombra

Edith Nesbit

Desde un punto de vista artístico, no estamos ante una historia de fantasmas redonda. Nada se explica en ella, ni parece existir razón alguna para pensar que nada de lo que narra ocurriese en realidad. Lo cual no es óbice para contarla. Seguramente ya se habrán fijado en que todas las historias de fantasmas de verdad con las que se hayan topado comparten dichos rasgos: carecen de explicación y de coherencia lógica. He aquí la historia.

Éramos tres y otra más, pero esta última se había desmayado en el segundo bis del baile de Navidad y la habían acostado en el cuarto de tocador contiguo a la alcoba que las tres compartíamos. Había sido uno de esos alegres bailes de antaño en los que casi todo el mundo se queda a pasar la noche y la gran casa de campo se estira hasta el máximo de su capacidad, albergando a los invitados en sofás, divanes, bancos e incluso colchones en el suelo. Tengo entendido que algunos de los hombres más jóvenes durmieron sobre la gran mesa de comedor.

Después de conversar sobre nuestras parejas, como gustan las muchachas, la quietud de la gran casa solariega, tan solo interrumpida por el susurro del viento entre las ramas de los cedros y los arañazos de sus severos

dedos sobre los cristales de las ventanas de nuestra habitación, nos había incitado a una confianza tan suntuosa, en aquella atmósfera de chintz brillante a la luz de las velas y la lumbre, que habíamos cometido la osadía de hablar de fantasmas, algo en lo que, todas convinimos, no creíamos en absoluto. Habíamos contado la historia del vagón fantasma, la de la cama sumamente extraña, la de la dama con el vestido a la francesa y la de la casa de Berkeley Square.

Ninguna de nosotras creía en fantasmas, aunque a mí, por lo menos, me pareció como si el corazón se me subiera de un brinco hasta la garganta y me asfixiara cuando oímos un golpecito en la puerta, un toquecito suave, pero inconfundible.

—¿Quién anda ahí? —preguntó la más joven de nosotras, alargando el fino cuello hacia la puerta.

Se abrió lentamente, y les doy mi palabra de que el instante de suspense posterior sigue siendo a fecha de hoy uno de los momentos en los que más vulnerable me haya sentido jamás. La puerta se abrió de par en par casi de inmediato, y la señorita Eastwich, el ama de llaves de mi tía, su persona de confianza y dama de compañía, se asomó para vernos.

—Adelante —dijimos todas, aunque ella no se inmutó.

Era, por lo general, la mujer más silenciosa que he conocido en mi vida. Se quedó allí de pie, mirándonos, y se estremeció ligeramente. Nosotras también, pues por aquel entonces los pasillos no se caldeaban con conductos de agua caliente, y el aire que entraba por la puerta era gélido.

—Vi su luz encendida —dijo por fin—, y pensé que era tarde para que estuvieran despiertas, después de todo este jolgorio. Creí que quizá... —Y desvió la mirada hacia la puerta del tocador.

—No —repuse—, está profundamente dormida.

Debí haber añadido un buenas noches, pero se me adelantó la más joven de nosotras, que no conocía a la señorita Eastwich tanto como las demás: ignoraba cómo su silencio pertinaz había levantado un muro a su alrededor, un muro que nadie se atrevía a derribar con los lugares comunes de la conversación, ni las nimiedades de las meras relaciones humanas. El silencio de la señorita Eastwich nos había enseñado a tratarla como a una

máquina, y ni en sueños se nos habría ocurrido tratarla de ninguna otra manera. Sin embargo, nuestra benjamina había visto a la señorita Eastwich por primera vez ese mismo día. Era una joven ordinaria, maleducada y de impulsos pueriles, pero también la heredera de un acaudalado fabricante de velas de sebo, aunque eso no viene al caso en esta parte de la historia. Se levantó de un salto de la alfombra junto a la chimenea, vestida con su lujosa bata de seda adornada de encajes, a todas luces improcedente para la ocasión, que le caía de las delgadas clavículas, y corrió hasta la puerta para rodear con el brazo el remilgado cuello envuelto en cendal de la señorita Eastwich. Ahogué un grito. Creo que antes me habría atrevido a abrazar una de las Agujas de Cleopatra.

—Adelante —dijo la más joven de nosotras—, entre y caliéntese. Queda muchísimo cacao. —Hizo pasar a la señorita Eastwich y cerró la puerta.

El vívido destello de placer en los pálidos ojos del ama de llaves me atravesó el corazón como un puñal. Qué fácil habría sido rodearle el cuello con el brazo, de haber caído en que ese era su deseo. Mas no era yo quien se había dado cuenta y, de hecho, mi brazo tal vez no hubiera provocado el destello suscitado por el delgado bracito de nuestra benjamina.

—Muy bien —prosiguió con entusiasmo la más joven—, pues a usted le corresponde el sillón más grande y más cómodo, y la jarra de chocolate que tenemos al fuego está bien caliente... Y hemos estado contando historias de fantasmas, aunque no creamos en ellas ni lo más mínimo, así que, cuando entre en calor, usted también tendrá que contarnos una.

¡La señorita Eastwich, aquel modelo de decoro, del deber cumplido y el respeto, contarnos una historia de fantasmas!

—¿Está usted segura de que no las importuno? —repuso la señorita Eastwich, mientras tendía las manos hacia las llamas.

Me pregunté entonces si las amas de llaves disponen de chimeneas en sus aposentos o, al menos, las encienden por Navidad.

—En absoluto —respondí yo, y espero haberlo expresado con la misma calidez con que lo sentí—. Señorita Eastwich, si por mí fuera la habría invitado a entrar en otras ocasiones, pero nunca creí que le interesara la cháchara de unas niñas.

La tercera muchacha, que en realidad carecía de importancia y por eso no la he mencionado hasta ahora, le sirvió un chocolate caliente a nuestra invitada. Le envolví los hombros con mi lanosa toquilla de Madeira. No se me ocurría qué más hacer por ella y me percaté de que deseaba hacer algo con todas mis fuerzas. Las sonrisas que nos dedicó fueron preciosas. Hay personas que saben sonreír con gracia a los cuarenta o a los cincuenta años, o incluso con más edad, aunque las muchachas no se dan cuenta. Me dio por pensar, y aquello fue como otra puñalada, que era la primera vez que veía sonreír a la señorita Eastwich, y me refiero a sonreír de verdad. Las tenues sonrisas de diligente conformidad no tenían nada que ver con aquel semblante con hoyuelos feliz y transfigurado.

—Qué agradable es todo esto —comentó, y tuve la impresión de que era la primera vez que escuchaba su verdadera voz. No me agradó pensar que, a cambio de un chocolate, un fuego y mi brazo sobre sus hombros, tal vez podría haber oído aquella nueva voz durante los últimos seis años.

—Estábamos contando historias de fantasmas —dije—. Y lo peor de todo es que no creemos en ellos. Nadie a quien conozcamos los ha visto nunca.

—Siempre es lo que alguien le contó a alguien, que a su vez se lo contó a otro alguien a quien conoces —añadió la más joven—, y es imposible creerse algo así, ¿no?

—Lo que el soldado contó no es ninguna prueba —dijo la señorita Eastwich. ¿Pueden creer que aquella inocente cita de Dickens se me clavó en lo más hondo de mi ser, más que la nueva sonrisa o la nueva voz?

—Y todas las historias de fantasmas son tan sumamente redondas..., un asesinato cometido *in situ* o un tesoro escondido o una advertencia..., que creo que eso las hace más difíciles de creer. La historia de fantasmas más espantosa que he oído jamás es una que, a su vez, resulta totalmente ridícula.

—Cuéntala.

—No puedo, no creo ni que merezca la pena. Que cuente una la señorita Eastwich.

—Ay, sí —exclamó la más joven, y las concavidades de sus pronunciadas clavículas se ensombrecieron cuando estiró el cuello con avidez y apoyó un brazo suplicante en la rodilla de nuestra invitada.

—Lo único de lo que en su momento tuve conocimiento... fue solo de oídas —dijo despacio—, justo hasta el final.

Sabía que nos contaría su historia, que nunca antes la había contado, y que la única razón por la que lo hacía en ese momento era porque se sentía orgullosa y porque contarla le parecía el único modo de pagar por el fuego, el chocolate y aquel brazo sobre sus hombros.

—No la cuente —dije de pronto—. Sé que preferiría no hacerlo.

—Estoy segura de que las aburriría —contestó con resignación; y la más joven, quien, al fin y al cabo, no lo comprendía todo, me lanzó una mirada cargada de resentimiento.

—O puede que nos encante —repuso ella—. Cuéntenosla. Da igual que no sea una auténtica historia real con todos sus aderezos. Estoy segura de que cualquier cosa que usted considere aterradora será en todo caso perfectamente sobrecogedora.

La señorita Eastwich apuró su chocolate y se acercó a la repisa de la chimenea para dejar la taza.

—No puedo hacerles ningún mal —dijo más para sus adentros que para nosotras—, no creen en fantasmas ni tampoco se trató exactamente de ningún fantasma. Además, todas superan ya la veintena, no son ningunas crías.

El silencio y la expectación nos concedieron un respiro. El fuego chisporroteó y el gas brilló con una fuerza repentina cuando se apagaron las luces de la sala de billar. Oímos los pasos y las voces de los hombres que recorrían los pasillos.

—Casi no merece la pena contarla —afirmó sin convicción la señorita Eastwich, mientras se protegía el rostro apagado del fuego con la delgada mano.

—¡Siga...! Ay, siga..., ¡por favor! —le rogamos todas.

—Bueno —accedió—. Pues verán, hace veinte años, o más, tenía dos amigos a los que quería más que a nada en el mundo. Y un día se casaron...

Se detuvo, y entendí exactamente de qué modo los había querido a cada uno.

—Pues menuda suerte tuvo usted —dijo la más pequeña—. Pero siga, por favor.

La señorita Eastwich le respondió con unas palmaditas en el hombro, y me alegré por haberlo comprendido yo, pero no la más pequeña. Continuó.

—Bueno, pues después de que se casaran, pasaron un par de años sin que casi nos viéramos, hasta que un día él me escribió para pedirme que fuera a pasar con ellos una temporada, ya que su esposa estaba enferma y tal vez yo pudiera animarla, y de paso animarlo a él, pues la casa era un lugar lúgubre y su carácter se estaba volviendo lúgubre también.

Supe, mientras hablaba, que había memorizado todas y cada una de las frases de aquella carta.

—Bueno, pues allá que fui. Su domicilio pertenecía a Lee, cerca de Londres, donde en aquella época había calles y más calles de villas de reciente construcción que se multiplicaban en torno a antiguos palacetes de ladrillo erigidos dentro de sus propios terrenos, rodeados de muros rojos, ya saben, con una especie de regusto a la época de los carruajes y las sillas de posta que los salteadores de caminos de Blackheath acechaban. Al contarme que la casa era lúgubre, y que se llamaba Los Abetos, me imaginé mi coche de caballos atravesando una serpenteante senda llena de arbustos en penumbra y deteniéndose delante de una de aquellas antiguas y sobrias construcciones cuadradas. En cambio, nos detuvimos frente a una elegante villa con una verja y alegres baldosas encáusticas que conducían desde la cancela de hierro hasta la colorida puerta vidriera, y cuyo minúsculo jardín delantero contaba por toda vegetación con unos raquíticos cipreses y unos pocos laureles moteados. Sin embargo, en el interior todo era cálido y acogedor. Fue él quien me recibió en la puerta.

La señorita Eastwich tenía la mirada fija en el fuego, y entendí que se había olvidado de nosotras. Pero la más joven del grupo aún pensaba que nos contaba su historia a nosotras.

—Me recibió en la puerta —dijo de nuevo—, me dio las gracias por haber ido y me pidió que olvidara el pasado.

—¿Qué pasado? —preguntó aquella suma sacerdotisa de la importunidad.

—Ah... Me imagino que lo diría por no haberme invitado antes, o algo así —declaró la señorita Eastwich con aire preocupado—, aunque estoy viendo que, después de todo, se trata de una historia muy aburrida, y...

—Siga, por favor —la interrumpí, antes de propinarle un puntapié a nuestra benjamina, levantarme para colocarle mejor la toquilla a la señorita Eastwich y luego, por encima del hombro cubierto, añadir en una descarada pantomima—: ¡Cállate, mentecata!

Después de otro silencio, la nueva voz del ama de llaves prosiguió.

—Se alegraron mucho de verme, y yo también de estar allí. Ahora las muchachas como ustedes cuentan con auténticas legiones de amigos, pero ellos dos eran lo único que yo tenía, lo único que había tenido. Mabel no estaba exactamente enferma, solo débil y nerviosa. Pensé que él parecía más enfermo que ella. Ella se fue a dormir temprano, pero, antes de retirarse, me pidió que le hiciera compañía a su marido mientras se fumaba la última pipa, así que pasamos al comedor y nos acomodamos en los dos sillones que flanqueaban la chimenea. Recuerdo que estaban tapizados de cuero verde. Sobre la repisa de la chimenea había unos conjuntos de caballos de bronce y un reloj negro de mármol, todos eran regalos de boda. Él se sirvió un poco de whisky, pero apenas lo tocó y se sentó mirando al fuego.

»Al cabo de un rato le pregunté: "¿Qué ocurre? Mabel parece estar todo lo bien que cabe esperar".

»"Sí —me dijo—, pero es cuestión de tiempo que cualquier día empiece a darse cuenta de que algo pasa. Por eso quería que vinieras. Tú siempre has sido muy sensata y decidida, y Mabel es como un pajarito posado en una flor."

»Le dije que sí, por supuesto, y aguardé a que continuara. Pensé que tal vez tendría deudas, o algún otro tipo de problema. Así que me limité a esperar. Y al cabo de un instante, añadió: "Margaret, esta casa es muy particular...". Siempre me llamaba por mi nombre de pila. Ya ven, hacía una eternidad que éramos amigos. Le dije que la casa me parecía muy bonita, y limpia, y acogedora, si acaso tal vez demasiado nueva, pero que esa falla se

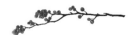

curaría con el tiempo. "Es nueva, es precisamente eso —dijo él—. Somos los primeros que vivimos en ella. Si fuera una casa antigua, Margaret, pensaría que está encantada."

»Le pregunté si había visto algo. "No —me contestó—, aún no."

»"¿Y oído?" —pregunté.

»"No, ni oído —respondió—, pero tengo una especie de sensación: no sé describirla... No he visto ni he oído nada, pero he estado muy cerca de verlo y oírlo, solo cerca, eso es todo. Y hay algo que me sigue allá donde voy, pero, cuando me doy la vuelta, nunca hay nada, solo mi sombra. Y siempre tengo la sensación de que un instante después veré esa cosa, pero nunca la veo, no del todo, siempre es imposible verla."

»Pensé que había estado trabajando demasiado, e intenté animarlo quitándole hierro a todo el asunto; lo achaqué a los nervios. Luego me dijo que se le había ocurrido que yo podría ayudarlo, y me preguntó si alguien a quien él hubiera tratado mal podría haberle echado una maldición, y si creía en las maldiciones. Le respondí que no, y que la única persona de la que alguien podría haber dicho que él había tratado mal ya lo había perdonado de buen grado, estaba segura, si es que había algo que perdonar. Sí, también le dije eso.

Era yo, y no la más joven de nosotras, quien conocía el nombre de esa persona, maltratada y magnánima.

—Entonces le dije que debía llevarse a Mabel lejos de aquella casa y cambiar de aires por completo. Pero se negó, alegando que Mabel lo tenía ya todo muy organizado y que nunca lograría sacarla de allí en ese momento sin darle una explicación lógica. «Y, por encima de todo —dijo—, no debe sospechar que sucede algo. Seguro que, ahora que estás aquí, ya no me sentiré tan lunático.»

»Y de ese modo nos dimos las buenas noches.

—¡Qué gran historia! —exclamó la tercera muchacha, esforzándose por dar a entender que tal como estaba ya era una buena historia.

—Es solo el comienzo —dijo la señorita Eastwich—. En cuanto me quedaba a solas con él, me repetía lo mismo una y otra vez. Al principio, cuando empecé a notar cosas, procuré pensar que eran sus palabras lo que me

había crispado los nervios. Lo raro era que no sucedía solo de noche, sino también a plena luz del día, y sobre todo en las escaleras y los pasillos. En la escalera, la sensación solía ser tan terrible que a veces tuve que morderme los labios hasta hacerme sangre para no salir corriendo hacia arriba a toda prisa. Solo que yo sabía que, si lo hacía, me volvería loca al llegar a lo alto. Siempre había algo detrás de mí, exactamente como él lo había descrito, algo que era imposible de ver. Y un sonido que era imposible de oír. En la última planta de la casa había un largo pasillo. A veces había estado a punto de ver algo, ya saben cómo a veces una ve cosas sin mirar, pero, si me daba la vuelta, parecía que aquella cosa se encorvaba hasta fundirse con mi sombra. Al final del pasillo había una ventanita.

»En la planta baja había otro pasillo, o algo parecido, con un armario en una punta y la cocina en la otra. Una noche bajé a la cocina para calentarle leche a Mabel. La servidumbre ya se había acostado. Mientras esperaba junto al fuego a que la leche hirviera, eché un vistazo al pasillo a través de la puerta abierta. En aquella casa jamás podía fijar la vista en lo que fuera que estuviera haciendo. La puerta del armario estaba entreabierta; en él solían guardar cajas vacías y otras cosas. Y, al mirar, supe que ya nunca más estaría "a punto" de ver algo. Aun así, dije: "¿Mabel?". No porque pensara que podía ser ella quien estuviera allí agazapada, ni dentro ni fuera del armario. La cosa era gris al principio, y luego negra. Y cuando susurré el nombre de mi amiga, pareció desvanecerse poco a poco hasta que no fue más que un charco de tinta en el suelo, y luego sus bordes se encogieron, y aquella cosa pareció fluir, como la tinta cuando inclinas el papel sobre el que se ha derramado, y fluyó hacia el armario hasta unirse a la sombra que había allí. La vi desaparecer con total nitidez. El gas ardía al máximo en la cocina. Grité con fuerza, pero incluso en ese momento, debo decir que, por suerte, conservé el juicio suficiente como para volcar la leche hirviendo, de modo que, cuando él llegó, bajando los escalones de tres en tres, tenía una mano escaldada como excusa para mi grito. La explicación satisfizo a Mabel, pero a la noche siguiente él me preguntó: "¿Por qué no me lo contaste? Era ese armario. Todo el horror de la casa sale de él. Dime, ¿has visto ya algo? ¿O sigues todavía a punto de ver y a punto de oír?".

»"Primero debes contarme lo que tú has visto", le pedí yo. Me lo contó, y sus ojos vagaron, mientras hablaba, hasta las sombras junto a las cortinas, y yo subí las tres lámparas de gas y encendí las velas sobre la repisa de la chimenea. Luego nos miramos el uno al otro y dijimos que los dos estábamos locos, y también dimos gracias a Dios por que al menos Mabel mantuviera la cordura. Pues lo que él había visto era lo que yo había visto.

»Después de aquello, odiaba quedarme a solas con una sombra, porque en cualquier momento podría ver algo que se agazaparía, se desplomaría y yacería como un charco negro, y luego se fundiría lentamente con la sombra que tuviera más cerca. A menudo, esa sombra era la mía. La primera vez sucedió por la noche, pero después de aquello no había hora en la que me encontrara a salvo. Lo veía al amanecer y al mediodía, al anochecer y a la luz del fuego, y siempre se agazapaba y se hundía, hasta formar un charco que fluía hasta alguna sombra y se convertía en parte de ella. Y siempre lo veía si forzaba la vista, con cierto escozor y dolor. Era como si solo pudiera verlo y no más, como si mi vista, para captarlo, tuviera que esforzarse al máximo. Y el sonido aún estaba en la casa, aquel sonido que solo estaba a punto de oír. Hasta que por fin, una mañana temprano, lo oí. Estaba cerca, detrás de mí, y no fue más que un suspiro. Fue peor que aquella cosa que se arrastró con sigilo hasta las sombras.

»No sé cómo lo soporté. De no haberlos querido tanto a ambos, habría sido incapaz de soportarlo. Pero en lo más hondo de mi alma sabía que, si él no tenía a nadie con quien poder hablar sin tapujos, se volvería loco, o se lo contaría a Mabel. No era el suyo un carácter muy fuerte; muy dulce, bondadoso y amable, sí, pero no fuerte. Siempre se dejaba llevar con facilidad. Así que me quedé y aguanté, y estábamos muy alegres, gastábamos bromas inocentes y tratábamos de divertir a Mabel cuando estaba con nosotros. Pero cuando nos quedábamos a solas, no tratábamos de divertir a nadie. Y a veces pasaban uno o dos días sin ver ni oír nada, y tal vez tendríamos que habernos figurado que lo que habíamos visto y oído eran imaginaciones nuestras, solo que siempre nos daba la sensación de que había algo que rondaba la casa, algo que sencillamente no podía verse ni oírse.

A veces evitábamos hablar de ello, aunque por lo general no hablábamos de ninguna otra cosa. Y pasaron las semanas, y nació el bebé de Mabel. La enfermera y el médico dijeron que tanto la madre como la criatura estaban bien. Esa noche, él y yo nos quedamos hasta tarde en el comedor. Los dos llevábamos tres días sin ver ni oír nada; nuestra preocupación por Mabel había disminuido. Hablamos del futuro: parecía entonces mucho más luminoso que el pasado. Acordamos que, en el momento en que ella estuviera en condiciones de mudarse, él se la llevaría a pasar unos días al mar, y yo supervisaría el traslado de sus muebles a la nueva casa que él ya había elegido. Nunca lo había visto tan animado desde su boda, era casi el de antes. Al darle las buenas noches, dijo un montón de cosas sobre cómo había sido un gran consuelo para ambos. Yo no había hecho gran cosa, claro está; aun así, me alegro de que las dijera.

»Luego subí las escaleras, casi por primera vez sin aquella sensación de que algo me seguía. Me detuve a escuchar junto a la puerta de Mabel. Todo estaba en silencio. Continué hacia mi habitación, y en ese instante sentí que había algo detrás de mí. Me di la vuelta. Estaba allí, agazapado. Se desplomó, y su fluidez negra pareció verse absorbida bajo la puerta de la alcoba de Mabel.

»Regresé. Abrí una rendija de la puerta para escuchar. Todo estaba en calma. Y luego oí un suspiro justo a mi espalda. Abrí la puerta y entré. La enfermera y el bebé estaban dormidos. Mabel también dormía, estaba preciosa, como una niña cansada, y con un brazo acunaba al bebé, con su diminuta cabecita pegada a su costado. Recé entonces por que Mabel nunca conociera el terror que él y yo habíamos conocido, por que aquellas orejitas nunca oyeran otra cosa que sonidos hermosos, aquellos ojos claros nunca vieran otra cosa que escenas hermosas. Después de aquello, durante mucho tiempo, no me atreví a rezar. Porque mi plegaria fue atendida. Mabel nunca más vio ni oyó nada más en este mundo. Y ahora ya no podría hacer nada más por él ni por ella.

»Cuando la metieron en el ataúd, encendí velas de cera a su alrededor, y coloqué cerca las horribles flores blancas que la gente le envió; luego vi que él me había seguido. Lo cogí de la mano para llevármelo de allí.

»En la puerta, los dos nos dimos la vuelta. Nos pareció oír un suspiro. Él se habría acercado a ella de un brinco, espoleado por no sé qué disparatada y feliz esperanza. Pero en aquel momento lo vimos. Entre nosotros y el ataúd, gris al principio y luego negro, se agazapó un segundo, luego se desplomó y se volvió líquido, y se quedó recogido y encogido hasta salir corriendo hacia la sombra más cercana. Y la sombra más cercana era la del ataúd de Mabel. Me marché al día siguiente. Llegó la madre de él. Yo nunca le había gustado.

La señorita Eastwich se detuvo. Creo que se había olvidado por completo de nosotras.

—¿No lo volvió a ver? —preguntó la más joven de nosotras.

—Solo una vez —respondió la señorita Eastwich—, y algo negro se agazapó entonces entre él y yo. Pero en aquella ocasión no era más que su segunda esposa, que lloraba junto a su ataúd. No es una historia alegre, ¿verdad? Y no lleva a ninguna parte. Nunca se la he contado a nadie más. Creo que ha sido el ver a su hija lo que me lo ha traído todo a la memoria.

Miró hacia la puerta del tocador.

—¿El bebé de Mabel?

—Sí... Es clavadita a Mabel, solo que con los ojos de él.

La más joven de todas tenía las manos de la señorita Eastwich entre las suyas y las acariciaba.

De repente, la mujer apartó las manos de un tirón y se levantó cuan delgada y adusta era, apretó los puños y aguzó la vista. Miraba algo que las demás no veíamos, y ahora entiendo a qué se refería el hombre de la Biblia cuando dijo: «Hizo que se erizara el pelo de mi carne».

Lo que vio no parecía llegar ni a la altura del pomo de la puerta del tocador. Sus ojos lo siguieron mientras bajaba y bajaba, ensanchándose cada vez más. Los míos siguieron a los suyos, con todos los nervios a flor de piel, y a punto estuve de ver... ¿O llegué a verlo? No puedo estar segura. Pero todas oímos el prolongado suspiro tembloroso. Y a todas nos pareció que aquella respiración provenía de justo detrás de nosotras.

Fui yo quien cogió la vela, que goteó sobre mi mano trémula, y me vi arrastrada por la señorita Eastwich hasta la muchacha que se había

desmayado durante el segundo bis. Pero fue la más joven de todas la que, con sus esbeltos brazos, rodeó al ama de llaves cuando nos dimos la vuelta, y la ha rodeado numerosas veces desde entonces, en el nuevo hogar que gobierna a las órdenes de la nuestra benjamina.

El médico que llegó por la mañana dictaminó que la hija de Mabel había muerto porque padecía del corazón, circunstancia que había heredado de su madre. Por eso se había desmayado durante el segundo bis. Más de una vez, sin embargo, me he preguntado si no podría haber heredado algo de su padre. Jamás he logrado olvidar la expresión de su rostro exangüe.

El fantasma de la Nochebuena

J. M. Barrie

Hace algunos años, como tal vez recuerden, un alarmante artículo sobre fantasmas apareció en el órgano mensual que publica la Sociedad de Casas Encantadas. El autor garantizaba la veracidad de su testimonio, e incluso daba el nombre de la mansión del condado de York en la cual tuvo lugar el suceso. El artículo y el debate al que dio pie me inquietaron sobremanera, y consulté a Pettigrew sobre la conveniencia de aclarar el misterio. El autor aseguraba haber visto con claridad cómo su brazo «atravesaba la aparición y salía por el otro lado», y de hecho aún recuerdo que así lo refirió a la mañana siguiente. Vi el miedo reflejado en su rostro, pero conservé la presencia de ánimo para seguir comiendo los bollos con confitura como si mi pipa de brezo no guardara relación alguna con el milagroso suceso.

Dado que escribió un «artículo», supongo que se justifica que retocara los detalles del incidente. Afirma, por ejemplo, que justo antes de irnos a dormir nos contaron la historia del fantasma que, se asegura, ronda la casa. Tal como lo recuerdo, solo se mencionó durante el almuerzo, y con escepticismo. Tampoco arreciaba una nevada fuera ni ululaba un viento escalofriante por entre los esqueletos de los árboles. La noche era serena y húmeda.

Por último, hasta que el boletín cayó en mis manos no supe que se alojó en la habitación conocida como la Alcoba Encantada, ni que esa habitación se caracteriza por que el fuego de la chimenea proyecta siniestras sombras en las paredes. Eso, sin embargo, entra dentro de lo posible. Relata la leyenda del fantasma de la mansión exactamente tal como la conozco. La tragedia se remonta al reinado de Carlos I, y viene precedida por una patética historia de amor, que no viene al caso. Baste decir que durante siete días y siete noches el viejo mayordomo había aguardado con ansiedad el regreso de su joven señor y de su señora tras la luna de miel. En Nochebuena, una vez se hubo acostado, la campana de la puerta sonó con gran estrépito. Se echó por encima un batín y bajó las escaleras a toda prisa. Según se cuenta, algunos sirvientes lo vieron y repararon en la palidez cenicienta de su rostro a la luz de la vela. Retiró las cadenas de la puerta, descorrió el cerrojo y la abrió de un tirón. Lo que vio no lo sabe ningún ser humano, pero debió de ser espantoso, puesto que, sin un grito siquiera, el viejo mayordomo se desplomó muerto en el vestíbulo. Tal vez la parte más extraña de la historia sea que la sombra de un hombre fornido, que sostenía una pistola en la mano, pasó por encima del cadáver del mayordomo y, deslizándose escaleras arriba, desapareció, nadie supo dónde. Esa es la leyenda. No abundaré en la cantidad de explicaciones ingeniosas que se han ofrecido del suceso. Cada Nochebuena, sin embargo, se dice que la escena muda se repite; y la tradición asegura que nadie a quien el fantasmagórico intruso apunte con su pistola vive más de doce meses.

El día de Navidad, el caballero que relató el suceso en un boletín científico causó cierta sensación en la mesa del desayuno al afirmar con toda solemnidad que había visto un fantasma. Casi todos los presentes se burlaron de su historia, que puede resumirse en pocas palabras. Se había retirado a su dormitorio bastante temprano y al abrir la puerta se le apagó la vela. Intentó prenderla de nuevo, pero apenas había lumbre en la chimenea, y finalmente se acostó en penumbra. Lo despertó —no supo decir a qué hora— el tintineo de una campana. Se irguió en la cama, y la historia fantasmagórica le vino de pronto a la cabeza. El fuego estaba apagado, así que la habitación estaba a oscuras; sin embargo, en el acto supo, aunque no

oyó ningún ruido, que la puerta de su alcoba se había abierto. «¿Quién es?», preguntó, sin obtener respuesta. Con esfuerzo se levantó de un salto y fue hacia la puerta, que estaba entornada. Su habitación estaba en el primer piso, y al mirar la escalera que subía no vio nada. En cambio, sintió que se le helaba el corazón al mirar hacia el otro lado. Bajando despacio y sin ningún ruido, había un anciano en batín. Sostenía una vela. Desde lo alto de la escalera solo se alcanza a ver una parte del vestíbulo, pero cuando la aparición se desvaneció, el caballero que había presenciado la escena se armó de valor para ir detrás y bajar unos cuantos peldaños. Al principio no había nada que ver, porque la luz de la vela se había extinguido. Un resplandor tenue, sin embargo, entraba por las ventanas largas y estrechas que flanquean la puerta de la entrada, y al cabo de un instante el testigo pudo ver que el vestíbulo estaba desierto. Asombrado aún por la súbita desaparición del mayordomo, se horrorizó al ver que de pronto un cuerpo se desplomaba en el suelo del vestíbulo, a unos pasos de la puerta. El caballero no recuerda si gritó, ni cuánto tiempo se quedó allí temblando. Volvió en sí con un sobresalto al reparar en que algo subía por la escalera. El miedo le impidió huir, y al cabo de un momento aquella presencia estaba a su lado. Entonces entrevió que no era la misma figura que había visto descender. Se trataba de un hombre más joven, enfundado en un recio gabán, pero sin sombrero. Llevaba en el rostro un desaforado gesto triunfal. El huésped tendió osadamente la mano hacia la figura: cuál no sería su asombro al comprobar que la mano la traspasaba. El fantasma se detuvo un instante y se volvió a mirar atrás. Fue entonces cuando el caballero advirtió que empuñaba una pistola en la mano derecha. A esas alturas se hallaba en un estado de crispación tremenda, y permaneció inmóvil por temor a que lo apuntaran con la pistola. La aparición, sin embargo, se deslizó rápidamente escaleras arriba y no tardó en perderse de vista. Esos son los hechos principales de la historia, ninguno de los cuales contradije entonces.

No tengo absoluta certeza de que pueda aclarar este misterio, pero un sinnúmero de pruebas circunstanciales confirma mis sospechas, aunque ninguna de ellas se entenderá a menos que explique el extraño mal que padecía. Adondequiera que fuera, me asaltaba el presentimiento de que me

había olvidado la pipa. A menudo, incluso sentado a la mesa durante la cena, me interrumpía en medio de una frase como si me aquejara un dolor repentino, y me llevaba la mano al bolsillo. A veces, incluso después de palparla, tenía la convicción de que la pipa estaba obstruida, y solo con un esfuerzo desesperado evitaba sacarla y soplar por la boquilla. Recuerdo con claridad que en una ocasión soñé tres noches seguidas que estaba en el expreso escocés sin ella. Más de una vez sé que he vagado en su busca, sonámbulo, en toda clase de sitios, y después de acostarme solía salir de la cama solo para asegurarme de que estaba a buen recaudo. Creo firmemente, pues, que el fantasma que vio el autor del artículo era yo. Supongo que me levanté dormido, encendí una vela y deambulé hasta el recibidor para comprobar si mi pipa estaba a buen recaudo en mi abrigo, que había quedado colgado allí. La luz se apagó mientras estaba abajo. Es probable que el cuerpo que se vio caer en el suelo del vestíbulo fuera algún que otro abrigo que tiré para que me resultase más fácil alcanzar el mío. No puedo explicar el sonido de la campana, pero quizás el caballero de la alcoba encantada la oyera en sueños. Yo me había puesto el abrigo antes de volver a subir; de hecho, puedo decir que a la mañana siguiente me sorprendió encontrarlo en una butaca de mi dormitorio, así como advertir que mi batín estaba manchado con varios goterones del sebo de una vela. Concluyo que la pistola, que le confería a mi expresión aquel aire triunfal, era mi pipa de brezo, que encontré por la mañana debajo de mi almohada. Acaso lo más raro de todo fuese que, cuando me desperté, olía a humo de tabaco en la habitación.

La historia de los diablillos que se llevaron a un sacristán

Charles Dickens

En una ciudad abacial, en el interior de esta región del país, hace mucho, mucho tiempo —tanto, que la historia debe de ser cierta, porque nuestros tatarabuelos creían en ella de una manera implícita— oficiaba de sacristán y sepulturero en el cementerio un tal Gabriel Grub. En modo alguno cabe suponer que un sacristán, por el mero hecho de estar constantemente rodeado de emblemas mortuorios, deba ser un hombre huraño y melancólico: el gremio de las pompas fúnebres es el más alegre del mundo. Y añadiré que en una ocasión tuve el honor de tratar a fondo a un sordomudo que, en privado, y cuando no estaba de servicio, era un muchacho cómico y jocoso como el que más, capaz de gorjear una canción endiablada sin cometer ni un solo desliz, o de apurar una copa a palo seco sin detenerse a respirar. Pero, a pesar de esos precedentes en sentido contrario, Gabriel Grub era un tipo malcarado, terco y hosco, un hombre taciturno y solitario, que no se juntaba con nadie más que consigo mismo y con una vieja botella con una funda de mimbre que encajaba en el bolsillo grande y profundo de su chaleco, y que escrutaba las caras de alegría de cualquiera que pasase a su lado con una mueca tan cargada de maldad y rencor que era difícil sostenerla sin sentir un tremendo espanto.

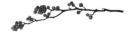

243

Poco antes del crepúsculo, cierta Nochebuena, Gabriel se llevó la pala al hombro, encendió un farol y echó a andar hacia el viejo cementerio, pues tenía que terminar de cavar una fosa para la mañana siguiente, y, como se sentía muy abatido, pensó que quizá le levantaría el ánimo ponerse manos a la obra enseguida. Mientras subía por la calle del casco antiguo, vio el alegre resplandor de la lumbre a través de las viejas vidrieras, y oyó las sonoras risas y los alegres gritos de quienes se congregaban en torno al hogar; observó el ajetreo de los preparativos para la fiesta del día siguiente y olió los sabrosos manjares, que empañaban de vaho las ventanas de las cocinas. Todo eso era hiel y carcoma para el corazón de Gabriel Grub; y cuando los niños salieron de las casas dando brincos hasta la calle, y se encontraron, antes de poder llamar a la puerta de enfrente, con media docena de pilluelos de pelo rizado que se amontonaron a su alrededor, mientras subían en manada las escaleras para pasar la noche enfrascados en sus juegos navideños, Gabriel lanzó una sonrisa siniestra y agarró el mango de la pala con más firmeza, pensando en el sarampión, en la escarlatina, en las úlceras, en la tosferina y en otras tantas fuentes de consuelo.

Contento por todo ello, Gabriel siguió andando, devolviendo con gruñidos secos los saludos afables de los vecinos con quienes se cruzaba de vez en cuando, hasta que enfiló el sendero oscuro que terminaba en el camposanto. Ansiaba llegar a aquel sendero, pues por lo general era un paraje tranquilo, sombrío y lúgubre por donde los lugareños no acostumbraban a transitar, salvo en pleno día y cuando hacía sol. Su indignación no fue poca al oír a un golfillo que cantaba a grito pelado un alegre villancico navideño, precisamente en ese santuario que se conocía como «callejuela del Ataúd» desde los tiempos de la antigua abadía y la época de los monjes de cabezas tonsuradas. A medida que Gabriel seguía andando, y que la voz se acercaba, descubrió que provenía de un chiquillo que caminaba a toda prisa para unirse a alguno de los festejos de la calle vieja y que, en parte por no sentirse solo, en parte porque se preparaba para la ocasión, cantaba a pleno pulmón. Así que Gabriel aguardó a que el niño se acercara, y entonces lo acorraló en un rincón y le asestó cinco o seis golpes con el farol en la cabeza, para enseñarle a modular la voz. Y cuando el chiquillo echó a correr llevándose las manos a

la cabeza y aullando una melodía que era otro cantar muy diferente, Gabriel Grub rio para sus adentros de buena gana y, al entrar en el cementerio, cerró la cancela.

Se quitó el abrigo, dejó el farol en el suelo y, tras meterse en la fosa inacabada, trabajó una hora larga con verdadero ahínco. Pero la helada había endurecido el suelo, y no resultaba fácil cavar ni palear la tierra, y, aunque había luna, era una luna nueva que apenas arrojaba luz sobre la fosa, situada a la sombra de la iglesia. En cualquier otro momento, esos obstáculos habrían hecho que Gabriel Grub sucumbiese al malhumor y el abatimiento, pero estaba tan satisfecho por haber interrumpido la canción del chiquillo que apenas reparó en sus escasos progresos, y cuando acabó el trabajo por esa noche, contemplando la fosa con adusta satisfacción, tarareó mientras recogía sus cosas:

> Qué buena morada, qué buena morada,
> bajo tierra cuando la vida acaba:
> una losa en la cabeza, una losa en los pies,
> comida jugosa para los gusanos, ya ves.
> Hierba pujante encima y alrededor barro mojado,
> ¡qué buena morada esta, en el camposanto!

—¡Jo, jo, jo! —rio Gabriel Grub, al sentarse en la lápida de un sepulcro que era uno de sus lugares de reposo favoritos, y sacó su petaca con la funda de mimbre—. ¡Un ataúd en Navidad! ¡Una caja de Navidad! ¡Jo, jo, jo!

—¡Jo, jo, jo! —repitió una voz que sonó cerca a su espalda.

Gabriel se detuvo, con cierta alarma, en el acto de llevarse la botella a los labios, y se volvió a mirar. El fondo de la tumba más antigua no estaba más inerte y silencioso que el cementerio al tenue resplandor de la luna. La fría escarcha relucía sobre los sepulcros, y centelleaba como sartas de piedras preciosas entre las tallas de piedra de la vieja iglesia. Una capa de nieve dura y crujiente cubría el suelo y se extendía sobre los montones de tierra dispersos, tan blanca y suave que parecía que debajo yacieran cadáveres tapados tan solo por sus mortajas. Ni el más débil rumor rompía la profunda tranquilidad de aquella escena solemne. El sonido mismo parecía congelado, de tan frío y silencioso como estaba todo.

—Habrá sido el eco —dijo Gabriel Grub, y se llevó de nuevo la botella a los labios.

—No, *no* lo ha sido —replicó una voz grave.

Gabriel dio un respingo y se quedó clavado en el sitio, lleno de asombro y terror, pues sus ojos se posaron en una figura que le heló la sangre.

Sentado en una lápida vertical, cerca de él, había una extraña criatura sobrenatural que, Gabriel lo supo en el acto, no era de este mundo. Sus larguísimas piernas, que podrían haber llegado hasta el suelo, estaban encogidas y cruzadas de la manera más peculiar y absurda; tenía unos brazos nervudos descubiertos, y las manos apoyadas en las rodillas. Cubría su torso, compacto y redondo, una prenda ceñida, ornamentada con ojales; una esclavina le colgaba a la espalda; el cuello estaba cortado en curiosos picos, que le servían al diablillo a modo de gorguera o pañuelo; y sus zapatos estaban rematados en una punta hacia arriba. En la cabeza llevaba un capirote de ala ancha, decorado con una única pluma. El sombrero estaba cubierto de escarcha, y daba la impresión de que el diablillo llevara sentado doscientos o trescientos años en la misma lápida, tan cómodamente. Permanecía inmóvil; sacaba la lengua, en una mueca burlona, y le sonreía a Gabriel Grub como solo un diablillo sería capaz de sonreír.

—*No* ha sido el eco —insistió el diablillo.

Gabriel Grub estaba paralizado y no podía articular respuesta.

—¿Qué haces aquí en Nochebuena? —preguntó el diablillo con tono seco.

—He venido a cavar una tumba, señor —tartamudeó Gabriel Grub.

—¿Qué clase de hombre deambula entre las tumbas y los cementerios una noche como esta? —exclamó el diablillo.

—¡Gabriel Grub, Gabriel Grub! —chilló un fiero coro de voces que pareció llenar el camposanto.

Gabriel miró a su alrededor, asustado: no se veía nada.

—¿Qué tienes en esa botella? —preguntó el diablillo.

—Aguardiente, señor —repuso el sacristán, que temblaba más que nunca, porque había comprado el licor de contrabando y pensó que quizá su interrogador trabajaba para el departamento de recaudación de tributos.

—¿Quién bebe aguardiente solo, y en el cementerio, en una noche como esta?

—¡Gabriel Grub, Gabriel Grub! —exclamaron de nuevo las voces fieras.

El diablillo le lanzó una mirada llena de malicia al aterrorizado sacristán, y, alzando la voz, exclamó:

—Y entonces, ¿quién es nuestro justo y legítimo premio?

A esta pregunta, el coro invisible contestó en una ráfaga que sonaba como las voces de muchos cantores que parecía seguir el poderoso compás del viejo órgano de la iglesia, una ráfaga que pareció transportar a los oídos del sacristán un viento embravecido y extinguirse al pasar de largo; pero, en esencia, la respuesta aún era la misma:

—¡Gabriel Grub, Gabriel Grub!

El diablillo esbozó una sonrisa más amplia que antes cuando le preguntó:

—Bueno, Gabriel, ¿qué dices a eso?

El sacristán apenas podía respirar.

—¿Qué piensas al respecto, Gabriel? —insistió el diablillo, que balanceaba los pies en el aire a ambos lados de la lápida, y se miraba las puntas de los zapatos con la misma complacencia con que miraría el par más moderno de botas Wellington de toda Bond Street.

—Es... es... muy curioso, señor —contestó el sacristán, medio muerto del susto—. Muy curioso, y encantador, pero creo que volveré para terminar mi trabajo, señor, con su permiso.

—¡Trabajo! —exclamó el diablillo—. ¿Qué trabajo?

—La tumba, señor; cavar la tumba —tartamudeó el sacristán.

—Ah, la tumba, ¿eh? —dijo el diablillo—. ¿Quién cava una tumba cuando todos los demás se divierten, y encima disfruta con eso?

Una vez más, las misteriosas voces contestaron:

—¡Gabriel Grub, Gabriel Grub!

—Me temo que mis amigos te reclaman, Gabriel —prosiguió el diablillo, que se empujó el moflete más todavía con la lengua, y por cierto que era una lengua de lo más asombrosa—. Me temo que mis amigos te reclaman, Gabriel —repitió.

—Disculpe, señor —repuso el sacristán, horrorizado —. No creo que puedan reclamarme, señor; no me conocen; no creo que esos caballeros me hayan visto nunca, señor.

—Uy, sí que te conocen —contestó el diablillo—. Conocemos al hombre con cara de mala uva y el ceño adusto que esta noche pasó por la calle lanzando miradas siniestras a los niños y agarrando con más fuerza su pala de sepulturero. Conocemos al hombre que ha pegado al niño con la maldad de su corazón envidioso, porque el niño podía estar contento y él no. Lo conocemos, lo conocemos.

En ese punto, el diablillo soltó una carcajada estridente, que el eco devolvió multiplicada por veinte, y, lanzando las piernas al aire, se puso cabeza abajo, o más bien sosteniéndose sobre la punta de su sombrero de capirote en el borde de la lápida, desde donde hizo una voltereta con una agilidad extraordinaria y cayó justo a los pies del sacristán. Se plantó allí con la postura en que los sastres suelen sentarse en el mostrador.

—Sintiéndolo mucho, tengo que dejarlo, señor —se disculpó el sacristán, que hizo un esfuerzo para moverse.

—¡Dejarnos! —exclamó el diablillo—. Gabriel Grub va a dejarnos. ¡Jo, jo, jo!

Mientras el diablillo se reía, el sacristán observó, por un instante, una luz resplandeciente a través de los ventanales de la iglesia, como si el interior del templo se hubiera iluminado. El resplandor desapareció, en el órgano sonó una melodía de lo más animada y tropas enteras de diablillos, iguales que el primero, acudieron en tromba al cementerio y empezaron a jugar al salto de la rana entre las lápidas, sin detenerse ni un momento para respirar, «salvando», en vez de eso, las más altas de todas, uno tras otro, con suma destreza. El primer diablillo era un saltarín asombroso y ninguno de los demás lograba hacerle sombra. A pesar del terror, el sacristán no pudo evitar fijarse en que, mientras sus amigos se contentaban con saltar las lápidas comunes, el primero sorteaba los panteones familiares, verjas de hierro y todo, con la misma soltura que si hubieran sido unas vallas en la calle.

Por fin el juego llegó a su apogeo: el órgano aceleraba más y más el ritmo, y los diablillos brincaban más y más rápido, dando volteretas en el

aire, haciendo saltos mortales en el suelo y botando sobre las lápidas como balones. El sacristán sintió que la cabeza le daba vueltas al contemplar aquel torbellino en movimiento y que le flaqueaban las piernas mientras los espíritus volaban ante sus ojos, cuando el rey de los diablillos, abalanzándose de pronto hacia él, lo agarró con una mano por el cogote y se hundió con él en la tierra.

Cuando Gabriel Grub consiguió recuperar el aliento después de que el rápido descenso le cortara la respiración, se encontró en lo que parecía ser una enorme caverna, rodeado por todas partes de diablillos feos y siniestros. En el centro de la gruta, en una butaca elevada, estaba parapetado su amigo del cementerio, y muy cerca de él estaba el propio Gabriel Grub, sin capacidad para moverse.

—Hace frío esta noche, mucho frío... —dijo el rey de los diablillos—. ¡Traedme un brebaje para entrar en calor!

Apenas dio la orden, media docena de diablillos solícitos, con una sonrisa perpetua en la cara, a quienes Gabriel tomó por cortesanos, desaparecieron a toda prisa y regresaron en el acto con un cáliz de fuego líquido, que ofrecieron a su rey.

—¡Ah! —exclamó el diablillo, cuyos mofletes y garganta eran transparentes mientras tragaba las llamas—. ¡Desde luego, así es como uno entra en calor! Traedle un trago de lo mismo al señor Grub.

El desventurado sacristán trató, en vano, de protestar, con el pretexto de que no tenía costumbre de tomar nada caliente por la noche. Uno de los diablillos lo sujetó mientras otro le echaba el líquido abrasador en el gaznate; todos los presentes se desternillaron de risa al ver cómo tosía y se ahogaba, y se secaba las lágrimas que le manaban de los ojos después de tomar el brebaje ardiente.

—Y ahora... —dijo el rey, que hincó la fantástica punta de su capirote en el ojo del sacristán, lo cual le provocó el dolor más exquisito—. Y ahora, ¡mostrad al hombre de la desgracia y la pesadumbre algunas imágenes de nuestro gran repertorio!

Nada más decir esto el diablillo, una densa nube que ocultaba el fondo de la caverna se disipó poco a poco y reveló, a una distancia que parecía

inmensa, una habitación pequeña y apenas amueblada, pero pulcra y limpia. Había una multitud de chiquillos reunidos en torno a un brillante fuego, agarrados a las faldas de su madre y retozando alrededor de su silla. La madre se levantaba de vez en cuando y descorría la cortina de la ventana, como si esperara a alguien; una modesta cena estaba a punto de ser servida en la mesa y había una butaca colocada frente a la chimenea. Llamaron a la puerta: la madre acudió a abrir, y los niños se amontonaron a su alrededor para recibir a su padre dando palmas de alegría. Estaba empapado y exhausto, y se sacudió la nieve de la ropa mientras los niños lo rodeaban y, recogiéndole la capa, el sombrero, el bastón y los guantes con brioso afán, los sacaban corriendo de la habitación. Entonces, cuando el padre se sentó a comer frente al fuego, los niños treparon en sus rodillas y la madre se sentó a su lado, y todos parecían felices y contentos.

Sin embargo, la imagen cambió, de manera casi imperceptible. La escena se transformó en un pequeño dormitorio, donde el niño más pequeño y pálido yacía moribundo. El rubor le había desaparecido de las mejillas, y la luz de sus ojos. Y, mientras el sacristán lo observaba con un interés que nunca antes había experimentado ni conocido, el niño expiró. Sus hermanos y hermanas se apiñaron en torno a su camita y le dieron la mano, aunque la notaban tan fría y pesada que retrocedían con solo tocarla, y miraban sobrecogidos su cara inocente, que parecía serena y tranquila, como si la criatura descansara en paz, pero se daban cuenta de que estaba muerto, y sabían que ahora era un ángel que los miraba, bendiciéndolos, desde un cielo radiante y feliz.

De nuevo la imagen se nubló, y de nuevo cambió el tema. El padre y la madre ahora estaban viejos e impedidos, y los rodeaban menos de la mitad de los hijos; pero el contento y la alegría irradiaron de todos los rostros y resplandecieron en todas las miradas al juntarse alrededor del fuego a contar y escuchar las entrañables historias de tiempos pasados. Lenta y apaciblemente, el padre acabó en la tumba, y poco después la que había compartido sus cuitas y tribulaciones lo siguió también a un lugar de reposo. Los pocos que aún les sobrevivían se arrodillaron junto a la tumba y regaron con sus lágrimas la verde hierba que la cubría; después se levantaron

y se marcharon, tristes y apenados, pero no con llantos de amargura o lamentos desesperados, pues sabían que un día volverían a encontrarse; y una vez más, se mezclaron en el trajín del mundo y recuperaron el contento y la alegría. La nube cubrió la imagen y la ocultó de la vista del sacristán.

—¿Qué opinas de *eso*? —preguntó el diablillo, que volvió la cara hacia Gabriel Grub.

Gabriel farfulló que era muy bonito, y pareció un poco avergonzado cuando el diablillo lo escrutó con su mirada furibunda.

—¡Tú, miserable! —dijo el diablillo en un tono de menosprecio desmedido—. ¡Tú...!

Parecía dispuesto a añadir algo más, pero la indignación ahogó sus palabras, así que estiró una pierna con agilidad y, balanceándola un poco por encima de su cabeza para asegurar el golpe, le propinó una sonora patada a Gabriel Grub. En el acto, todos los diablillos presentes se amontonaron alrededor del desdichado sacristán y lo vapulearon sin piedad, de acuerdo con la afianzada e invariable costumbre de los cortesanos del mundo entero, que tratan a patadas a aquellos a quienes la realeza trata a patadas, y abrazan a aquellos a quienes la realeza abraza.

—¡Mostradle más! —ordenó el rey de los diablillos.

Apenas pronunció esas palabras, la nube se disipó y un rico y bello paisaje se reveló ante sus ojos; hay uno idéntico hasta el día de hoy a las afueras de la vieja ciudad abacial. El sol brillaba en el claro cielo azul, el agua centelleaba bajo sus rayos, y los árboles parecían más verdes y las flores más alegres bajo su alentadora influencia. El agua corría con un grato rumor; los árboles se mecían con la ligera brisa que murmuraba entre sus hojas; los pájaros cantaban en las ramas; y la alondra trinaba en lo alto, dando la bienvenida a la mañana. Sí, era de mañana: una radiante y templada mañana de verano; la hoja más diminuta, la más fina brizna de hierba, estaban animadas de vida. La hormiga se afanaba en su tarea cotidiana, la mariposa aleteaba y se recreaba en los tibios rayos del sol; miríadas de insectos extendían sus alas transparentes, gozando de su breve pero feliz existencia. El hombre caminó hacia allí, embelesado en la escena, y todo era brillo y esplendor.

—¡*Tú*, miserable! —lo increpó el rey de los diablillos, en un tono más despectivo que antes. Y de nuevo alzó una pierna y volvió a descargarla sobre los hombros del sacristán; y de nuevo los diablillos de su séquito imitaron el ejemplo de su cabecilla.

La nube se fue unas cuantas veces y volvió otras tantas, y dio varias lecciones a Gabriel Grub, quien, pese a que los hombros le dolían por las frecuentes patadas del diablillo, seguía con un interés que nada podía menguar. Vio que los hombres que trabajaban duro y se ganaban el escaso sustento con una vida de esfuerzo estaban contentos y felices; y que para los más ignorantes la dulce cara de la naturaleza era una fuente infalible de dicha y alegría. Vio que quienes se habían educado con esmero y se habían criado con ternura conservaban la alegría ante las privaciones y vencían el sufrimiento que habría derrotado a muchos otros hechos de una pasta más dura, porque albergaban en su interior los materiales de la felicidad, el contento y la paz. Vio que las mujeres, las más tiernas y frágiles de todas las criaturas de Dios, eran a menudo las más capaces de vencer la pena, la adversidad y la aflicción, porque llevaban en el corazón un manantial inagotable de afecto y devoción. Vio, sobre todo, que los hombres como él mismo, que gruñían ante el gozo y la alegría de los demás, eran las peores hierbas sobre la faz de la tierra; y, poniendo toda la bondad del mundo frente a la maldad, llegó a la conclusión de que, a fin de cuentas, era un mundo muy digno y respetable. Nada más formarse, la nube que cubrió la última imagen pareció pesar sobre sus sentidos, apaciguándolo. Uno a uno, los diablillos se perdieron de vista y, cuando desapareció el último, se quedó dormido.

Había despuntado el alba cuando Gabriel Grub se despertó y se encontró tendido cuan largo era sobre la lápida del cementerio, al lado de la botella con la funda de mimbre vacía, y el abrigo, la pala y el farol cubiertos por la escarcha de la noche desperdigados en el suelo. La piedra en la que había visto sentado al diablillo por primera vez se erguía ante él con insolencia, y la tumba en la que había trabajado hasta la madrugada no estaba lejos. Al principio, empezó a dudar de que sus aventuras hubieran ocurrido en realidad, pero el dolor agudo en los hombros cuando trató de levantarse

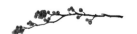

confirmaba que, desde luego, las patadas de los diablillos no habían sido imaginarias. Se sobresaltó de nuevo al observar que no había rastro de pisadas en la nieve, donde los diablillos habían jugado al salto de la rana entre las lápidas, pero enseguida justificó esa circunstancia al recordar que, al ser espíritus, no habrían dejado una huella visible a su paso. Así pues, Gabriel Grub se levantó como buenamente pudo por el dolor de espalda y, sacudiendo la escarcha, se puso el abrigo y se volvió hacia el camino que llevaba a la ciudad.

Era un hombre distinto, sin embargo, y no pudo soportar la idea de volver a un lugar donde su arrepentimiento sería objeto de burla, y su enmienda, puesta en duda. Tras titubear unos instantes, dio media vuelta y echó a andar sin rumbo para buscarse el pan en otra parte.

Encontraron el farol, la pala y la botella con la funda de mimbre, aquel mismo día, en el cementerio. Al principio hubo muchas especulaciones acerca de la suerte que había corrido el sacristán, pero pronto llegaron a la conclusión de que se lo habían llevado los diablos, y no faltaron algunos testigos muy fiables que aseguraban haberlo visto surcando el aire a lomos de un caballo zaino ciego de un ojo, con patas de león y cola de oso. Al final acabaron creyendo la historia fervientemente, y el nuevo sacristán solía mostrar a los curiosos, por un módico emolumento, un pedazo de tamaño considerable de la veleta de la iglesia que dicho caballo había derribado por accidente en su fuga aérea, y que él mismo había recogido en el camposanto apenas un par de años después.

Por desgracia, esas historias se tambalearon con la inesperada reaparición del mismísimo Gabriel Grub, una década después, convertido en un anciano reumático, afable y andrajoso. Le contó su historia al clérigo, y también al alcalde, y con el paso del tiempo empezó a tomarse como un suceso histórico, tal como ha seguido relatándose hasta hoy. Quienes creyeron el relato de la veleta, al haber perdido la confianza una vez, no volvieron a cederla con facilidad, así que aparentaban la mayor sensatez posible, se encogían de hombros, se tocaban la frente y murmuraban que Gabriel Grub se había bebido todo el aguardiente y luego se había quedado dormido encima de la lápida. Después explicaban que lo que creyó ver en la

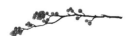
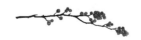

caverna de los diablillos en realidad era que había visto el mundo y había entrado en razón. Esa opinión, que de todos modos no gozó de popularidad en ningún momento, no tardó en extinguirse. Y, sea como fuere, dado que Gabriel Grub padeció de reuma hasta el final de sus días, esta historia tiene al menos una moraleja, a falta de otra mejor, y es que si un hombre se pone de mala uva y bebe a solas en Navidad, vale más que se prepare: tal vez los espíritus nunca sean tan bondadosos, o ni siquiera estén dispuestos a ir tan lejos para sacar a alguien de dudas, como los que Gabriel Grub vio en la caverna de los diablillos.

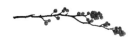

Un cuento de Navidad

Margaret Oliphant

No sé muy bien cómo contar esta extraña aventura, ni qué explicación darle, pero empezó de una manera muy prosaica, más corriente incluso que las circunstancias bajo las cuales el laureado poeta meditó su leyenda de *Godiva*. Después de un largo trayecto hasta una pequeña estación de ferrocarril en medio del campo, descubrí con desaliento que había perdido el tren.

¡Había perdido el tren! No había otro hasta las doce de la mañana siguiente, y entonces eran apenas las dos o las tres de la tarde; el lugar donde la suerte quiso que me encontrara era una de las estaciones menos transitadas de un «ramal» ferroviario en medio del campo. Bien mirado, ahora me parece rarísimo que hubiera una espera tan exagerada; pero entonces no recelé, solo me contrarió.

Y no había ni siquiera una casa, salvo la choza a medio hacer de la compañía ferroviaria, donde se alojaba el jefe de estación en aquel inhóspito lugar; así que entre él y el revisor tuvieron que darme indicaciones para llegar a la villa de Witcherley, que estaba a un par de kilómetros campo a través. Era verano, pero había llovido mucho y las carreteras, como sabía a tenor de mi experiencia de aquella mañana, estaban «complicadas». No obstante,

eché a andar por el campo con particular serenidad. De hecho, me tomé todo el asunto con mucha calma, una vez me hube hecho a la idea. Es asombroso con qué facilidad se puede lograr eso cuando se es presa de cierto estado de ánimo.

A decir verdad, aquella era una región hermosa, en especial cuando el sol caía de pleno sobre la lluvia que centelleaba en las hojas..., ¡más que cuando la lluvia caía sobre mí! Mientras bajaba por una vaguada, rocé con el sombrero una gran rama de espino blanco, que me dio una buena ducha con unos goterones fríos como diamantes. No puedo decir que disfrutara enteramente de aquel bautismo improvisado, y la maraña de zarzas mojadas bajo mis pies estaba llena de traicioneras sorpresas, y el sendero encharcado bajo aquella magnífica veta de tierra rojiza, que había captado mi atención un poco antes, ahora me atrapaba los pies con una tenacidad inaudita. A pesar de todo, era un camino precioso; un agricultor trajinaba con brío en un campo entre el maíz joven, levantando los débiles tallos «tumbados» por la lluvia; y todo crecía exuberante con aquel aire fresco y dulce, en el que los pájaros alzaban tu trino universal. Aparecieron los hastiales blancos de las casas, parcelas sembradas, el campanario de una iglesia que asomaba por entre los árboles, y, cuando llegué a la siguiente cerca, entré de un salto por el final de una callejuela a la villa de Witcherley, una aldea verdaderamente rural que, si bien distaba apenas un par de kilómetros de una estación del ferrocarril, permanecía a salvo y en paz enclavada en los antiguos campos de la Arcadia.

Frente a mí había una gran verja de hierro, sumamente ornamentada, como se forjaban cien años antes. La minúscula garita del portero estaba cerrada, señal evidente de que eran pocos los carruajes que subían al atardecer por aquella avenida, a la que se accedía por una pequeña poterna lateral. La avenida era estrecha, aunque con unos árboles enormes y vetustos que ocultaban por completo la vista de la casa a la que conducían. De pronto aparecieron tres chozas con el techo de paja, que flanqueaban un muro cubierto de musgo que seguía un poco más adelante la carretera desde las verjas de la casa solariega; y después el sendero bordeaba una fachada gris, con luz en una ventana de la buhardilla, pero nada más. Dado que se trataba de

Witcherley Arms, no seguí adelante, aunque me fijé en unas casas grises, silenciosas y toscas un poco más allá. Witcherley Arms, en efecto, *era* el caserío de Witcherley, un lugar a medio camino entre una posada y una granja, con largas habitaciones de techos bajos, ventanucos, y una edificación irregular y dispersa a la cual resultaba difícil dar ninguna utilidad, y que parecía un entramado de largos corredores que conducían a despensas, armarios y lavanderías en una pródiga y extraña abundancia. Unos escalones toscos conducían hasta la puerta, dentro de la cual, a un lado, había una pequeña barra, y al otro, el comedor de la fonda. Justo delante de la casa, rodeado por una pequeña parcela de hierba, se erguía un viejo olmo de cuyas altas ramas se balanceaba el letrero; al otro lado había una cancela que daba a un patio, donde se veían las paredes negruzcas de graneros y talleres a lo largo de la mitad del recinto. A lo lejos, el terreno ascendía en una loma cubierta por los bosques de la casa solariega. De cerca, en cambio, el paisaje era una región rústica surcada por carreteras solitarias que atravesaban el páramo y parecían no llevar a ninguna parte. Había una carreta vacía junto a la puerta, con un caballo que aguardaba paciente y desganado, y esa indescriptible conciencia muda de que a nadie le importa cuánto tiempo pasará dentro el carretero o la mansa bestia fuera, esa desidia que solo se encuentra en rincones muy remotos y muy aislados del campo. Confieso que entré en Witcherley Arms con un poco de recelo, y sin grandes expectativas de comodidad o jolgorio.

La taberna era bastante grande, y con dos ventanales por los que entraba la luz del sol, con un techo desparejo y suelo de tierra. Dos mesitas al lado de las ventanas, y otra mesa larga colocada a través de la sala del fondo y una buena tanda de sillas ásperas con el respaldo de madera, eran todo el mobiliario. Un pobre patán vestido con un sayo, sin duda el carretero, bebía cerveza, cabizbajo, en una de las mesitas. El posadero merodeaba entre la puerta abierta de fuera y la «cafetería», de modo que ocupé un asiento en la cabecera de la mesa grande, y le pregunté a la asombrada moza que servía en la taberna qué podía cenar.

Se sobresaltó más de lo que esperaba con la pregunta. ¡Cenar! En la casa había tocino cocido, eso lo sabía, y se podía conseguir jamón y huevos. No

quería parecer quisquilloso dadas las circunstancias, así que tendió el mantel, y me puso delante el tocino cocido mientras el otro plato más sabroso se preparaba. Para verme mejor, el posadero entró y se aposentó al lado la ventana con el patán. Aquellos ilustres personajes no eran rufianes, ni mucho menos, sino que parecían de lo más honestos, obtusos y ociosos: hablaban un dialecto extraño a mis oídos, y sus voces se confundían, pero alcancé a distinguir que hablaban del «hidalgo».

Por supuesto, era el asunto más natural del que podía hablarse en un lugar tan primitivo; y yo, examinando el tocino, en absoluto apetecible, les presté poca atención. Poco a poco, sin embargo, el posadero deambuló otra vez hacia la puerta, y en el acto me sorprendió oír una voz fuera, completamente diferente de las voces con que farfullaban los rústicos. Acto seguido se oyeron unos pasos briosos, y entró un anciano caballero, enjuto, que llevaba con particular esmero un pulcro abrigo azul con botones dorados, una corbata blanca impecable y botas de húsar, y el pelo de un color que tanto podía ser canoso como empolvado. Apareció como un monarca que entrase en un humilde rincón de sus dominios. No cabía duda de su identidad: aquel era el hidalgo.

El aldeano de la ventana agachó la testuz en señal de reverencia; el anciano caballero asintió con la cabeza, pero clavó su mirada sagaz en mí —no pasaban forasteros a menudo por Witcherley Arms— ¡y luego en el tocino, que yo solo me había atrevido a mirar! El hidalgo se acercó haciendo gala de una refinada y caritativa cortesía, y le conté mi historia: había perdido el tren. El tren era una absoluta novedad en aquel lugar perdido del país. Era evidente que el anciano caballero no lo aprobaba, ni mucho menos, y trató mi retraso como una especie de merecido escarmiento.

—¡Ah, las prisas, las prisas! ¡No nos complace nada más, hoy en día! —dijo, moviendo la cabeza con dignidad—. Un buen carruaje de los de toda la vida le habría llevado cómodamente, sin el riesgo de esperar un día entero o partirse una pierna, pero triunfan las novedades...

No le dije que el ferrocarril no era, a fin de cuentas, un adelanto tan novedoso en otras partes del mundo fuera de Witcherley, y mi contención se vio recompensada.

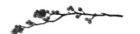

—Si no le importa esperar media hora, y caminar un poco más —añadió el señor inmediatamente—, creo que puedo prometerle una cena mejor que la que puedan darle aquí. Una mesa campestre, señor mío, nada más, pero mejor que el tocino del honorable Giles, que veo que no le hace mucha gracia. Le dará una buena cama, eso sí; una cama limpia y cómoda. Yo mismo he dormido alguna vez en Witcherley Arms, señor.

Al decir esto, algún recuerdo o sentimiento se cruzó por un instante en el rostro del anciano caballero; y el posadero, que estaba detrás de él, y también era mayor, profirió algo así como un gemido ahogado. El hidalgo lo oyó y se volvió en el acto.

—Si no tienes ocupado el cuarto del desván esta noche —dijo el anciano caballero—, que no creo que lo esté ni vaya a estarlo, que este señor se aloje allí, Giles.

El posadero asintió otra vez con un gimoteo que despertó mi curiosidad. ¿El cuarto estaría encantado? ¿Guardaría relación con algún suceso trágico o misterioso?

Sin embargo, nada más dar las gracias y aceptar la invitación del hidalgo, partimos. Mi acompañante parecía robusto, ágil y de andar ligero. Debía de tener unos sesenta años, a lo sumo. Era un anciano caballero de buen porte y bien conservado, con una tez pálida como la escarcha, ojos azules sin una sola nube, rasgos un tanto angulosos y delicados, que, en conjunto, a su manera refinada y particular, le daban el aire de una estirpe de longevos patriarcas que podían vivir cien años. Empero, se detuvo cuando llegamos a la esquina, para mirar hacia el norte, donde el sol empezaba a hundirse en el horizonte al caer el día. Era un paraje agreste y solitario, todo lo diferente que cabría suponer de las apacibles estampas que había recorrido para llegar a Witcherley. Aquellos tramos de carretera con rodadas a través del páramo, y montones de piedras apiladas aquí y allá cuya intención era imposible adivinar; abetos, que crecían aislados en los recodos del camino —a veces el destello del agua en un surco profundo, a veces una franja de verdín, augurio de atolladeros y lodazales—, y nada a la vista que se moviera. Me pareció que ofrecían una escena bastante desoladora. Sin embargo, mi nuevo amigo la contempló con un suspiro y en silencio, hasta

que se volvió con cierta premura para tomar un poco de rapé aromático de una cajita dorada y, con el pretexto de ese inocente estimulante, pareció acallar cierta emoción. Entretanto, miré hacia atrás y vi que los inquilinos de Witcherley Arms se habían congregado en la puerta y lo observaban. El paisaje debía de resultarle tan familiar como a aquella buena gente. Me picó aún más la curiosidad. ¿Qué le ocurría al viejo hidalgo?

El viejo hidalgo, sin embargo, era de esa clase de hombres que disfrutan la conversación y gozan aún más cuando los escuchan. Me condujo por la carretera silenciosa, pasando junto a las tres chozas, hasta la verja de la entrada, con una grata retahíla de comentarios y explicaciones, salpicado de un ingenio vivaz, unos guiños mordaces y una gran sagacidad natural, todo ello envuelto en cierto conocimiento del mundo. Traspasar aquella portezuela que daba a la avenida fue como salir de la luz del día a una noche súbita. La carretera era estrecha; los árboles, altos, viejos e imponentes. No me extrañó que el venerable caballero estuviera orgulloso de ellos, pero yo habría preferido algo menos sombrío. Se veía un largo trecho por delante, y serpenteaba cuesta arriba. El denso follaje ocultó la casa solariega hasta que estuvimos casi delante de su fachada con torrecillas, prácticamente idéntica a la de Witcherley Arms.

Era una casa de una época o de un estilo imprecisos —antigua, irregular y un tanto pintoresca— construida con la piedra caliza gris de la región, manchada de líquenes, y cubierta aquí y allá en un ángulo del muro con exuberante hiedra, una hiedra tan enmarañada y frondosa que las hojas ya no tenían una forma definida reconocible. Una franja de césped delante del portal, adornada con un solo tejo podado, era el único atisbo de aire o luz del sol que alcancé a ver alrededor de la casa, pues los árboles la rodeaban por todos lados, como para anular por completo cualquier posibilidad de ver o ser visto. El portón de la entrada se abría desde fuera, y seguí al hidalgo con no poca curiosidad al interior de la casa silenciosa, en la que no se oía ni un solo ruido doméstico. Tal vez en Witcherley no se estilaba usar las salas de estar; en cualquier caso, fuimos derechos al comedor, una estancia amplia y alargada, con una generosa chimenea al fondo, tres ventanales a un lado, y una curiosa galería encastrada en el rincón, que se proyectaba

hacia fuera como si al albañil se le hubiera ocurrido agregarla en el último momento. Bajando un escalón desde el nivel del comedor se llegaba hasta ese acogedor recoveco, iluminado por un ancho mirador isabelino, provisto de un mullido asiento a lo largo de la pared. Allí fuimos, pasando por supuesto junto a la mesa del comedor, que ocupaba casi por entero el centro de la estancia. Esos tres altos ventanales miraban al césped y al tejo podado; el mirador no miraba nada, pues quedaba ensombrecido por unos cuantos tilos que tamizaban una luz tenue, fría y verdosa a través de sus hojas temblorosas. Había viejos retratos sobre tabla en las paredes, viejas cortinas granates, una alfombra tan vieja que todos los colores se confundían hasta ser indistinguibles. Las sillas del recoveco estaban cubiertas de bordados, tan descoloridos como la alfombra; todo tenía la misma pátina de antigüedad. Al mismo tiempo, todo aparentaba ceñirse a un orden ejemplar, bien conservado y distinguido: sin rastro de riqueza, y con muchas trazas de frugalidad, pero en modo alguno tocado por el abandono. Y cuando el hidalgo ocupó una butaca rígida en aquella agradable galería y paseó la vista con decorosa dignidad por toda la sala, no pude sino reconocer una grata y conveniente afinidad entre mi anfitrión y su casa.

Al final, un sirviente serio de mediana edad entró en la estancia y empezó a poner la mesa en silencio. Entretanto, el hidalgo me sometió a un educado y afable examen, aunque se interrumpía de vez en cuando para dirigirle una palabra a Joseph. Este, por su parte, contestaba con extrema brevedad y gran deferencia. No había nada inquisitivo ni de mal gusto en las preguntas del hidalgo. Por el contrario, eran simpáticas muestras del interés amable que un anciano suele mostrar por un joven que aparece en su camino de manera inesperada. A mí, en cambio, me despertaban sumo interés los preparativos que poco a poco y con tanto sigilo se hacían en la mesa de la cena. Cuando Joseph estaba a punto de finalizar sus actividades, un muchacho alto con una chaqueta de caza, hosco y grosero entró y se dejó caer en una poltrona sin levantar la vista del suelo. No guardaba ningún parecido con el galante y noble anciano que se sentaba a mi lado, pero no cabía la menor duda de que era su hijo, el heredero de la casa. Entonces llegaron los entrantes de la cena; y con la sopera de plata apareció una anciana dama,

 263

que me hizo una silenciosa reverencia y ocupó su asiento en la cabecera de la mesa sin mediar palabra. No pude hacerme más que una vaga impresión de la señora de la casa. Llevaba un vestido de rico brocado desvaído, que armonizaba a la perfección con las alfombras y las sillas bordadas, y un broche grande y pálido en el cuello, con una miniatura medio borrada, engarzado con perlas amarillentas. Me acercó la sopa, y trinchó las bandejas que tenía delante sin ningún ruido, con unos gestos inertes que escapaban al entendimiento: o bien se trataba del autómata mejor articulado que existía, o bien de una persona tan lela que parecía petrificada. El joven heredero se sentó frente a mí, el único comensal a ese largo lado de la mesa, de espaldas a los tres ventanales. Transmitía un aire desagradable de vergüenza, mal humor e incluso resentimiento, y tampoco habló. Sin embargo, a pesar de esa incómoda compañía, el hidalgo, en la otra cabecera de la mesa, seguía con su charla animada y vivaz tan campante, sin el menor freno ni contención: soltaba sus chascarrillos formales y anticuados, sus máximas sobre el mundo de antaño, las dignas reflexiones de un terrateniente rural sobre los errores de un mundo nuevo. En silencio permanecía la sombra que presidía la mesa en la cabecera; en silencio el golfo sentado en el medio. El viejo sirviente, grave y solemne y casi despavorido, se movía silenciosamente más atrás. Aun así, poco asistido por mis propias respuestas inconexas y vergonzosas, en la mesa se mantenía la sensación de una charla bastante animada gracias al valeroso empeño del viejo hidalgo.

Al término de la cena, y tras otra pequeña reverencia muda, la anciana dama desapareció tal como había llegado. No llegué a oír ni el más leve susurro de su voz durante todo el rato, ni la vi mirar a nadie. Casi fue un alivio oír el suave frufrú de su vestido cuando salió sigilosamente de la estancia. Sin embargo, me pareció que nuestro ayudante se demoraba más de la cuenta en colocar los fruteros y el vino en la mesa; y se demoraba con visible ansiedad, lanzándole a su señor unas miradas furtivas en las que se mezclaban el temor y la lástima, y sin dejar de observar atento y receloso al joven hidalgo. El viejo hidalgo, por su parte, no parecía advertir la hosquedad de su heredero, ni la vigilancia de Joseph. En su lugar, mondaba una manzana enérgicamente, mientras continuaba describiendo un famoso

caserón antiguo que había en las inmediaciones. Me recomendaba encarecidamente que lo visitase en el caso de que me quedara allí un día más.

—En otro momento —dijo el anciano caballero—, yo mismo me habría ofrecido a servirle como guía y cicerone, pero las circunstancias actuales lo hacen imposible. De todos modos, le aconsejo sinceramente que vaya usted a verlo.

Estas palabras parecieron sobresaltar a la vez tanto al joven como al sirviente. A Joseph se le cayó el paño de las manos, y salió de la estancia a toda prisa sin recogerlo del suelo. Mientras tanto, el joven hidalgo, con un impulso irrefrenable, apartó la silla de la mesa y, cada vez más colorado, se tomó media docena de copas de vino seguidas. Miraba de reojo a su padre, quien se sentía de lo más dicharachero y a sus anchas, y siguió hablando sin un momento de turbación. Entonces el joven se puso de pie súbitamente y se alejó de la mesa, arrojó el paño al fuego de un puntapié, regresó, agarró el respaldo de la silla, carraspeó y, volviendo la cara sonrojada hacia su padre sin levantar la vista, pareció debatirse en vano buscando las palabras que quería pronunciar.

Sea lo que fuera, estas le fallaron. El joven Hércules, un muchacho apuesto y viril en toda su plenitud, permanecía justo delante de mí, cabizbajo, y tan solo alcanzó a empezar la frase:

—Yo diría, padre... Padre, yo diría...

—No es momento para que opines sobre ese asunto, hijo mío —dijo el anciano caballero—. Te entiendo perfectamente: vuelve tan pronto como quieras aquí mañana, y lo encontrarás todo listo y de tu agrado. Puedes confiar en mí.

No intercambiaron ni una sola palabra más. El golfo hundió las manos en los bolsillos y salió de la habitación tan resentido, hosco y avergonzado como había entrado. Aun así, daba la impresión de haberse quitado un peso de encima. El hidalgo se reclinó en la butaca un instante y suspiró, aunque resultaba imposible saber si aquello se debía a algún misterioso asunto doméstico o a la excelencia del vino que levantó hacia la luz. En todo caso, retomó el hilo de inmediato y lo remató con una elegante frase concerniente a las ventajas que supone viajar para los hombres jóvenes.

Llegados a ese punto, Joseph entró de nuevo, al parecer más despavorido y nervioso que antes, con el pretexto de recoger su paño.

—Y ahora que estamos a solas, podemos ponernos cómodos —anunció el hidalgo—. Joseph, llévate el vino al mirador. Aquí lo llamamos mirador, aunque el nombre sea inapropiado; pero las costumbres familiares, señor, las costumbres familiares arraigan con fuerza en una casa antigua. Se ha llamado así desde que tengo recuerdo, y, antes de eso, durante varias generaciones.

—Y así será en las generaciones venideras, sin duda —dije—. Sus nietos...

—¡Mis nietos! —exclamó el anciano, con desaliento—. Ay, buen señor mío, está usted perdonado... Está perdonado... —prosiguió, una vez se hubo repuesto—. Usted no conoce la historia de mi familia, ni las tradiciones de la casa. Aun así, ha mostrado cierta sorpresa ante algunos incidentes que podríamos considerar menores... Entiéndame, se lo ruego: su reacción ha sido de lo más decorosa y natural, como mandan sus impecables modales. Me intranquilizaría que supusiera que insinuaba otra cosa. El hecho es que usted ha llegado en medio de una crisis familiar. Siéntese. Para hacerse una idea cabal de la situación, debería usted conocer la historia de la casa.

Tomé asiento en el acto, sin más demora y ciertamente un poco emocionado. Joseph ya había colocado la butaca del hidalgo al otro lado de la mesita tallada de roble: el vino, con su resplandor rubí, y las antiguas copas largas, de cáliz pequeño y tallo largo y ornamentadas, se alzaban entre nosotros. Por encima de todo ello, un pedacito de cielo azul asomaba curioso al otro lado de la celosía de aquellas trémulas y delicadas hojas de tilo.

El hidalgo ocupó el asiento, guardó silencio de nuevo y suspiró. Entonces se volvió hacia el comedor propiamente dicho, en penumbra con la luz crepuscular, lanzó una mirada un tanto melancólica, aunque henchida de satisfacción, a los retratos familiares de la pared, y empezó a relatar su historia.

—Somos una familia de abolengo —dijo el anciano caballero—. No preciso decirle a nadie que conozca esta comarca o a los terratenientes del norte de Inglaterra cuán larga e inquebrantable ha sido nuestra línea sucesoria. La casa de Witcherley ha pasado de padres a hijos durante siglos, sin que la continuidad se rompiera nunca. Y observará usted, señor, que una de

las señas distintivas de nuestra estirpe, y la razón de mi asombro cuando habló espontáneamente de nietos, es que la descendencia de cada uno de los matrimonios celebrados en esta casa consta de un único hijo.

Pronunció esas palabras con tanta solemnidad que me sobresalté. «¡Un único hijo!».

—Un único hijo —continuó el hidalgo dignamente— que basta para perpetuar la estirpe y conservar sus títulos: nada de divisiones ni de cargas. De hecho, diría que la existencia de la familia depende de esa sabia y benigna limitación de la naturaleza. Si algo lamento —dijo el anciano con suavidad, suspirando como si no le concediese importancia— con respecto a la próxima boda de mi hijo es que haya contravenido la costumbre de esta casa al elegir una esposa de una familia cercana y muy numerosa. Sin embargo, debería mostrar más confianza en el destino de nuestra estirpe.

Un poco sorprendido, por no decir pasmado, ante esas reflexiones, me abstuve de hacer comentario alguno y consideré más prudente mantener la boca cerrada.

—En otros tiempos fuimos ricos, señor —prosiguió el hidalgo con una sonrisa—, aunque ya nadie recuerda esa época. Hace tres siglos, un antepasado mío, un hombre de curiosa erudición, discípulo de la Rosa Cruz, perdió una gran cantidad del oro que poseía con la búsqueda del misterioso poder de convertir en oro los metales comunes. Allí cuelga, señor, mirándonos desde arriba, un hombre extraordinario. Me atrevería a afirmar que fue el fundador de nuestra estirpe, aunque eso sería faltar a la verdad, y acortaría muchas generaciones de nuestro linaje; fue, sin embargo, el responsable de los sucesos más notables de nuestra historia. En su afán por la ciencia fue tan desventurado como para arriesgar y perder gran parte del patrimonio familiar; todo, en resumidas cuentas, salvo la casa y las tierras de Witcherley: una *pequeña* hacienda, no me avergüenza decirlo.

Sin querer asentí respetuosamente. Mientras tanto, el anciano me inclinó la cabeza por encima de su copa de vino, con orgullo y franqueza señoriales; pero me abstuve de hacer observaciones, y retomó el hilo de inmediato.

—De haber seguido el curso de la naturaleza, como se suele decir, con otros hijos a los que alimentar e hijas a las que dotar, la casa de Witcherley, señor, tendría que haberse extinguido hace mucho. Sin embargo, mi antepasado era un sabio; adquirir esa sabiduría le costó no poco esfuerzo, y sabía cómo emplearla. A quienes vinimos detrás de él nos dejó la reliquia más solemne de la casa, una promesa familiar: la promesa que cada padre en la línea sucesoria traspasa a su hijo, y que me enorgullece decir que, hasta donde se sabe, no se ha incumplido en ningún momento de la historia de nuestra estirpe.

—Le ruego que me disculpe. Lamentaría formular alguna pregunta impertinente —dije, porque el hidalgo se detuvo de repente, y me moría de curiosidad—, pero ¿podría decirme cuál es?

El anciano caballero se llenó la copa y dio unos sorbos lentamente. La luz del día se había atenuado a través de las hojas suaves del tilo, pero los últimos rayos se apagaban y se coloreaban aún filtradas por el verdor. Creí advertir una ligera palidez en el rostro de mi acompañante, pero este seguía sentado frente a mí, en su butaca, con la más absoluta calma, tomando vino. Así pues, respondió, lleno de resolución:

—Depende por completo de la providencial limitación natural de la sucesión, de la que ya le he hablado. La promesa familiar ya no pesa sobre el señor de Witcherley que tenga más descendencia, más de un único hijo.

—¿Y alguna vez se ha dado el caso? —inquirí con vivo interés.

—Amenazó con darse, señor, en una ocasión —respondió el hidalgo—. Mi abuelo se casó con una mujer que tenía cierta fortuna, quien le dio una hija. Me duele decir de un pariente tan cercano que sus ideas eran depravadas. En lugar de decepcionarse, exhibió una increíble satisfacción al pensar que había escapado del destino de su estirpe. Derribó la antigua compuerta, señor, y erigió ese caprichoso delirio de hierro que desfigura mi avenida. Pero la alegría le duró poco... Le duró poco. La providencia intervino, y le arrebató tanto a la esposa como a la hija; y fue solo en segundas nupcias y entrado en años cuando escapó a la terrible calamidad de ser el último de su linaje. No, me enorgullece decir que ni se ha dado el caso ni se ha roto la promesa en trescientos años.

—¿Y la promesa?

Cada vez más emocionado, me incliné por encima de la mesita para escuchar, con un escalofrío de expectación.

El hidalgo carraspeó, mantuvo la mirada fija en la mesa, y me contestó pausadamente. No por nerviosismo, sino por pura solemnidad; y de la misma manera me impresionó.

—Señor —dijo, levantando por fin la cabeza—, las tierras de Witcherley no bastan para mantener a dos familias. Cuando el heredero alcanza la mayoría de edad y está dispuesto a casarse, según las reglas familiares, el padre cesa; una generación concluye y da paso a la otra. Señor, mi hijo está en vísperas de su boda; mañana él será el señor de Witcherley.

Me puse en pie de un salto, alarmado; luego volví a sentarme, entre perplejo y horrorizado ante la compostura del anciano.

—Perdóneme, se lo ruego —dije, titubeante—. Lo he malinterpretado, por supuesto. Usted le da una porción de su autoridad, compartirá su trono. Ah, un gesto en absoluto inusual, supongo.

—Usted no me ha entendido a *mí* —repuso el hidalgo—, ni los usos y costumbres de esta casa. No hablo de compartir ni de porciones; esa opción no es posible en Witcherley. He dicho, lisa y llanamente, que el padre cesaba y el hijo le sucedía. Esas han sido mis palabras. En estas tierras solo puede haber un señor.

No pude seguir escuchando tranquilamente. Me levanté de nuevo de la silla, con consternación y temor.

—¿Se refiere a retirarse…, a abandonar la casa…, a abdicar? —pregunté con la voz entrecortada, apenas sabía lo que estaba diciendo.

—Señor —dijo el hidalgo, mirándome con autoridad—. Me refiero a *cesar*.

Es imposible hacerse la menor idea del horror que entrañaban aquellas palabras, pronunciadas en la sala oscura de aquella casa extraña y silenciosa, con la hilera de ventanales dejaba entrar una luz incolora crepuscular y fantasmal, y los trémulos tilos meciéndose frente al mirador. Grité en voz alta, aunque salió solo un susurro:

—¡Por qué…! ¡Cómo puede ser! ¡Asesinato…! ¡Suicidio! Cielo santo, ¿a qué se refiere?

—Siéntese, señor —me ordenó mi acompañante imperiosamente—. Confío en que estoy hablando con un caballero, y un hombre de honor. ¿Me ve *a mí* alterado? Los medios son nuestro secreto; el hecho es tal como se lo cuento. Mañana, señor, mi hijo será el dueño de Witcherley, y habré cumplido la promesa y el destino de mi estirpe.

Cómo logré sentarme en silencio de nuevo con aquella siniestra penumbra, a la mesa de un hombre que acababa de hacer una declaración tan desconcertante, y bajo un techo que quizá cobijaba los preparativos para un asesinato o un suicidio, no me lo explico: y aun así lo hice, sobrecogido por la serenidad de mi anfitrión, en presencia de quien, aunque sentía que la sangre me martilleaba en la cabeza, no pude articular palabra. Me quedé mirándolo en silencio, barajando un centenar de planes de rescate descabellados. ¡En Inglaterra, en el siglo XIX! No era posible; y sin embargo no pude contener una estremecedora sensación de realidad que me recorrió por dentro.

—¿Y su hijo? —exclamé de pronto, con espanto renovado, cuando la vergüenza hosca y culpable del joven volvieron como una poderosa confirmación a pasar ante mis ojos.

—Mi hijo... —dijo el hidalgo, con un nuevo suspiro de lo más natural—. Sí. Confieso que hasta ahora ha sido el padre quien ha tomado la iniciativa en este asunto, pero mi hijo conocía sus derechos. Tal vez lo postergué. Sí... Sí, todo está en perfecto orden, y no tengo la menor razón para quejarme.

—Pero..., ¿qué? ¿Qué, por el amor de Dios? ¡Cuéntemelo! ¿No tiene intención de hacer nada? ¿Qué es lo que se propone usted hacer? —grité.

—Señor, está alterado —repuso el hidalgo—. No tengo intención de hacer nada para lo que no me sienta dispuesto. Perdóneme por recordárselo. Usted es un desconocido... Está en el campo, y en esta tranquila región nos retiramos temprano. Hágame el favor de llamar para que nos traigan lámparas. Tiene la campana al lado de la mano; y, como nuestra avenida es muy oscura, Joseph lo guiará hasta la poterna.

Toqué la campana, como me solicitaban, con mansa obediencia. Estaba mudo de asombro y perplejidad, medio indignado por que me despidiera tan de repente y medio decidido a quedarme a pesar de eso; pero *era* un desconocido, en deuda con la gentileza de mi anfitrión por llevarme a su casa, y

sin ningún derecho a exigirle nada. Aparecieron las lámparas, como por arte de magia, en un instante, y Joseph aguardó a que le dieran instrucciones.

—Coge un farol y alumbra a este caballero hasta el final de la avenida —dijo el hidalgo, saliendo con brío de la galería, y llevándose una silla y el periódico a la mesa.

Entonces me estrechó enérgicamente la mano, y me dispensó con el gesto condescendiente pero autoritario de un monarca. Murmuré algo sobre quedarme, sobre el servicio y la asistencia, pero el viejo caballero hizo caso omiso y se sentó a leer su periódico con digna circunspección. Sin más remedio que seguir a Joseph, salí de allí con un gran desconcierto. Y al volverme a mirar la plácida figura sentada a la mesa, con su lámpara y su diario, y abrumado por la incongruencia entre el misterioso horror de la historia y la compuesta serenidad de la escena, fui detrás de mi guía sumido en el estupor, dispuesto a creer que me habían engañado los sentidos, que mi anfitrión padecía un delirio extraordinario... Cualquier cosa antes que creer que era verdad.

La avenida estaba negra como boca de lobo: *oscuridad* no alcanza a describir la lúgubre tenebrosidad de aquel estrecho sendero bajo las imponentes frondas de la arboleda, y ni siquiera la luz vacilante del farol de Joseph que alumbraba el suelo a mis pies impedía que me topara a cada rato con los troncos de aquellos olmos gigantescos. El viento, a diferencia de una brisa de verano, soplaba frío y fantasmagórico por el angosto camino, y además empezó a llover. Supongo que el viejo sirviente apenas oía mis preguntas, entre el rumor de las hojas y el tamborileo de la lluvia que nos envolvían. En cualquier caso, no contestó ni dijo nada, salvo para darme indicaciones y advertirme que fuera con cuidado. Al final, cuando llegamos a la puerta, lo agarré del brazo.

—¿Sabes de algo que está a punto de suceder? ¡Rápido, contesta! —grité, dejándome llevar por el nerviosismo.

A Joseph casi se le cayó el farol de la mano, aunque no pude verle la cara.

—Suceden muchas cosas hoy en día —respondió Joseph—, pero me temo que mi señor me requiere y usted ya no, caballero, si no manda nada más.

—¡Tu señor! ¡Es tu señor quien me preocupa! —grité—. Pareces un sirviente antiguo, ¿sabes qué significa todo esto? ¿El anciano está a salvo? Si corre algún peligro, cuéntamelo, y volveré y me quedaré toda la noche vigilando.

—¡Peligro! Mi señor está en su propia casa —repuso Joseph—, y no hay ningún sirviente que no lleve al menos veinte años allí. Gracias, de todos modos, pero ocúpese de sus asuntos, joven caballero, y mañana márchese temprano y no vuelva a pensar en nada de esto nunca más, sea lo que sea lo que haya oído esta noche.

Y dicho esto, Joseph cerró bruscamente la poterna donde habíamos estado hablando, y a través de las rejas de la verja enseguida perdí de vista la luz de su farol cuando se alejó de la avenida a toda prisa. Su actitud y sus palabras excitaron aún más mi curiosidad en lugar de apaciguarla. Me quedé indeciso bajo la lluvia, a oscuras, atisbando a través de las rejas, que ahora solo podía distinguir por el tacto, y no veía a pesar de que estaba cerca. ¿Qué debía hacer? ¿Qué podía hacer? Justo entonces oí los cascos de un caballo en el camino, y me volví impetuosamente con la intención de dirigirme al jinete, quienquiera que fuese. Levantando la mirada, aunque era imposible ver nada, grité: «¡Aguarde, espere, déjeme hablar con usted!», cuando, con gran efecto, como un farol que se encendiera de repente, la luna se asomó a través de las nubes. Había estado aguzando la vista, a oscuras, intentando distinguir el rostro del individuo; ahora, cuando esa luz pasajera lo reveló, me sobresalté confundido; era la misma cara avergonzada, hosca y resentida que me había rehuido en la mesa del hidalgo, su hijo, y en lugar de detenerse cuando advirtió mi presencia, el joven azotó al caballo con la fusta, y se precipitó hacia delante al galope, desapareciendo en la noche. Creo que ese último incidente colmó el estado de agitación y estupor en que me encontraba. Me aparté de la verja en el acto y enfilé la carretera hacia Witcherley Arms.

Al llegar a la posada tenía la intención de levantar a todo el mundo y volver con refuerzos para ganar el acceso a la casa solariega y salvar al anciano, aun en contra de su voluntad. Sin embargo, cuando entré en la desangelada taberna, con sus dos velas melancólicas encendidas, su manido periódico

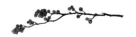

272

rural que un patán le leía a otro deletreándoselo, cuando en mi ardor y mi premura entré en ese lugar tristón y apagado, oí la cadencia de las voces lentas y monótonas y vi el estancamiento de la vida misma, sentí que me tranquilizaba a pesar de todo. En esa escena tan vulgar y fríamente corriente, en ese transcurso monótono de la existencia, era imposible: allí no había lugar para el misterio ni el horror.

Aun así, tras el mostrador que había a un lado del zaguán, el posadero y su señora me observaban con una curiosidad un tanto temerosa, cuchicheando con una inquietud y una angustia similares a las mías. Impulsado una vez más por mis sospechas fui directo hacia ellos, y aunque retrocedieron e intentaron en vano ocultar su curiosidad y su interés, estaba demasiado alerta para que me engañaran fácilmente. Les pregunté a bocajarro si había algún tipo de fuerzas de la ley y el orden en las inmediaciones: soldados, policías del condado, protectores de la paz.

La mujer dejó escapar un gemido de terror, pero el dueño de la posada, fingiendo una estupidez que no pude por menos que detectar, contestó a mi pregunta.

—¡La policía! ¡Dios Bendito, han robado al caballero! ¡Soy alguacil, para servirle!

—No me han robado, no, pero sospecho que ustedes saben más que yo —exclamé con impaciencia—. El viejo hidalgo corre un misterioso peligro. Si es usted alguacil, reclute ahora mismo a media docena de hombres de la vecindad y vayan conmigo a la casa. ¡Si es usted alguacil, o si es hombre, dese prisa y sígame! ¿Me oye? ¡En este mismo momento la vida del anciano puede estar en peligro!

—¿Qué ocurre, señor? ¿Qué ocurre? ¡Ladrones no pueden ser, porque los ladrones no podrían acercarse a esa casa! —intervino la mujer—. Dios nos proteja, ¿son los rusos o los franceses, o los mineros, o qué diantre ocurre? Y si él está fuera y lejos de la hacienda, ¿quién va a cuidar de su casa?

—Estoy seguro de que saben a lo que me refiero —grité—. Su anciano señor está en peligro. No puedo decir qué peligro corre, ustedes lo saben mejor que yo. ¿Van a quedarse mirando tranquilamente cómo el hidalgo pierde la vida?

—No sé nada de nada sobre la vida del hidalgo —respondió Giles hoscamente, después de una pausa—, ni usted tampoco, señor, ajeno como es a las costumbres de Witcherley. El hidalgo hará y deshará lo que mejor convenga. Yo no me meto en eso, y usted no debería meterse; y no voy a embarcarme en ninguna misión absurda por nadie, menos aún por un caballero desconocido a quien no había visto en mi vida. ¿Usted cree que voy a ir a incordiar al hidalgo en su propia casa por no sé qué cuentos de un forastero? No voy a cometer semejante tontería. Si el hidalgo tiene ocurrencias, ¿qué más le da a un extraño como usted, que probablemente no vuelva a verlo nunca?

—¿Tiene ocurrencias? —me agarré a esa nueva idea con un alivio infinito—. ¿En qué sentido? ¿*Acaso* el hidalgo tiene ocurrencias? ¿Todo son imaginaciones suyas? ¿Es eso lo que quiere decir?

—Señor, es cosa de familia; son raros, eso es lo que son —me dijo la mujer de buena gana, mientras su marido se quedaba atrás y no contestaba—. A gente como usted le extraña, porque hay que fijarse mucho para aprender las costumbres de Witcherley.

«Las costumbres de Witcherley... cosa de familia... imaginaciones... una obsesión», dije para mis adentros.

Desde luego, esa parecía la explicación más razonable. Sí, seguro; todo el mundo ha oído hablar de esas cosas. Acogí la idea con entusiasmo y me calmé de inmediato. A fin de cuentas, era increíble que no me hubiera dado cuenta antes; y entonces la confusión del joven, el nerviosismo de Joseph: no había duda, temblaban ante el espectáculo de aquella locura incipiente..., no había duda, temían oír el relato con el que el desventurado anciano caballero horrorizaría con toda certeza a un nuevo interlocutor. Recuperé bastante la «serenidad de espíritu» con estas cavilaciones. Los obsesivos, además, son de lo más sensatos en su mayoría, y son muy metódicos en su locura. Volví a la desangelada taberna con renovado aplomo, y reflexionando en aquel silencio sepulcral, en ese lugar donde parecía imposible que sucediera nada, casi habría podido reírme de mí mismo por aquellos miedos. Poco a poco la casa quedó cerrada, y me trasladé a la habitación del desván, donde me alojaría esa noche. Era un aposento amplio, quizás un

poco austero, pero muy limpio y con todas las comodidades necesarias, a buen seguro el mejor cuarto de una humilde posada en el campo, ni más ni menos. La buhardilla —la única ventana de la habitación— miraba hacia una honda oscuridad, densa y tenebrosa; era una noche desapacible y lúgubre, con viento y lluvia, y a pesar de mi entorno acogedor, rara vez he pasado una noche tan horrible. Viejas historias siniestras revivieron desde el olvido de la niñez; relatos sobre el hilo de sangre que se colaba por debajo de una puerta cerrada, el funesto disparo de una pistola, el espantoso grito ahogado de la muerte, y se agolparon en mi memoria; y cuando dormía, solo era para ver visiones del hidalgo, o de algún otro conocido mío en su lugar, que aparecía en medio de una soledad atroz con el cuchillo o el veneno, forcejeando con asesinos, o yaciendo en un tétrico lecho de muerte, rojo tras el crimen. Entre estas fantasías febriles se sucedían las rondas de la noche. El silencio insidioso, que, al igual que la oscuridad, no era una negación sino una certeza. Los crujidos lastimeros del cartel que colgaba en las grandes ramas del olmo. El azote de la lluvia en la ventana. Los gemidos y los ecos sollozantes del viento. Sin embargo, esos terrores de la duermevela no me hicieron aguardar con impaciencia que amaneciera, como cabría suponer. Por el contrario, me sumí en un sopor pesado al romper el alba y dormí hasta tarde, sin que el trajín matutino del campo me molestara. Cuando me desperté eran las diez de una mañana pálida, húmeda y melancólica, el fantasma y la sombra de la noche más aciaga.

No recuerdo si la historia de la noche anterior me vino a la cabeza nada más al despertar. De hecho, creo que me asaltó una inquietud más cotidiana y familiar, el temor de perder el tren otra vez, a pesar de todos los horrores de la noche. Sin embargo, mis pensamientos volvieron a ese otro derrotero con ímpetu y afán renovado cuando miré por la ventana. Justo debajo, en medio de la pálida llovizna, estaba el hijo del hidalgo, con la misma indumentaria que había vestido su padre, un abrigo azul de botones dorados, aunque nuevo y a la última moda, y una prenda blanca de amor en la pechera. Tenía el rostro encendido, delatando una exultación grosera y mal disimulada. Su actitud parecía arrogante y autoritaria, si bien no había perdido del todo el gesto cabizbajo avergonzado, hosco y resentido de la noche

anterior. Le estaba entregando en mano un dinero a Giles, que lo recibió con el ceño fruncido y se tocó el sombrero con una renuencia aún más taciturna. Otros rústicos permanecían apiñados alrededor, mirando de reojo al joven hidalgo con expresiones medrosas y hostiles de curiosidad. «Que beban a nuestra salud, y encárgate de que toquen las campanas», fueron las únicas palabras que oí con claridad antes de que el joven hidalgo se alejara cabalgando hacia la casa solariega. Cuando se perdió de vista, el flemático posadero arrojó el dinero al suelo con indignación manifiesta y levantó el puño airadamente en la dirección donde había desaparecido el jinete. Luego se lo pensó mejor y, rindiéndose al dinero contante y sonante, recogió las monedas del suelo una a una y entró apresuradamente en la posada. No me entretuve mucho tiempo en asearme después de este incidente, y apenas pude bajé las escaleras. Giles estaba en el zaguán, dando instrucciones, entre las que mascullaba improperios. Cuando me vio, se detuvo en seco y se retiró al otro lado del pequeño mostrador. Lo seguí con ansiedad.

—¿Qué ha sucedido? ¿Qué hay del hidalgo?

—¿El hidalgo? No es asunto mío, y suyo tampoco. Preocúpese del desayuno y del tren que debe tomar, joven caballero, y no padezca por Witcherley. ¡Mujer, aquí preguntan por ti! Yo ya tengo bastante con mis cosas.

Y dicho esto, Giles se escabulló, dejándome sin respuestas e insatisfecho. Cuando me volvió hacia su esposa, que se presentó enseguida con mi desayuno, la encontré igual de inaccesible. La pobre mujer no parecía capaz de hacer nada salvo retorcerse las manos, enjugarse los ojos con un delantal, y contestar a mis insistentes ruegos con evasivas.

—¡No se meta en eso...! ¡Que no! ¡Ay, Dios! Son las costumbres de Witcherley.

Era imposible soportar la tensión de aquel desvarío. Me puse el sombrero y salí a toda prisa, renunciando tanto al tren como al desayuno con idéntica indiferencia. Los mismos patanes merodeaban en el camino real bajo la lluvia; y por temerosos y despavoridos que parecían, lograron dejar de lado unos instantes el asunto principal de sus lentas elucubraciones para verme pasar como una exhalación. Aun así, no me detuve a hacer preguntas infructuosas a aquel hatajo de pasmarotes, sino que enfilé raudamente

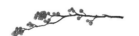 

la carretera hacia la poterna. Para mi sorpresa, encontré abierta la verja y otro corro de espectadores, niños y mujeres, junto a la entrada. Espoleé a mi caballo por la tenebrosa avenida, donde la lluvia tamborileaba y las hojas susurraban a la pálida luz del día igual que en plena noche. Todo estaba exactamente como el día anterior, cuando recorrí el mismo tortuoso camino con el hidalgo. Seguí precipitándome hacia delante, incapaz de contener una agitación cada vez mayor. La puerta de la casa estaba entornada. La abrí de un empujón y entré con pasos enérgicos, que resonaron en las losas del vestíbulo como si la casa estuviera desierta. Alertado por el sonido, Joseph se levantó desde un rincón para acudir a mi encuentro. El pobre hombre parecía muy serio y solemne, aguardando sentado en soledad y leyendo en aquella estancia gélida e inhóspita. Cuando me vio, sin embargo, sentí que le inspiraba el recelo de la desconfianza. Joseph apuró el paso y vino resueltamente hasta ponerse frente a mí en el paso hacia la puerta del comedor.

—Quiero ver al señor, a tu señor... Ruégale que me conceda un momento; no lo entretendré —dije.

—¿Mi señor? —Joseph hizo una pausa y me miró fijamente, como para valorar cuánto sabía, si mucho o poco—. Mi señor, caballero, se ha casado esta mañana. No me atrevería a importunarlo. Quizá pueda usted volver otro día.

—¡Casado! Vamos, Joseph —me arriesgué a probar, por complicado que fuera—. Sabes que intentar engañarme sería en vano; el hijo de tu señor se ha casado, pero no pregunto por él: quiero ver al viejo hidalgo.

—No hay ningún viejo hidalgo, señor —repuso Joseph con una voz ronca—. No lo hay. Le digo la verdad; está usted soñando. Mi señor es un joven caballero, y se ha casado esta mañana. No sirve de nada que venga usted aquí —gritó de pronto el anciano sirviente, alterado— a causar problemas y perturbar la paz de esta casa. Mi señor es un joven caballero, más joven que usted; aquí no puede haber más que un hidalgo.

—Joseph, ¿qué pretendes? —exclamé—. ¿Olvidas todo lo que vi y oí, olvidas que estuve aquí anoche y cené con tu viejo señor? ¿Dónde está? ¿Qué le habéis hecho? Daré parte. Haré que acusen de asesinato a todos los que habitan esta casa. ¿Dónde está el viejo hidalgo?

Me agarró bruscamente del hombro, aunque al hacerlo tembló, con el temblor de la debilidad.

—¿Hará el favor de callarse, de guardar silencio? ¿Puede marcharse de esta casa?

—No —grité, alzando la voz y quitándome la mano de encima—. No, me propongo averiguar la verdad antes de dar un solo paso más. No me marcharé de esta casa. Y ahora, ve a llamar a tu señor. Lo esperaré donde estuve sentado con su padre ayer. Su padre, pobre hombre... ¿Qué le habéis hecho? No pienso moverme de aquí hasta que llegue al fondo de este misterio.

Mientras hablaba me abrí paso hacia el comedor, a pesar de que Joseph me seguía, en una tímida tentativa de impedírmelo. Ver la estancia silenciosa y deshabitada me causó un nuevo y vago escalofrío de pavor. Permanecía intacta e imperturbable, dispuesta con la misma formalidad que cuando la abandoné la noche anterior. Los retratos miraban oscuramente desde las paredes. Las tiernas hojas del tilo se mecían en torno a la galería, la larga mesa relucía con lustre apagado a la luz mortecina. Todas las sillas estaban colocadas igual que el día anterior, el mismo periódico seguía encima de la mesa, pero ¿dónde estaba el viejo hidalgo? Me volví de golpe hacia Joseph.

—Se sentó ahí, justo ahí, anoche. Lo sabes tan bien como yo. Quiero saber dónde está ahora.

Una especie de sollozo histérico de terror escapó del pecho del viejo sirviente. Retrocedió a toda prisa, tapándose los ojos con la mano, aunque lanzando miradas horrorizadas hacia la butaca vacía.

—Iré, caballero... Iré... Llamaré a mi señor —dijo, con la voz quebrada y titubeante; y salió de la estancia, sin atreverse, como me había imaginado, a darle la espalda a la butaca vacía y espectral.

Hecho un manojo de nervios, empecé a caminar de un lado a otro de la sala, con todo el agravio y la consternación que me carcomían por dentro, y un exaltado sentido de la justicia que daba autoridad a mis pasos. Ni se me ocurrió pensar que no tenía ningún derecho a entrar con aquella osadía en la casa de otro hombre, o que al hacerlo corriera algún peligro. Estaba fuera de mí, por encima de cualquier consideración personal. Tan solo me

preocupaba el viejo hidalgo; allí, apenas la noche anterior, me había sentado a su mesa, le había dado conversación y escuchado su historia... ¿y dónde, dónde estaba él en ese momento, si no era confirmando el funesto desenlace de aquel espantoso relato?

Había oído el eco de los pasos de Joseph, tímidos y aun así presurosos, al subir penosamente por la gran escalera, pero, cuando me detuve a escuchar, sentí que el silencio me envolvía y se estancaba a mi alrededor sin un solo ruido que indicara la presencia de un ser humano. Nada salvo la lluvia de fuera, las hojas mojadas contra la ventana, ni siquiera el latido familiar de un reloj para aplacar la dolorosa quietud. Me asaltaron los más negros pensamientos. Concluí ni más ni menos que en esa casa acechaba el asesinato cobarde y vil, que yo me proponía impedir, acusar y desafiar solo y sin ayuda dentro de su propio bastión. Aun así, ardiente de agitación, no temía nada; ni pensaba en nada más que en el posible espectáculo del horror que se ocultaba en aquellos aposentos desconocidos, y en la pregunta que sin cesar acudía a mis labios: «¿Dónde está el hidalgo?».

Al cabo, escuché unas pisadas en lo alto de la escalera, rotundas, ora rápidas, ora vacilantes: el paso delator de la culpa. ¡Estaba seguro de que era el hijo, el parricida! Me latía el corazón a una velocidad asfixiante, noté un sudor frío en la frente, y me volví hacia la puerta para encararme al recién llegado con el fervor y el celo de un vengador. ¡Por fin la solución de este horrible misterio! Y entonces, una mano sospechosa e insegura gira el picaporte con recelo..., la puerta chirría sobre los goznes y...

¡Mi queridísimo amigo! No sentirás ni una centésima parte de la decepción que me embargó a mí, porque cuando la puerta chirrió, y los pasos culpables avanzaron mientras mi corazón latía desaforadamente, me di cuenta...

Me avergüenza confesar la humillante verdad: me di cuenta de que me había dormido en la poltrona granate de mi propia casa, después de la cena, cuando desperté delante de la lumbre al caer el crepúsculo, y no había una avenida oscura ni una casa solariega desolada en varias leguas a la redonda. Así pues, lamento añadir que el misterio más profundo, una

pesadumbre que temo que nunca seré capaz de desentrañar, todavía se cierne oscuramente sobre las costumbres de Witcherley y el destino del viejo hidalgo.

¡Ojalá el joven señor de Joseph hubiera llegado apenas cinco minutos antes! Pero el destino es inexorable, y a pesar de las investigaciones que he emprendido en lugares primitivos recónditos, y de los trenes que he perdido con resignación en busca de la verdad, nunca he vuelto a dar con aquel sendero lluvioso a través del campo ni he ido a parar de nuevo a Witcherley Arms.

CUENTOS
DE
NAVIDAD

Ilustrado por Giselfust

ALMA CLÁSICOS ILUSTRADOS